www.bbulmedia.com

www.bbulmedia.com

수秀비뇨기과
닥터 조

수秀 비뇨기과

닥터 조

장윤지 장편소설

DAHYANG • ROMANCE • STORY

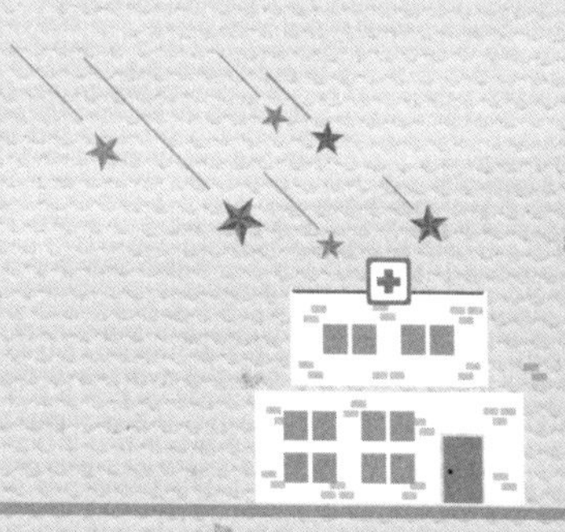

contents

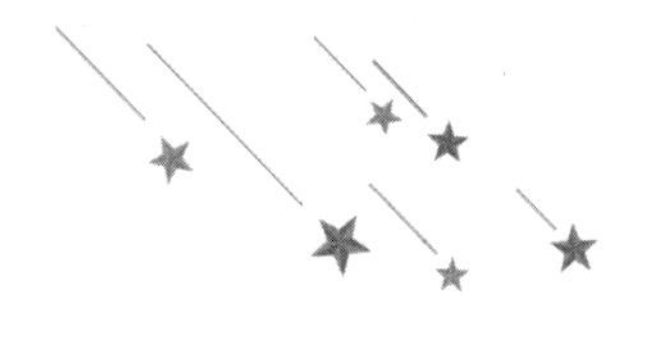

00.
프롤로그

이건 정말이지, 여간 짜증 나는 일이 아닐 수 없다. 정말로.

온 방 어지럽게 펼쳐진 잡동사니를 주워 담았다. 불과 한 시간 전만 해도 잡동사니가 아닌 중요한 물건이었을 고유명사들이 너저분하게도 펼쳐져 있었다.

싸구려 큐빅이 박힌 작고 반짝이는 저 물건은 몇 시간 전만 해도 내 손가락에서 커플링이라는 명사로 불렸다. 침대 밑에 두서없이 흩어진 저 종이 쪼가리들은 남이 하면 토악질 나는 꼴값이지만, 내가 하면 간드러진 연애편지였었지.

"후아."

깊은 한숨을 내쉬었다. 6년간 길게도 몰아쉬었던 들숨이 이제야 빠져나가는 것만 같았다. 허리까지 내려오는 긴 머리카락이 고개를 숙여 침대 밑으로 흩어진 편지들을 쓸어 올 때마다 먼지까지 쓸어 담는 것 같아 불편했다.

미친 듯이 사랑했고 후회 없이 잘해 줬다.

서른, 이쯤 되면 알 거 다 아는 후진 나이임에도 불구하고 마치 아무것도 모르는 어린 열아홉처럼 열정을 다했다. 좋아하는 것, 싫어하는 것, 퇴근 후에 하는 일, 작은 버릇들, 밥 먹고 하는 행동, 화가 났을 때 찡그리는 눈썹의 떨림까지 눈에 선하다.

그래. 까놓고 말해서 나는 찬형이 언제 먹고 싸고 자는지까지 알고 있다고 생각했다. 분명 설렘은 없어졌어도 익숙함은 남아 있었다.

침대에서 일어나고 아침을 먹고 개인의 일을 하는 일상과 그 중간마다 하는 일상보고와 같은 연락에 우리는 익숙해져 있었다. 그럼에도 불구하고 나는 우리의 사랑이 진행 중임을 한 번도 의심해 보지 않았다.

'질려.'

'모르겠어. 지금도 내가 너를 사랑하는지.'

'다른 사람 만나 보고 싶어. 우리 생각보다 오래 만나긴 했잖아?'

아직도 찬형의 목소리가 귓가에서 생생댔다. 누구의 노랫말처럼 너의 목소리가 들리고 또 들리는데, 처음엔 귓가에 맴도는 소리인 줄 알았다. 근데 그게 아니었다. 가슴에서 들렸다. 한 마디, 두 마디, 참 날카롭고 뾰족한 말이 가슴에서부터 들렸다. 여자

인생에서 가장 아름답고 빛나는 이십 대를 찬형과 보냈다. 지금 생각해도 그 시절, 그 시간은 아름다웠고 후회는 없었다.

물론 결과는 도둑 든 것마냥 모든 게 들쭉날쭉 어지럽혀진 내 방과도 같았다.

콧구멍만 한 방 안에도 찬형의 흔적은 많이 남아 있었다. 구멍 난 양말 한 짝, 장롱 깊숙이에서도 나오는 누런 팬티 한 장, 운동화 닦는 솔마냥 너저분한 칫솔, 4중 날 면도기. 하나도 남김없이 챙겨 라면상자에 쓸어 담았다.

다시는 열어 보지 않으리. 노란 박스테이프를 꽁꽁 돌려 감았다.

이마엔 송글송글 땀방울이 맺혔다. 모든 정리가 끝나고 방바닥에 털썩 주저앉아 멍하니 화장대 거울에 비친 나를 보았다.

'연주야, 미안하다. 이렇게 됐네. 뭐라고 할 말이 없어.'

차라리 그 흔한 '다른 여자가 생겼어.' 라는 변명이라든가, 그것도 아니면 '나 결혼 생각은 없어.' 라는 책임 회피라든가. 그 얼마나 다양한 이유가 많은가.

마음이 식었다, 라니.

이건 우리의 처음을 부정하는 것과 다름이 없는 이유였다. 좋아 죽었던 그 시절 그때부터 부정하는 것과 같았다. 비겁한 놈, 쪼잔한 놈. 되뇌고 되뇌어도 방법은 없었다.

어디서부터 잘못된 건지 알 수가 없으니까.

찬형의 마음이 언제 어디서부터 식었는지 난 알 수 없었다. 어쩌면 처음부터일지도 몰랐다. 미지근한 마음으로 시작한 나와의 연애에서 한 번도 불타오른 적이 없었을지도. 오랜 시간 친구라는 이름으로 시작해 먼저 좋아하고, 먼저 사랑해서 시작한 연애였다. 그만큼 컸던 마음을 뜨겁게 달궈 줬는데 그것으론 부족했던 걸까, 아니면 애초에 내 큰마음이 부담스러웠던 걸까.

이제 와 끝난 마당에 알 길은 없었다. 그리고 알고 싶지도 않았다. 지금도 충분히 구질구질한데 만나서 이유를 따지고 들 만큼 낯이 두껍진 못하니까.

주먹 불끈 쥐고 일어나 터벅터벅 걸었다. 몇 발자국 안 가 거실 바닥에 털썩 주저앉아 리모컨을 집어 들었다. 주변의 상념들은 곧 떠들썩하게 들려오는 연예 정보 프로그램에 묻혀 들었다.

—안녕하세요. 이민혁 씨. 3년 만의 복귀, 소감이 어떠신가요?

—감회가 새롭습니다. 매일 섰던 카메라 앞인데 너무 떨리네요. 마치 신인 시절로 돌아간 것 같네요.

감회가 새로웠다. 찬형과의 이별, 생각해 본 적 없는 일이었다. 끝을 생각하지 않았다는 게 더 정확한 표현이겠지. 감히 상상이나 할 수 있었을까. 그와의 만남을 시작할 때 끝을 생각한다는 것을.

—그 힘들다는 해병대에 자원입대를 하셨는데요. 그때 얼마나 많은 팬들이 울었던지……. 하하. 알고 계시죠? 군 생활은 어려움 없으셨는지, 그곳에서의 생활은 어땠는지 궁금합니다.

—힘들었죠. 하지만 늦은 나이에 입대한 만큼 부대원들에게 짐이 되고

싶진 않았고, 또 특별 대우를 바라지도 않았고요. 그런 점에서 해병대는 저에게 참 많은 것을 다시금 생각해 볼 수 있는 계기가 된 것 같습니다. 지금의 소중함을 무척 많이 깨닫고, 앞으로를 생각할 수 있는 귀한 시간이었습니다.

—민혁 씨의 제대를 기다린 많은 팬들이 다음 작품에 큰 기대를 하고 있습니다. 혹시 다음 작품 계획은 있으신 건가요?

—소속사와 검토 중입니다. 아마 좋은 영화로 찾아뵙지 않을까 생각됩니다.

찬형과 마지막으로 본 영화가 저 배우의 입대 전 작품이었을까? 그러고 보니 그 흔한 영화 데이트를 한 것도 3년 전이 마지막이라니. 어쩌면 이미 찬형은 그때부터 준비하고 있었는지도 모르겠다.

—그렇군요. 민혁 씨, 제대 후 가장 하고 싶었던 일이 있으신가요?

불공평하다. 이건 불공평한 게임이었다. 혼자서 이별 준비를 해 버리면 남은 사람은 갑작스러운 큰 짐을 감당하기에 벅차다. 조금이라도 신호를 주든지, 아니면 공평하게 나에게도 준비할 시간을 줬어야 했다.

친구로 같이 보내온 시간만 해도 6년이다. 방 치우듯이 치워질 수 있는 시간이 아닌데 어쩌면 나에게 그렇게도 단칼로 잘라 말할 수 있었을까. 내가 울며 매달렸을 때 말이라도 '한 번 더 생각해 볼게.' 라고 할 수 있는 문제 아니었을까.

—네. 가장 먼저 하고 싶은 일이 있습니다.

—어머, 그게 뭔가요?

—사람을 찾으려고 합니다.

—사람이요?

—군대에서는 밤에 시간이 많거든요. 하나, 둘 생각을 꺼내고 다듬다 보니 생각나는 사람이 있었어요.

—그게 누군가요, 혹시 여자? 의미심장한데요?

누군가를 떠나보낸다. 그것도 한때 나에게서 가장 중요한 사람이었던 찬형을 정리한다.

마음이 아프다, 라는 말로는 설명되지 않는 묘한 감정이 가슴에 몽글몽글 맺혔다. 아마 정리할 수 없을 것이다. 나는 그를 쉽사리 정리하지 못할 것이다.

—그렇게 보이나요? 특정한 누군가를 말하는 게 아니라 저와 인연이 닿았던 모든 사람을 말씀드리는 겁니다. 군대에 있으니 사람이 많이 그리웠거든요. 물론 팬 한 분, 한 분도 제가 찾고자 하는 사람이에요.

새로운 사람을 만날 순 있을까?

나에겐 특별했던 그 사람도 결국은 보통의 연애로 끝났다.

누군가에게 중요한 사람이 되는 것, 생각보다 아주 힘든 일이었다.

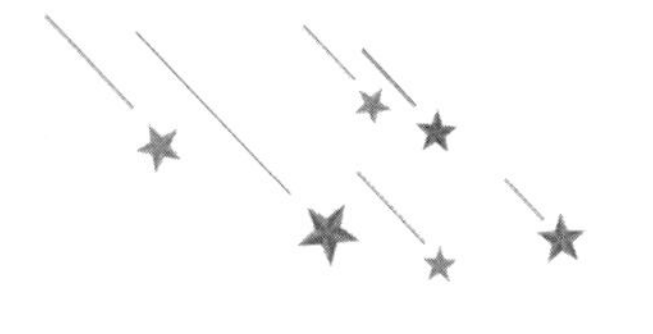

01.

개또라이가 나타났다

“거, 이거 뭐라고 말해야 하나, 참…….”

“부끄러워하지 마시고 솔직하게 말씀하시면 됩니다.”

“아니, 그래도. 원, 여자 선생님이라…….”

중년 남성은 벌겋게 달아오른 얼굴로 이러지도 저러지도 못하고 뒷머리만 긁적이고 있었다. 어떻게 보면 이십 대 후반 남짓, 혹은 서른인(아무래도 이쪽이 낫겠다.) 왜소한 여자 앞에서 쩔쩔매고 있는 모습이 누가 보면 하얀 가운 입은 대부업계의 큰손 앞에서 벌벌 떠는 모습이라고 생각할지도 모르겠다.

“환자분, 이러시면 치료가 곤란하죠. 말씀해 보세요.”

나는 어제부터 영 불편하기 짝이 없는 긴 생머리를 쓸어 넘기며 열심히 모니터를 응시한 채 키보드를 두드렸다. 환자의 말을 하나도 빠짐없이 차트에 기록할 생각이었다.

어버버 입을 벌릴 듯 벌리지 않는 저 중년 남자의 모습은 흔한 일인 양, 낯빛 하나 변하지 않고 그의 다음 말을 기다리고 있었다.

"저 그게 그러니까⋯⋯ 소, 소변을 보는데."

"이물감이요?"

"아니, 이물감이라기보단⋯⋯ 그 싸긴 싸는데⋯⋯."

"시원하지가 않다?"

"그, 그렇지! 그거죠. 양껏 한 것 같은데 늘 뒤가 찜찜하고."

"언제부터 증상이 있으셨어요?"

"⋯⋯일 년 전?"

"일 년이요?"

차팅(charting)하던 손가락이 멈췄다. 깜짝 놀라 남자를 바라보았지만, 여전히 멋쩍은 듯 시선만 피하고 있는 남자는 영락없는 아저씨였다. 대한민국 남자는 도대체 무슨 자신감으로 비뇨기과를 찾지 않는 것인가. 남자들은 스스로의 것이 마치 전쟁 승리의 전리품처럼 당당하게 그곳의 우월함을 자랑할 때는 언제고, 왜 관리는 자주적으로 하지 않는지 항상 의문이었다.

어찌 됐든 관리하는 남자이건, 아니건 앞에 있는 저 아저씨는 일 년간 이물감을 품으며 화장실에서 시원한 소변 한 번 보지 못한 채 지금 내 앞에 서 있었다. 환자다. 또 다른 말론 고객이며, 이 순간은 나의 전리품이다.

"바지 내리세요."

165cm의 키, 48kg의 몸무게. 나름대로 평균을 웃도는 키와 몸무게를 유지하고 있지만 절대 평균적이지 못한 나이를 서른 개나 가진, 서른의 싱글, 수 비뇨기과의 여의사. (빠른 년생임을 이제는 다행으로 여기며 그나마 한 살 줄일 수 있다는 것에 감사하고 있다.)

6년간 한 남자만 바라보며 열정을 다할 수 있었던 건, 불행인지 다행인지는 모르겠지만 어쨌든 나의 직업도 한몫을 했다고 생각한다. 남들은 보고 싶어도 잘 볼 수가 없는 남자의 그곳을 온종일 공부하고 만지고 치료하고 있었으니 남자에게 그다지 신비감이 없는 건 당연지사였다. 그래서일까, 첫 친구, 첫 사랑, 첫 연애, 모두 한 남자와 함께한 지난 이십 대의 시간을 무난하게 견뎌 낼 수 있었던 것은.

'다른 사람도 만나 보고 싶어.'

찬형은 마지막 순간에 나에게 이렇게 말했다.

그래. 때론 이해가 가기도 한다. 그 역시 내가 첫 친구, 첫 사랑, 첫 연애였을 테니까. 그와의 연애 동안 찬형만을 바라보았지만, 다른 남자와 잠자리를 하는 상상을 해 보지 않은 것은 아니었다.

동네 골목길 귀퉁이에 나무색 지붕과 초록빛 작은 정원이 있는 'Zeus' 의 카페 바리스타가 힘줄이 불끈 보이는 팔뚝을 내보이며 하얀 와이셔츠의 소매를 접어 입고 아메리카노를 내리고 있을 땐 나 역시 종종 생각하곤 했다.

저 남자와 함께 침대 위에 누워 있다. 그의 손끝에선 알싸한 원두 향이 나고, 그의 입술이 내 입술에 닿을 땐 달콤한 캐러멜의 맛이 날 것이라고. 카페에 갈 때마다 생각하곤 했다.

하지만 잠깐 토해 내고 마는 재채기와 같은 망상일 뿐.

'저 남자를 만나 보고 싶어.' 라며 찬형처럼 입 밖으로 내지 않았던 이유는 주야장천 남자의 그것을 만지고 누르고 유린하고 있는 내 직업병의 후유증일지도 모른다.

✣ ✣ ✣

"솔직히 남자, 불 끄면 다 똑같은 거 아니에요?"

"에이, 그건 남자를 모르고 하는 소리지. 김간은 아직 남자를 몰라."

"모르긴 뭘 몰라요. 비뇨기 간호사 생활만 해도 벌써 일 년차인데! 원장님 정도까진 아니지만, 저도 별별 물건 다 봤다고요."

"남자 앞에서 물건 얘기나 하고. 김간도 아줌마 다 됐네."

"어머, 정쌤! 24살 처녀한테 아줌마라니."

"결혼했다고 아줌만가? 소녀 감성이 없어지면 그냥 다 아줌마야."

"저도 아직 소녀 감성 남아 있거든요?"

"무슨?"

"아직도 전, 기다리고 있다고요. 저에게 멋진 황홀경을 선물해 줄 남자."

"황홀경 같은 소리 한다."

"그게 뭐 어때서요? 전부 남자 하기 나름이라고요. 진짜라니까? 남자의 성감대는 딱 한 곳밖에 없잖아요. 서나 죽으나 거기 하나. 근데 여자는 다르잖아요. 남자는 모로 가도 서울로만 가면 된다고 늘 쾌락을 느끼지만, 여잔 다르죠. 신경 써 줘야 되는 게 한두 개가 아니라고요. 내 친구 남자 친구는 시작할 때 꼭 성시경의 사랑 노래를 틀고 양키 캔들에 불까지 켜 준대요. 친구가 청각과 후각에 민감해하니까 그걸 기억하곤."

"자자, 저기요들. 밥 먹는데 물건이고, 양키 캔들이고, 자극적인 얘기는 그만합시다. 이 사람들 진짜. 비뇨기에서 일 안 했으면 큰일 낼 사람들이야 하여튼. 일반 사무실 휴게실에서 점심 도시락 까 먹으면서 결혼도 안 한 남자, 여자가 이런 수다 떨고 있었어 봐."

"하하하. 원장님, 이래서 저희들은 비뇨기 체질이라니까요?"

병원에 마련된 작은 휴게실 겸 탕비실. 세 명이 마주 보고 앉으면 꽉 차는 느낌이 드는 소파, 약간 낮은 유리 테이블에 둘러앉아 직원들과 점심 도시락을 까 먹을 때면 항상 얼굴이 화끈거렸다. 물론 아주 예전에! 밥이 입으로 들어가는지 코로 들어가는지도 모르게 당황했었던 때가 있었지. (수련의 시절 함께 일했던 정 실장님이 계셨을 땐 이런 수다의 수위가 더하면 더했지 덜하진 않았다. 아기가 셋이나 있는 아줌마셨다.)

지금은 이런 얘기를 하면서도 잘 익은 바나나를 후식으로 쫑쫑쫑 잘라 먹으니 내공이 상당해졌다고 볼 수 있을까.

올해 24살인 이영은 요즘 여자의 모습 그대로이다. 개방적인 사고방식, 자유로운 연애스타일.

누구에게나 친절한 웃음과 먼저 내보이는 속마음으로 귀여운 수다쟁이 스타일이다. 대학을 졸업한 지 얼마 되지 않아 아직 젊은 감각을 유지하고 있는 빛나는 이십 대의 표본.

가끔 이영을 보고 있을 때면 나의 이십 대가 그리워지기도 했다. 난 왜 그녀처럼 자기 자신을 가꾸지 못했을까. 그때부터 꾸미고 예뻐지려 했다면 찬형만 바라보고 있지는 않았을 것이다.

"체질은 무슨. 처녀가 창피함도 모르고. 아무튼, 김간이 내 여동생이었으면 머리를 빡빡 밀어 버렸을 거야, 난."

36살의 물리치료사 승호는 우리 병원의 청일점이다. 개인적으로 많이 의지하는 동료이자 오빠이다. 병원 밖에서 맥주라도 한잔할 땐 승호 오빠라고 부르고 있으니 말이다.

정 실장님이 믿어 보라며 나름 서울 소재의 명문대 졸업에, 대기업 행정부서에서 근무한 경력도 있고 성실함과 책임감은 보장한다며 소개해 주고 떠난 남자 물리치료사, 그 사람이 승호였다. (알고 보니 친동생이라고 했다. 성격이 전혀 다른 남매라 생각했다.)

190cm에 가까운 키에 듬직한 체구. 밖에서 본다면 절대로 의료인이란 직업을 떠올릴 수 없는 비주얼을 가지고 있었다. 나도

첫인상으로는 운동하는 사람인 줄 알았으니까.

처음 수 비뇨기과를 개업하게 되었을 때, 여자밖에 없는 비뇨기 병원엔 별별 진상 환자와 변태 끼 다분한 환자가 많이도 왔었다.

하지만 승호가 온 뒤로 변태 환자는 볼 수 없었다. 있더라도 그의 무표정한 눈짓 한 방이면 깨갱 수그러들었으니 그의 존재가 얼마나 다행인지 모른다.

❖ ❖ ❖

"커피 한 잔 할까요?"

이영이 애살맞게 웃으며 종이컵에 믹스커피 3개를 쏟아붓고 티스푼으로 젓고 있었다. 월요일 오후 2시. 아까 그 아저씨 말고는 찾아오는 환자가 더는 없었다. 월요일은 항상 환자가 없는 편이다. 글루미 먼데이다, 월요병이다. 환자가 없는 이유는 많다지만 내 생각은 그랬다.

한 주를 시작하는 월요일부터 팬티를 내리고 싶은 남자가 어디 있을까. 정말 웬만큼 급한 일이 아니고서야.

"2시에 예약 환자 한 명 있긴 한데, 안 오려나 봐요."

"확인 전화해 봤어?"

"5분만 더 기다려 보고 하려고요."

"환자 오면 콜 주세요. 들어가 있을게요."

"네, 원장님."

이영이 건네준 다방 커피를 들고 진료실 창가에 걸터앉아 밖을 내다보며 커피를 한 모금 물었다. 한산하다. 밖도, 안도. 고요하다. 이럴 때면 생각하지 못하고 있었던 중요한 사실이 다시금 떠오른다. '나는 지금 이별 중' 이다.

생각보다 아프지 않았다. 많이 힘들다고 생각되지도 않았다. 다만 이렇게 문득문득 기억이 났다. 그리고 슬프다는 감정을 또다시 깨닫는다. 아침도 잘 먹고, 점심밥도 든든히 잘 먹었다.

찬형과 헤어지면 하늘이 무너질 것이다 막연히 생각했던 그것은 생각보다도 조용히 잘 지나가고 있었다. 다만 이렇게 혼자 있을 때면, 그 적막감의 틈을 비집고 다시 찬형이 들어왔다. 그리고 수도 없이 가슴에서부터 들렸다.

연락하고 싶다. 지금쯤 옥상에 올라가 별을 보며 잠시 한숨 돌리면서 나에게 전화를 하고 있을 시간인데. 지금 내가 연락한다면 그 사람도 받아 줄 수 있을 텐데.

하얀 가운에 볼록 나온 주머니로 손이 갔다. 휴대전화를 꺼내 들어 보지 않아도 외우는 익숙한 전화번호를 누를 때쯤, 컴퓨터 스피커에서 짤랑 하는 메신저 알림 소리가 들렸다.

―예약 환자 오셨습니다. 들어가도 될까요. 원장님?

"네, 들어오세요."

순간 이성의 끈을 놓칠 뻔했구나. 잘했어, 잘한 거야. 스스로를 위로하며 재빨리 책상에 앉았다. 곧이어 똑똑 노크 소리와 함께 이영의 안내로 한 남자가 문을 열고 들어왔다.

"원장님, 2시 예약 환자이십니다."

유난히 큰 목소리로 말하는 이영을 쳐다보자 눈썹을 심하게 들썩이는 그녀를 볼 수 있었다. 마치 '저 사람 좀 이상한 것 같아요.' 라는 텔레파시가 들리는 듯했다.

"안녕하세요. 이쪽으로 앉으세요."

오랜만에 내원한 변태 환자인가, 짐짓 아무렇지 않은 듯 남자에게 맞은편 의자를 가리켰다. 하지만 그 남자는 전혀 움직일 생각이 없어 보였다.

코끝까지 눌러쓴 야구 모자, 거기다 검은색 선글라스에 흰 마스크, 검은색 캐주얼한 후드 티에 청바지.

혹시 저 남자의 손이 안주머니나 뒷주머니로 가진 않았나, 날카로운 흉기라도 들고 있진 않나, 난 재빠르게 확인했다. 다행스럽게도 두 손을 가지런히 모으고 멀뚱히 서 있는 남자를 보고 안도했다. 칼만 들면 강도라고 해도 믿을 정도의 차림새와 행동이었다.

"앉으세요. 환자분 성함이…… 최성국 씨?"

"아, 네."

이름을 부르자 그제야 안심한 듯 남자는 의자에 앉았다.

"어디가 불편하신 거죠?"

"흠, 그게……."

"편하게 말씀하세요."

비뇨기과 환자들은 항상 먼저 아픈 부위의 증상을 속 시원히 말하지 못한다. 여자는 산부인과에 가서 말도 잘하고 당당히 치료를 요구하기도 하는데…….

순간 아차 싶었다. 내가 여자여서 민망하겠구나. 그 사실을 지금에서야 깨닫는다.

"여자 의사라서 불편하시죠? 그런 거 생각하지 마시고 편하게 말씀하시면 됩니다. 의사는 여자고, 남자고 없어요."

"사실, 잡지에서 선생님 기사 보고 왔습니다. 이쪽으론 전문가라고 하시길래."

"잡지요?"

"네, 일간지."

"아!"

잡지 기사라면, 1년 전 찬형이 실어 준 것이었다.

여성 잡지사에서 찬형은 기자로 일하고 있다. 그때 남자 친구 덕 좀 보자며 조르고 졸라 겨우 몇 장의 병원 사진과 함께 비뇨기에 대한 편견과 인식, 그리고 치료 방법 등을 기사화하여 썼던 적이 있었다.

기사가 올라가고 난 당시엔 꽤 많은 환자가 몰려왔었지만 반짝 효과였을 뿐, 유동인구가 많지 않은 주택가 비뇨기과 의원에는 그다지 큰 효과가 있는 홍보는 아니었다. 그래서 찬형의 덕을 본 홍보는 그게 처음이자 마지막이었다.

"그때, 발기부전의 종류도 여러 가지가 있고 치료 방법도 여러 가지가 있다고 하셨는데……."

"네, 그렇죠. 성생활에 불편함이 있으신 건가요?"

"아뇨! 그런 거 아닙니다."

"그럼 배뇨……."

"아뇨! 그것도 아니고요."

이 남자, 지금 나와 스무고개라도 하자는 걸까.

"그럼 어디가 불편하신지."

"그때 그 기사를 보고 종합해 봤을 때 저는 심인성 발기부전인 것 같습니다만."

아, 진상이구나.

자신의 병을 스스로 진단 내릴 거면 병원엔 왜 온 것일까. 슬슬 짜증 났지만 남자는 듣기 좋은 목소리로 명확하게 단정 짓고 있었다.

"병명은 검사를 좀 더 해 봐야 알 수 있는 부분입니다."

"확실하다고 생각합니다."

"네?"

"제가 필요한 건 검사 건너뛰고, 심인성 발기부전일 때 처방되는 약. 그거 주십시오."

아, 또라이였어. 아니면 닥터쇼핑 환자인가.

딱 보기에도 여러 군데 병원에서 퇴짜를 맞았음이 틀림없었다. 누가 의약품을 검사도 없이 그냥 처방해 주겠는가. 내 기사 보고 왔다는 것도 어쩌면 다 헛소리일지도 몰랐다. 이영의 눈짓 대로

이 남자, 좀 이상한 것 같다. 냄새가 나.

"의사의 진료 없이 약 처방만은 안 됩니다. 기본적인 문진과 검사는 꼭 필요한……."

"제가 검사를 받을 수 있는 상황이 아니거든요."

"병원에 오셨으니, 검사를 받을 수 있는 상황 아닌가요?"

"그런 상황이 아니라…… 하아……."

남자는 선글라스를 벗어 눈 주위를 두 손가락으로 힘껏 누르곤 다시 선글라스를 쓰는 대신 야구 모자를 더욱 깊게 눌러 썼다.

"검사를 꼭 해 봐야 되는 건가요?"

"당연하죠. 그래야 병명이 나오는 거고, 그에 따른 치료도 시작할 수 있습니다."

"그럼, 뭐……. 어떻게, 바지 벗고 만져 보고 그래야 하는 건가요?"

"필요하다면 촉진도 해야 하겠죠?"

"하아……. 그냥, 냄새라든가 분비물을 본다든가 그런 우회적인 방법은 없나요?"

아, 개또라이다!

저 남자의 물건은 황금 물건이라도 되는가. 내가 그쪽 분비물의 냄새를 왜 맡아야 합니까. 목구멍 끝까지 차올랐다. 신경질이 머리카락 끝까지 쭈뼛 서게 하였지만 몇 안 되는 환자를 쫓아낼 순 없기에 꾹 참아 내곤 최대한 상냥하게 웃으며 대답했다.

"일단 기본적인 문진 설문지 작성해 주시고요."

연필과 설문지를 내밀자 그는 마지막으로 깊은 한숨을 내쉬고는 연필을 들었다.

잠시 후.

"술도 안 드시고, 운동도 일주일에 4번 이상 하고 계시네요. 다른 질환 같은 거 없으시고, 유전 질환도 없으시고…… 배뇨 시 이물감 전혀 없고. 혹시 비뇨기 검진은 주기적으로 하시나요?"

"아뇨. 제가 그쪽 검사는 할 수가……."

"소변에 피가 섞여 나왔거나 한 적은 없나요? 아니면 배뇨 시에 좀 불편했던 적이 있다든가."

"예전에 몇 번 있긴 했었는데, 그때 밤샘……. 아니, 너무 피곤한 날이라."

"비뇨기 기본 검사나, 전립선암 검사 같은 거 전혀 받아 보신 적 없으신 거네요."

"전립선이요?"

"내원하신 김에 기본적인 검사는 다 해 보시는 게 좋으실 것 같아요. 나이가…… 서른셋이시네요? 요즘은 스마트 폰이고, 컴퓨터고 전자파에 노출된 시간이 많아서 서른 넘으면 비뇨기도 꾸준히 관리해 주셔야 해요. 또 전립선암 같은 경우에는 젊은 나이대에도 많이 발생하는 추세이거든요. 전립선 검사는 해 보시는 게 좋겠는데요? 소변에 피가 나온 적도 있으셨다고 하니. 병명은 일단 기본검사 해 보신 후에 내리는 걸로 하죠. 이 컵에 소변 받아 오시고요."

남자는 잠시 동안 침묵했다. 그리고 큰 결심이라도 한 듯이 몸을 일으켰다.

"저쪽 침대에 기대시고요. 아아, 눕지 마시고요. 침대를 양손으로 이렇게 짚고 기대고 서 계셔 주세요. 바지 내리시고, 팬티도 내리셔야죠. 네, 그리고 다리에 힘 딱 주셔야 해요."

침대를 붙잡고 벽을 바라보고 있는 남자의 엉덩이가 봉긋 긴장해 있었다. 탄탄한 허벅지와 매끈하게 이어진 남자다운 종아리. 그리고 한껏 업 된 엉덩이.

자세히 보니 뒷모습이 모델이라고 해도 믿을 것 같았다. 186cm는 족히 되어 보이는 큰 키와 한눈에 봐도 운동으로 다져진 어깨, 군살 하나 없는 허리선.

남자가 가장 매력적인 나이 서른셋. 모자를 푹 눌러써 얼굴의 반을 가리고 검사는 최대한 피하고 싶을 만큼 부끄러울 법도 하겠구나 싶었다. 중년의 아저씨 아닌 이상에야 같은 또래의 여의사 앞에서 팬티를 벗고 진료를 본다는 게 어색하기도 하겠지.

"자, 긴장하지 마시고요."

엉덩이를 찰싹찰싹. 원래는 두어 번 때리지만, 탱글탱글 탄력있게 떨리는 그 모습이 보기 좋아 네댓 번 때린 나는 수술용 장갑을 양손에 착용하고 두 손을 고이 모아 검지를 쭉 펴며 준비했다.

"이물감 있어요, 곧 들어가니까 놀라지 마시고요. 힘 빼세요, 힘."

"들어간다니 뭐가……! 흡…… 흐읍!"

"느낌 이상할 거예요. 다리에 힘주고 나오는 거 참지 마세요."

"흐윽…… 흡. 으…… 자, 잠깐만……!"

탱글한 남자의 항문으로 나의 손가락이 들어갔다. 항문 입구에서 조금 더 깊숙이 검지를 넣어 천천히 전립선을 자극하기 시작했다.

의사가 검지로 환우의 직장에 손을 넣어 직접 만져 보고 판단하는 검사로 크기나 단단한 정도, 통증이나 혹의 유무를 알아볼 수 있다. 또한, 전립선 마사지 과정에서 남자는 아무런 쾌감 없이 사정하게 되는데, 이렇게 추출된 전립선액은 염증 유무, 세균성이나 비세균성 전립선암을 진단하는 데 중요한 역할을 한다. 하지만 이 마사지 과정이 그리 순탄치는 않다.

"잠깐, 잠깐만 빼요. 빼. 빼, 빼!"

"환자분, 조금만 참아 보세요."

"빼. 빼. 빼라고!"

다짜고짜 목소리를 높이며 반말을 해 대는 남자의 항문에 나는 손가락을 더욱 깊숙이 넣었다. 하지만 그게 실수였을까.

난 거기서부터 확실히, 이 남자와의 악연이 시작됐다고 확신한다.

푸드득. 푹. 푹.

묵직한 소리와 매캐한 냄새가 나의 코끝을 스칠 때쯤 이미 내 손가락은 그의 항문에서 나온 무색 악취의 압력에 반쯤은 밀려

나왔다. 그리고 그의 외마디 비명. 아니, 절규.

"으악!"

그리고 보았다.

땀을 비 오듯이 흘리는 그의 얼굴을. 갑작스러운 손가락 공격에 그는 모자를 채 챙기지도 못하고 얼굴을 한껏 젖히곤 천장을 바라보며 괴로운 듯이 소리를 지를 뿐이었다. 아마도 그건 아픔보단 치욕에 가까운 몸짓이었다. 내가 그의 상황이었더라도 백 번 이해하고, 천 번 이해할 수 있었다.

"어……! 영화배우 이민혁?"

그렇게 그의 항문에 나의 손가락을 꽂은 채 연예인 이민혁과 악몽 같은 인연이 시작되었다.

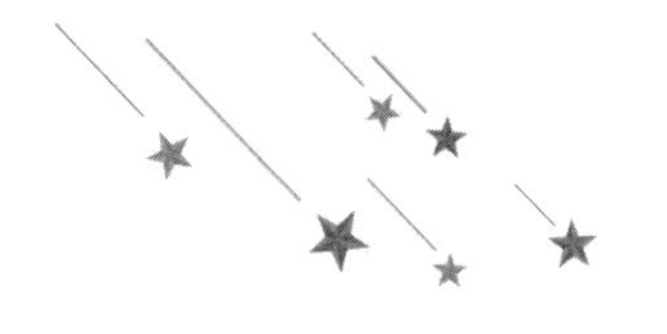

02.

루머가 만들어지는 과정

지독한 침묵, 그리고 그것보다 더욱더 지독한 냄새의 습격.

뭐, 그리 놀랄 일은 아니었다. 오히려 이 남자는 양호한 편이었다. 전립선 검사를 하다 보면 방귀는 물론이거니와 가끔은 똥을 싸는, 말 그대로 똥을 싸 버리는 일도 허다했기에 난 짐짓 아무렇지 않았지만, 이 경우엔 달랐다.

이 시대 최고의 로맨티시스트 전문 영화배우의 방귀라니. 그것도 지독한 똥방귀라니.

"원장님, 최성국 씨 진료비 따로 없어요? 그냥 후다닥 나가 버리시던데요? 어우, 근데 이거 무슨 냄새예요?"

진료실 문을 연 이영이 코를 막고선 말했다.

영화배우 이민혁 씨의 방귀 냄새, 라고 하면 그녀는 믿을까.

영화배우 이민혁 씨 좋아하잖아. 실컷 맡아 봐, 라고 하면 그녀의 다음 행동은 무엇일까. 되지도 않는 궁금함이 내 입술을 자꾸 씰룩거리게 하였다.

"아까 그 환자 똥 쌌어요?"

"뭐? 어디, 어디?"

똥 얘기에 승호도 헐레벌떡 들어와 주위를 살폈다. 냄새가 아직도 나긴 나는지 그의 미간이 꿈틀거렸다. 말로만 듣던 루머가 만들어지는 순간이었다. 이건 완전 헤드라이트 특종 기삿거리가 아니던가. 유명 영화배우 이 모 씨, 인적 없는 비뇨기과 의원에서 발기부전 치료 극비 진행하다 진료실에 똥 투척.

"아니, 아니. 그런 거 아니에요. 아까 그 환자 진료비 따로 없어요. 상담만 받았어요."

"원장님, 근데 아까 그 환자 좀 이상하지 않아요? 8월 날씨에 웬 모자랑 선글라스, 마스크람?"

"좀 수상스럽긴 했는데……. 뭐, 쑥스러우면 그럴 수도 있지. 나이 젊던데. 젊은 남자가 비뇨기과 오는 거 민망하긴 하잖아."

"그런가? 수상한데……."

"됐고, 대기 환자분 들어오시라고 안내해 줘요."

나는 더는 이들에게 방금의 상황을 자세히 설명하지 않았다. 최성국이라는 이름을 가진 사람이 바로 영화배우 이민혁이었다는 사실을. 최성국이라는 이름이 이민혁의 본명인지, 아니면 타인의 이름을 빌려 진료를 본 것인지는 모르겠다. 어찌 됐든 대한민국에서 톱스타의 항문에 손가락을 꽂은 의사는 내가 최초이리라. 나름 내 직업에 자부심이 느껴지는 순간이었다.

의사는 환자의 진료 내용을 발설할 수 없는 비밀보장의 의무가 있다. 학부 때 그리 성실했던 의대생은 아니었지만 그래도 지금 이 순간 히포크라테스의 선서에 나의 양심을 걸고 순결한 선의의 명의가 된 것 같아 무척 뿌듯했다.

"근데 원장님, 그 환자 혹시……. 연예인, 아니에요?"

"나 사랑하니?"

"내가 죽는 한이 있더라도."

"키스해 줘."

민혁의 손이 여자의 머리를 감싸 안았다. 입술이 그녀의 이마를 타고 내려와 코끝으로, 그리고 입술을 살포시 덮었다. 손은 자연스럽게 그녀의 어깨로, 그리고 허리로. 다리가 풀린 듯한 그녀는 소파에 털썩 주저앉아 버리고, 그 기회를 놓치지 않고 민혁은 그녀를 소파에 눕혀 버렸다. 그리고 진한 키스, 으스러지도록 안아 버리는 그의 포옹이 이어졌다.

그리고 그녀의 블라우스 단추를 하나, 둘, 풀어 내리기 시작하는데 아차 싶다. 눈앞이 깜깜해진다. 벙 져 버린 손. 아무것도 생각이 나지 않았다.

"컷!"

"일부러 그러는 거야, 뭐야……."

감독의 컷 소리와 함께 민혁의 밑에 깔려 있던 선화가 구시렁거리며 블라우스를 추슬렀다.

"아, 민혁 씨 감정 좋았는데 왜 멈췄어! 몇 번째야, 이게. 정신 안 차려?"

"아……. 다음 대사가…… 죄송합니다."

"배드씬에선 한 번에 가자, 제발. 5분만 끊었다 가겠습니다! 어우, 선화 씨 춥지? 아니, 세트장에 난방이 안 되네. 저기 난로 있으니까 앉아 있어요."

감독은 연신 난처한 표정을 지으며 선화에게 고개를 굽실굽실 숙였다. 어디서 달려왔는지 매니저와 코디가 커다란 담요를 가져와 반쯤 벗겨진 선화의 블라우스 위로 감싸며 그녀를 차량으로 데려가고 있었다.

"민혁아, 괜찮아?"

"응."

"대답은 잘한다. 너 얼굴 창백해졌어, 인마."

"후우."

성국은 어지간히도 답답했는지 끊었던 담배를 꺼내 물고 불을 붙였다. 지저분한 머리카락, 덥수룩한 수염, 꾀죄죄한 몰골. 촬영장에서 밤을 새우는 배우의 얼굴은 시간이 지날수록 덧칠한 메이크업 탓에 점점 더 창백해져 가고, 옆에서 함께하는 매니저의 얼굴은 점점 더 까칠해져만 갔다.

쉼 없이 돌아가는 테이크. 투자사의 지원이 빵빵한 신입감독의 입봉작. 상업성 짙은 영화가 아닌 예술성 가득한 영화. 그리고 그 영화에 이미지 쇄신, 혹은 해외 영화제 진출을 저격한 배우들의 노 개런티 출연.

세상은 주고받는 관계로 이루어진다. 공짜는 없는 법. 노 개런티로 출연한 배우들은 한국 영화를 사랑하는 진정한 배우의 헤드라인 기삿거리를 얻고 운이 좋으면 수상도 얻는다. 투자사와 감독, 배우가 함께 만드는 해외 영화제 수상작 타이틀, 그리고 덤으로 얻어지는 어마어마한 수익과 명성.

"친구로서 말할까, 아니면 배우 이민혁 매니저로서 말할까."

"매니저."

"미친 새끼야."

"친구는."

"이~런 븅신."

"뭐 하나 듣기 좋은 말은 없는 거냐?"

"너 같으면 있겠냐? 뒷수습은 내가 하게 생겼는데? 도대체 언제까지 이럴 거야……. 너 이거 극복한다고 이 영화 노 개런티로 출연한 거잖아. 이 씬을 절대 뺄 수 없는 영화에 참여해서 억지로라도 할 거라고."

"언제까지 피할 수 있는 문제는 아니잖아. 배우 생활할 건데."

"그렇다고 이렇게 막무가내로 들이댈 것도 아니었지. 어휴."

"부탁한다."

물론 나 역시 이번 영화를 통해 얻고 싶은 목적이 있었기에 참여했다. 이런 영화의 스토리상 배드씬이나 여배우의 노출씬이라도 있는 날이면 여배우는 갑(甲)보다 센 슈퍼 을(乙)이 된다.

성국은 깊은 한숨을 내쉬고 몇 모금 채 빨지 않은 담배를 바닥에 비벼 끈 후 터벅터벅 무거운 발걸음을 감독에게로 옮겼다.

처음부터 그 상황이 되면 전원 꺼진 로봇처럼 모든 것이 깜깜해지는 것은 아니었다. 나름 위풍당당한 자신감으로 난봉꾼 짓을 하던 때도 있었다.

스무 살. 모든 세상이 나를 중심으로 돌아간다고 생각했던 그땐, 하루에 소개팅을 두 탕씩 뛰고 양다리를 넘어 세 다리, 네 다리를 걸쳐 본 적도 있었다. 시간을 초 단위로 나눠 진숙이, 미자, 선유, 재선이, 영미 기타 등등 참 많이도 만났던 것 같다.

좋았다. 손을 잡는 것도, 여자의 허리에 손을 감아 보는 것도.

반반한 얼굴과 타고난 큰 키, 연극영화과 재학 타이틀에 탄탄한 몸까지. 그 당시 이민혁을 싫어할 여자 역시 없을뿐더러 가만히 있어도 여자들은 내게 접근을 해 왔다. 나 역시 마다치 않았다. 손잡고, 포옹을 하고. 그래, 까짓것 키스도 잘했다. 하지만 거기까지였다.

야릇한 분위기가 형성되고 둘만의 공간으로 들어섰을 때 주변의 공기를 무겁게 메우는 그 어색함과 떨림 속에서 이루어지는 행동의 대화.

처음 이 증상이 생겼을 때는 쉽게 넘겼다. 처음이니까. 여자의 첫 경험이 떨리고 긴장되듯이 남자의 첫 경험도 그에 못지않은 부담감이 엄습한다. 그때의 여자 친구 역시 '괜찮아. 난 이렇게 안고 있는 것만으로도 좋아.' 라며 내 등을 쓰다듬어 주었다.

그리고 두 번째 역시 마찬가지.

그 순간만 오면, 그 상황에서 내 머리가 그것을 위한 행동을 지시하는 상황만 오게 되면 온몸에 힘이 빠졌다. 그리고 뻣뻣하게 굳어졌다. 아무것도 기억나지 않았다. 정말 눈앞이 깜깜해진다.

같은 상황의 연속, 혼자 화장실에서 샤워기의 물을 틀어 둔 채 미친 듯이 벽을 치며 자책했던 일이 기억난다. 그리고 세 번째 반복되었을 때 나는 첫 이별을 했다.

남자와 여자 사이에도 삼세번이라는 법칙이 있다는 걸 난 그때 처음 알았다. 말 그대로 삼진 아웃.

첫 연애를 어처구니없는 이유로 실패하고, 누구에게 말하지 못한 채 해결책을 찾았다. 난 무작정 여자들을 만나기 시작했다. 한 명 만나고, 두 명, 세 명, 네 명. 그 숫자가 늘어날 때마다 조급해져만 갔다. 여자를 만나고 돈을 쓰고 연애를 한다.

그간 나의 연애 패턴은 이러했다. 시도→실패→2차 시도→실패→헤어짐 통보.

첫 연애 때 겪은 이별을 발판 삼아 삼진 아웃되기 전 온갖 변명거리를 만들어 먼저 이별을 통보했다. 이유는 다양하게 만들 수 있었다. '생각보다 우린 맞지 않는 것 같아' 가 내재하여 있는 '성(性)격 차이'. 그러다 보니 한국대 연극영화과에서 이민혁 이름 석 자 모르는 여자 없었고, 더불어 바람둥이라는 수식어가 늘 붙어 다닐 수밖에 없었다.

내 연애의 목적은 하나였다. 단 하나.

하지만 많은 노력에도 별다른 진전은 없었고 어떤 날엔 내가 혹시 사이보그라 전원 버튼 누르면 꺼져 버리는 걸까 싶어 샤워할 때 목뼈를 더듬더듬하기도 했다. 그 순간 느꼈다. 나에게 문제가 있구나.

어릴 적 치기 어린 마음에는 '안 되면 되게 하라.' 라는 논리로 무작정 여자를 만나고, 무작정 들이대고, 또 다른 사람을 만나고 하였다. 하지만 계속 그런 상황을 만들 수는 없는 노릇이었다. 이건 내 문제이고, 내 문제에 다른 사람을 희생하도록 만들고 싶지 않았다. 그동안 내가 해 온 모든 행동이 비겁하다는 걸 깨달았다.

그 후 나는 더 이상 연애를 하지 않았다. 여기까지 자각하는 데 1년이 걸렸다. 대학교 2학년 때부터는 연기에 집중하기 시작했다. 다른 곳으로 생각을 돌렸고, 다른 곳으로 정신을 집중시켰다. 생각보다 연기는 적성에 맞았고 그것과 맞먹는 묘한 쾌락이 있었다.

그렇게 연기에 미쳐 있을 때, 조연출을 하고 있었던 성국을 만났다. 성국을 통해 나는 연예계에 데뷔할 수 있었고, 인연이 닿아 성국의 매니지먼트를 받으며 성장해 나갔다. 그리고 지금은 그의 기획사에 없어서는 안 될 간판 배우가 되었다.

✣ ❖ ✣

「톱스타 이민혁, 영화 촬영 날 펑크.」

「사라진 영화배우 이민혁, 도대체 어디로?」

「영화사 손실 커, 영화 '가을' 투자사 계약 취소 잇달아…….」

「이민혁 소속사 측, 일방적 잠수 아냐, 사전 협의 없던 촬영 요구에 괴로움 토로, 현재 스트레스성 급성 위경련으로 병원 입원 중.」

아침마다 꼬박꼬박 잘도 배달되는 신문이 복도에 어느새 산더미처럼 쌓였다.

슬쩍 현관문을 열어 신문만 스윽 가지고 들어와 날짜를 거꾸로 세며 넘겼다. 삼 일째 헤드라인 기사엔 내 이름으로 가득했다.

처음 하루이틀째엔 그래도 연예면에 실리더니 투자사 계약 취소 잇달아 피해가 크다는 기사는 사회면에 실렸다. 웃어야 할지, 울어야 할지.

누가 썼는지 몰라도 기사엔 나도 모르는 내용이 상세하게도 적혀 있었다. 해외 영화제에서 수상작으로 손꼽히고 있는 이번 영화를 미리 알아보고 영화 속 주인공 이미지 그대로 광고 촬영을 선계약했던 업체에서 소송이 들어와 위약금을 물어 줘야 한단다, 내가. 뭐, 엄밀히 따지고 들자면 성국의 소속사지만 그 돈이 내 돈이고 내 돈이 성국 돈이니 어쨌든 내긴 내야 하나 보다.

이번엔 일이 제대로 터졌다.

"휴우."

깊은 한숨 뒤, 휴대전화를 들어 성국에게 전화를 걸었다.

"나 군대 간다. 조금 잠잠해지면 이걸로 수습해 줘."

—뭐? 야, 이 미친 새끼야!

그렇게 입대를 했다. 도피성 입대였다. 톱스타 이민혁, 비밀리 입대. 하지만 언론은 병역 비리가 난무하는 이 타이밍에 '톱스타가 솔선수범하여 그것도 해병대에 자원입대하다.' 로 포장이 되었다. 물론 거기까지 성국의 많은 노력과 뒷거래가 있었을 거란 걸 알고 있었다.

하루에도 몇십 개씩 포털 사이트에 입대 소식을 담은 기사가 올라왔고, 그렇게 만들어진 책임감 있고 모범적인 모습으로 대중들은 금세 나에 대한 소식을 좋은 쪽으로 받아들였다.

입소 첫날.

후회했다. 진심으로 후회했다. 군대도 군대지만, 해병대는 너무 빡셌다.

아침에는 미친 듯한 훈련 때문에 울고, 밤에는 병무청 사이트에 들어가 자원입대 일정을 클릭질 하던 내 손가락 때문에 울었다.

군대에선 일병 때까진 울 일이 많았다. 초코파이가 먹고 싶어 울고, 밤에 일어나 화장실 가고 싶은데 못 가서 울고, 음악 프로그램에 걸그룹이 나와서 울고. 물론 속 시원히 펑펑 울 수는 없었다. 군대에서도 보는 눈은 있고, 난 스타이고, 여기서 일어나는 행동 모두 제대 후의 내 이미지가 될 테니까.

마치 감옥 같은 생활을 했다. 실제 그곳과 다른 점이 있다면 여기선 연예인이라는 가면을 쓰고 생활했다는 점이었다. 그렇게 상병이 지나가고 꼬인 군 생활도 서서히 풀릴 때쯤이었다.

"이병 이정! 9월 10일부터 15일까지 4박 5일의 위로휴가를 마치고 무사히 부대에 복귀하였습니다. 이에 신고합니다! 필승!"

"필승. 수고했다."

"아닙니다! 저기, 이 병장님."

"응?"

"이거 잡지이지 말입니다."

"잡지?"

"이 병장님 기사가 실려 있길래 챙겨 왔습니다!"

"그래? 고맙다."

"아닙니다!"

군 생활이 고되어 잊고 있었던 나의 문제를 후임병이 휴가를 나갔다 가져다준 잡지를 통해 다시금 깨달았다.

「사랑하는 이와의 잠자리. 불편하시다면 이분을 주목해 주십시오. 여성의 입장에서 남성을 치료한다! 사랑의 시작 상황에서 눈앞이 깜깜해지는 모든 남성들. 문제는 바로…….」

그 의사의 기사를 읽은 것이다. 모든 세상과의 소통이 단절된 그곳에서, 다름 아닌 그 여자의 기사를 읽었다. 그리고 그 여자라면 나를 고칠 수 있겠다. 어쩌면 그녀의 말대로 약물치료가 가능한 '병' 일지도 모른다는 믿음.

제대하자마자 그 의사부터 찾았다. 다른 병원을 알아보고 탐색하고, 그런 거 따윈 없었다. 그녀의 그 기사, 그 이야기. 딱 내 이야기였으니까.

반드시 찾아야만 했다.

날씨가 조금 쌀쌀해졌는지 약간 서늘한 기운에 저절로 눈이 떠졌다. 오늘따라 옆자리가 허전한 퀸 사이즈 침대 이불 속에서 뒹굴거리다 갑자기 생각난 며칠 전 기억에 손가락을 움찔거렸다.

"푸하하하."

일주일이나 지났는데 아직도 내 검지에서 냄새가 나는 듯했다. 하지만 뭐, 기분은 좋았다. 요 며칠 혼자 있을 때면 찬형이 생각나 미칠 듯이 우울했는데 오늘 아침은 폭소로 시작했다. 오늘은 기분이 좋은 날이다.

짤랑, 소리를 내며 힘차게 유리문을 열고 출근을 했다. 아침 일찍부터 컴퓨터 모니터를 보며 시시덕거리는 이영과 승호를 볼 수 있었다.

"병원 컴퓨터로 이상한 거 보지 말랬지!"

"이상한 거 아니고요. 원장님. 흐흐흐. 어제 제가 보낸 메시지 보셨어요?"

"메시지? 아니, 못 봤는데 왜?"

"김간이 우리 단체 채팅방에 비생산적인 장문의 글을 보냈지."

"정쌤, 비생산적인 글이라뇨. 가십! 익숙한 말로 찌라시!"

"찌라시?"

"원장님 빨리, 제가 보낸 메시지 보세요."

"왜 중요한 거야?"

"네. 엄청, 엄청 중요하고 또 흥미진진할걸요?"

"거참, 알았어. 알았어."

이영의 성화에 못 이겨 주머니에서 휴대전화를 꺼냈다. 승호는 이미 포기한 듯 고개를 절레절레 흔들고 있지만, 그 역시 곁눈질로 데스크 위의 모니터를 주시하고 있었다.

「모범적 이미지인 톱스타 A군, 알고 보니 왕년의 카사노바. 대학 시절 문란하기 그지없던 성생활을 즐겼던 톱스타 A군, 그의 행보가 요즘 수상하다. 인적 드문 비뇨기과를 드나든다는 소식을 우리의 최측근을 통해 입수. 문란했던 과거의 성생활로 인해 문제가 생긴 것! 지금은 한없이 책임감 있고 더할 나위 없이 모범적 이미지를 구축한 톱스타 A군, 그의 비밀이 폭로되면 많은 여성 팬들이 떠나가지 않을까?」

"뭐, 뭐야, 이 기사?"

"이거, 그때 그 사람 맞죠? 왜요, 원장님 진료실에서! 제가 연예인 아니냐고 물어봤더니 원장님이 그러셨잖아요. 의사는 환자에 대한 정보를 지켜야 할 의무가 있어, 라고! 이거 아무래도 그때 그 환자 얘기 소문 퍼진 거 아니에요?"

"뭐, 뭐? 내가 언제 연예인이라고 했어?"

"말씀은 안 하셨지만, 무언의 긍정과 마찬가지였다고요. 원장님은 거짓말 너무 못하셔. 아무튼, 지금 인터넷 기사 난리 났어요. 이 찌라시로 도배됐는데, 그 밑으로 예상되는 배우 이름들이 댓글로 아주 쫙!"

"누구누구 거론됐는데?"

"거론이야 많이 됐죠, 근데 지금 압도적인 사람이 하나 있어요."

"누……구?"

"해병대 자원입대했다가 최근에 제대한 배우 이민혁!"

"헉!"

"맞죠?"

“원장님 저 표정 보아하니 김간 말이 맞나 보다. 이민혁이었어? 이야.”

“나, 난 아무 말도 안 했다?”

얼른 진료실 문을 열고 들어왔다. 겉옷을 옷걸이에 걸고 흰 가운을 입는 내내 마음이 찜찜했다. 발 없는 말이 천 리를 간다더니. 소문이란 게 참 이런 거라고 새삼 느끼며 나 역시 모니터 앞에 앉아 그의 기사를 정독하기 시작했다.

“과거의 문란했던 성생활이라……. 그런 거면 발기부전 가능할 수 있지. 진즉 과거력을 말해 줬으면 진단이 빨랐을 거 아냐.”

마우스 휠을 무심코 내리며 나도 모르게 뱉은 말에 움찔했다. 어쨌든 사실 확인이 되지 않은 기사인데 나는 이민혁을 과거의 문란한 성생활로 인해 지금은 발기부전이 된 환자로 취급하고 있었다.

아, 이렇게 루머가 만들어지는 거구나. 소문이 어떻게 나게 된 건지는 모르겠지만, 지금 이 순간 가장 곤혹스러워할 그를 생각하니 어쩐지 짠해지고 있었다.

“어, 어! 원장님! 원장님!”

순간의 생각도 잠시, 이영이 부리나케 진료실 문을 박차고 들어왔다. 덩달아 들어온 승호도 매우 놀란 표정이었다.

“왜 그래?”

“자, 잠깐만 비켜 봐요. 빨리 저쪽으로요!”

이영은 모니터 앞에 앉아 있는 나를 밀치곤 내가 잡고 있던 마우스까지 빼어 들었다. 그리고 유명 연예 기사 전문 신문사 사이트로 접속하기 시작했다.

“이영 씨, 뭐 하는 거야?”

“이 사이트가 연예 기사, 정보가 가장 먼저 업데이트되는 곳인데. 이거 봐요! 이민혁 소속사 측에서 반박 기사 냈어요.”

“아직도 이민혁 얘기야? 됐어, 됐어. 연예인 얘기해서 뭐 해. 뭐, 볼 사이라고.”

“아니 원장님, 이것 좀 보시라니까요?”

“아이고, 됐다니까?”

“아, 좀 보세요!”

버럭 소리를 지르며 모니터를 코앞까지 끌어당겨 놓는 이영의 행동에 흠칫 놀라 뒤로 의자를 뺀 나는 얼결에 고개를 돌려 모니터를 바라보았다. 그리고 최근 핫이슈 코너란에 있는 헤드라인 기사를 중얼거렸다.

“이민혁 소속사 측, 루머 속 내용 본인 맞아. 인정……. 여자 친구 보기 위해 내원……. 뭐? 뭐? 여, 여자 친구?”

「이민혁 소속사 측, 루머 속 인물 본인 맞아. 인정, 하지만 루머 속 내용은 사실무근. 지인의 소개로 3살 연하 비뇨기전문의와 조심스러운 만남을 가지기 시작. 얼굴이 알려진 배우이기에 병원을 내원, 주로 병원에서 만남을 하고 있다고 밝혔다. 아직 시작 단계라 조심스럽고, 상대방은 일반인이기에 본인은 루머를 감수하고 연애 사실을 함구하겠다 했지만, 소속사 측에서 반대하여 반박 기사를 기재하게 되었다고 최측근은 전하고 있다.」

아, 루머란 이렇게 만들어지는 건가 보다.

03.
동상이몽(同床異夢)

"이거, 이거 원장님 아니에요?"

"원장님일 리가 없잖아. 그냥 우연한 일치겠지."

"우연한 일치가 너무 딱 맞아떨어지잖아요. 일주일 전에 우리 병원에서 진료받고 이런 기사가 빵 터졌는데."

"팩트만 보자고, 저건 열애설이잖아. 원장님이 이민혁이랑 사귀는 사이 아니잖아?"

"그건 모르죠! 원장님이 우리에게까지 비밀로 만남을 이어 왔을 수도 있잖아요."

호들갑스럽던 이영이 눈을 동그랗게 치켜뜨고 되물었다. 그녀와 설왕설래하던 승호마저 나를 뭉근히 쳐다보는 눈빛이 '사실대로 말하지 않는다면 너를 구워 먹으리.' 하는 표정이었다.

글쎄, 내 이야긴가 싶다가도 아닌 것 같기도 했다. 이민혁이 비뇨기과를 찾은 건 사실이었다. 프로필상 나이를 따져 봤을 때 내가 그보다 3살 연하인 것도 사실인 것 같다.

하지만 나는 민혁과 지인의 소개로 만남을 이어 간, 저 기사 속 여자가 아니다. 민혁에 대해 아는 것이라곤 보통의 사람들과 똑같은 수준이다. 브라운관 속 톱스타, 크고 작은 사건 없이 꾸준히 배우 생활을 이어 가고 있는 바른 이미지의 영화배우. 정말이지 그의 발톱의 때만큼도 모르는 내가 저 기사 속의 주인공일 리가 없다.

"나일 리가 없잖아. 말도 안 되는 소리지."

"정말 아니에요, 원장님?"

"당연히 아니지. 종일 같이 있으면서. 내가 진짜 저 기사 속 주인공이었으면 이영 씨나, 정쌤이 모를 리가 있겠어?"

"그건……."

"그리고 나한테 톱스타를 소개해 줄 지인이 어딨냐고. 나 인간관계 좁은 거 알면서. 흐흐흐."

"우연 치고는 정말 기가 막히는 타이밍이네."

"이민혁도 나이가 있는데, 그 나이에 애인이 있을 수도 있지."

"비뇨기과 여의사가 흔한 건 아니잖아요."

"됐네요, 됐어. 진료 준비나 합시다?"

"그나저나 원장님, 오늘 예약 환자가 한 명도 없는데……."

"아……. 뭐, 당일 초진 환자분 올 수도 있으니까! 자자, 다들

자리를 지키자고요!"

이영과 승호의 등을 떠밀어 진료실 밖으로 내보냈다. 겨우 조용해진 진료실 안, 자리를 정리하며 모니터에 아직도 떠 있는 그의 기사를 바라보았다. 책상 위를 톡톡 튕기던 내 검지가 괜스레 부르르 떨렸다. 순간 오한이 서린 듯 소름이 오소소 돋았지만, 재빨리 마우스로 손을 옮겨 인터넷 창을 닫아 버렸다. 이 사건은 이렇게 해프닝으로 일단락되는 것 같았다.

나는 양손을 탈탈 털고 가운의 소매를 제대로 정리한 후, 진료 프로그램을 열어 예약 리스트를 확인했다. 이영의 말대로 오늘 예약 환자는 단 한 명도 없었다. 시간은 벌써 8월 마지막 주에 들어서고 있었다. 시간은 참 빨리 흘렀고, 이번 달 병원 내원 환자는 10명도 채 되지 못했다.

월 매출 현황 메뉴를 눌러 자세히 살펴보니 그중에 1명은 비아그라 때문에 병원을 옮겨 다니는 닥터쇼핑 환자이고 또 1명은 사타구니 쪽 작은 두드러기로 연고 처방을 희망한 환자. 그 외의 환자들은 원래 다니고 있던 재진 환자로, 늘 받던 물리치료와 약 처방을 받았을 뿐이었다. 초진 환자는 지난주 내진했던 이민혁밖에 없었지만, 그 역시 여러 가지 검사를 받지 않았고, 상담비도 받지 않았으니 말짱 황이었다.

유동 인구가 그리 많지 않은 한적한 주택가에 위치한 의원. 당일 초진이, 그것도 여러 가지 검사를 받을 만한 초진 환자가 남은 7일간 50명 이상은 오지 않을 것이었다. 한숨이 새어 나왔다.

나는 슬쩍 몸을 틀어 책상 서랍 세 번째 칸에 깊숙이 넣어 두었던 적금 통장을 꺼내 뒤적였다.

"벌써 말일이구나……."

✣ ❖ ✣

"요 며칠 잠을 하루도 편하게 자 본 적이 없어요."

"수면 중 몇 번 정도 화장실 가세요?"

"적으면 두세 번, 많으면 다섯 번까지도 간 적 있어요. 잠을 못 자고 자꾸 화장실 간다고 깨다 보니까, 다음 날 일상생활이 되지 않고……. 아직 젊은데 벌써 요실금인가 싶고."

"요실금하고는 조금 다른 질환 같아요."

"그럼 왜 그런 건지."

"자세한 건 검사를 해 봐야 알겠지만, 야뇨증인 것 같습니다. 보통 수면 중 2회 이상 배뇨 시 야뇨증을 의심해 보는데 환자분 같은 경우엔 그 빈도가 잦은 편이에요."

"야뇨증이요? 그거 어린애들한테나 해당하는 거 아니에요?"

"아이들에게 더 많이 발생하긴 하지만 성인 야뇨증도 흔히 있는 질환 중 하나예요."

"어릴 땐 그런 적이 없었는데……. 왜 이제 와서."

"보통 중년 이후의 남성분들 같은 경우엔 노화로 인한 방광기능 저하나, 항이뇨호르몬 저하 등으로 발생하는 경우가 많은데,

환자분 같은 경우엔 아직 이십 대이고, 아무래도 요로 감염이나 신경학적인 문제일 가능성이 더 높아 보이네요. 어려서부터 지속해서 있던 질환이었다면 바로 약물치료 가능하신데, 없다가 갑자기 생긴 경우라면 신경학적인 검사가 필요해요. 마지막 성관계 언제셨죠? 요즘 스트레스받는 일이 있다든가, 트라우마가 될 일이 있으셨나요?"

검은색 뿔테 안경을 쓰고 깔끔한 청색 와이셔츠를 입은 젊은 환자가 질문에 대답하지 못하고 턱 주위를 연신 손으로 더듬거리며 축 처진 어깨로 한숨을 쉬었다. 자세히 살펴보니 안경 너머의 눈이 빨갛게 젖어 드는 것 같았다. 더 물어보고 할 것 없이 나는 알 수 있었다.

저 남자, 실연을 당했구나.

겉은 멀쩡해도 푸석한 표정과 까칠해진 피부, 각질이 일어난 입술 사이로 담배 냄새가 가득 배어 있는 것 같았다. 굳이 말하지 않아도 알 수 있는 동질감 같은 게 일었다. 그리고 나도 모르게 나는, 나의 방법을 그에게 일러 주고 있었다.

"되도록 잘 때는 본인만 생각하는 것이 숙면을 취하기 수월해요."

"네?"

"생각을 아예 안 하는 게 힘들긴 하죠. 조용한 방 안에 가만히 누워 있으면 오늘 하루 어땠는지, 한 번씩은 머릿속을 슥 하고 스치는 게 사람이니까. 아무 생각을 안 하는 게 힘들 것 같으면 다른 사람 생각 말고, 내 생각만 하면 돼요. 내가 오늘 뭐 했고, 저녁에 뭐 먹었고, 점심에는 어딜 갔고 뭘 했는지. 자기 생각만 해요. 날짜 같은 거 세지도 말고, 시간이 얼마나 지났나 신경 쓰지도 말고요. 아마 도움이 될 거예요."

남자는 금방이라도 울 듯이 어깨를 들썩였다. 시뻘게진 눈에 망울망울 맺힌 눈물이 톡 하고 떨어져 내릴까 입술을 깨물고 주먹을 꽉 쥐는 그가 안쓰러워 보였다. 그는 내가 무슨 이야기를 하고 있는지 아마 느꼈을 것이다. 생전 처음 보는 환자와 나 사이에 알 수 없는 공감대가 형성되었다. 말하지 않아도 아는 무언가가 진료실 안 공기를 가득 채웠다.

결국, 남자는 참지 못하고 울음을 터뜨렸다. 서럽게 엉엉 우는 그 모습에 나 역시 눈시울이 붉어졌다. 책상 위에 있는 휴지를 한 장 뽑아 그에게 건넸다. 그는 아무런 말없이 휴지를 받아 들고 눈물을 훔치더니 큰 결심이라도 한 듯 고개를 끄덕이며 말했다.

"네. 약물 처방만 받으면 되나요? 치료 방법이 어떻게 되나요?"

❖ ❖ ❖

진료실 문이 열리고 남자가 나왔다. 눈이 시뻘겋고 어깨도 조금씩 떨리고, 걷는 모양새가 너털너털한 것이 분명 저자도 그 의사의 습격을 받았나 보다. 괜스레 동질감이 느껴졌다.

그러다 생각해 보니 아무리 장갑을 꼈지만, 이 사람 저 사람의 항문이란 항문은 다 찌른 그 손가락을 나에게도 사용했다는 게 영 찜찜해져 왔다. 그날은 얼마나 많은 환자를 범하고 내 차례가 되었던 것인가.

'넌 병원에 갈 거면 나한테 말하고 가야 할 거 아냐!'

'화장실 가는 것도 허락 맡고 다니라 그러지 그러냐.'

'그런 의미가 아니잖아! 그래서 이 사태 대체 어쩔 건데, 이루머 너라고 지금 다들 난리라고. 여기다 대고 아무리 아니라고 반박 기사 내 봤자 대중들은 자극적인 사실만 믿고 싶은 대로 믿는 거, 너도 알잖아.'

'…….'

'이걸 어떻게 수습할 거야. 진짜 답 없다, 답 없어. 그냥 아픈 것도 아니고 비뇨기 질환에다가 그 질병 원인이 문란한 성생활? 하, 배우 생활 끝이다 끝이야! 너 사랑 얘기하는 배우야. 사실이든 아니든 간에 너 지금 먹고사는 이미지가 그렇잖아. 근데 이제 그런 역할을 어떻게 맡아? 어느 제작자가 너한테 그런 역할을 주겠냐고. 이미지가 박살 났는데!'

'기사는 누가 쓴 거야?'

'박 기자가 너 제대 후에 계속 따라다니면서 밀착 취재했다더라.'

'박 기자?'

'왜 있잖아, 너 열혈 사생기자 박기대 그 작자. 너 병원 들어가는 것 보고 여론몰이용 찌라시를 뿌렸는데 그게 너무 일이 커진 거야. 너 한창 방황할 때 생활을 알고 있던 사람들의 말들이 맞물리고, 소문도 나기 시작하면서 사실화된 거지. 그리고 그게 사실이 아닌 것도 아니잖아? 전화 왔더라고 박 기자가, 기사 낼 거라고.'

'그래서?'

'그래서는 무슨, 당장 찾아가서 빌었지. 기사 내지 말아 달라고. 근데 찌라시 자체가 너무 커지고 확정적이라 기사를 안 낼 순 없대. 자기도 상부에 보고가 된 내용이라고. 대신에 바로 반박 기사 낼 준비 시간은 주겠다고. 지금 잠시 시간을 벌어 둔 상태야. 근데 그럼 뭐 하냐. 빠져나갈 구멍이 없는데.'

절대 올 일 없을 거로 생각한, 다시 생각하기도 끔찍한 이 병원 소파에 앉아 있다. 다행인지 불행인지, 이번엔 혼자가 아니다. 성국과 동행했다. 성국은 처음 방문한 비뇨기과가 어색했던지 궁둥이를 가만히 붙이고 앉아 있질 못했다.

"최성국 씨?"

"네!"

여자 간호사의 호명에 성국이 엉거주춤하게 벌떡 일어났다.

"최성국 씨? ……맞으세요?"

"네네, 제가 최성국입니다만."

"아, 네. 들어가실게요."

여자 간호사가 고개를 갸우뚱하며 성국을 진료실로 안내했고 난 모자를 깊게 푹 눌러쓰고 성국의 뒤에 바짝 붙어 함께 진료실로 들어섰다.

"원장님, 최성국 씨 오셨습니다."

간호사의 눈썹이 산을 그리며 들썩거렸다. 마치 무언의 눈짓으로 무엇인가를 알려 주기라도 하려는 듯 의사의 시선을 좇는 그녀의 눈빛이 애가 탔지만, 의사는 간호사의 행동을 미처 알아채지 못했고 그녀는 진료실 문을 닫았다.

"최성국 씨? 저번에 내원하신 적 있으시네요. 차트 확인 먼저 좀 해 볼게요."

그녀는 성국에게 잠깐 눈길을 주고는 모니터로 시선을 돌렸다. 뒤에 서 있는 나는 전혀 신경 쓰지 않았다. 뭔가 억울함과 알 수 없는 묘한 기분 나쁨이 가슴에서 울컥 올라왔다. 그 사건이 있은 후 겨우 십여 일 남짓이 지났다. 벌써 잊어버린 것일까. 성국의 이름을 들으면 대번에 나임을 눈치챌 줄 알았다.

난 하루하루 잠만 잘라치면 불현듯 스치는 그날의 기억 때문에 이불에 하이킥을 수십 번씩 날리고 있는데 이 의사에겐 기억도 하지 못할 만큼 일상적인 일이었던 걸까.

"아……!"

모니터를 예의 주시하던 그녀가 짧은 탄식을 내뱉었다. 그리고 시선을 성국에게로 옮겼고, 성국이 어색한 듯 싱긋 웃자 곧이어 그의 뒤에서 팔짱을 낀 채 삐딱하게 내려다보고 있는 나에게로 옮겨졌다.

자, 이제부터 쇼 타임이다.

"인사가 늦었습니다. 씨엠엔터테인먼트 최성국이라고 합니다. 아, 여기 제 명함."

"네. 그런데 무슨 일이시죠?"

"아, 저, 그게 다름이 아니라……. 저번에 민혁이가 이 병원에서 진료를 본 것으로 압니다."

"네, 그러셨죠. 정확히 말하자면 이민혁 씨가 진료를 본 게 아니라 최성국 씨가 진료를 보신 거죠."

"네?"

단정하고 차분한 그녀의 음색이 귓가에 파고들자 아차 싶었다. 뒷머리를 긁적이며 어렵게 입을 연 성국의 표정이 물음표 가득 품고선 나에게 향했다.

미안하다, 친구야. 네 말대로 나, 사랑 얘기하는 배우고, 그런 이미지로 먹고사는 사람인데 어떻게 내 이름으로 진료를 보겠냐. 뭐, 결국 일은 이렇게 됐지만 그래도 내 건강보험 사용 내역에 비뇨기과는 남길 수가 없더라.

"아하하. 그, 그렇죠. 제, 제 이름으로 했죠. 아무래도 이민혁 씨가 배우이다 보니까 사생활 노출되는 게 좀 곤란해서요. 하하."

그와 함께한 지 어느새 8년이 훌쩍 지나고 있었다. 눈빛만 봐도 알 수 있다는 사이가 우리를 말하지 않나 싶을 정도로 성국은 나에 대해서 잘 알고, 또 잘 파악하고 있었다.

처음 그를 통해 연예계에 비교적 쉽게 발을 들일 수 있었던 건 같은 한국대 출신이라는 학연(學緣)도 있었지만, 당시 연기와 연극에 미쳐 있는 나를 인간적으로 좋아해 준 단 한 사람이었기 때문이다. 나를 상품으로만 보는 연예계 관계자와 또 허우대만 보고 접근하는 제작자들에 반해 성국은 배우라는 길에 몰두하고 있는 이민혁이라는 사람 자체를 알아본 사람이었다.

“그건 그렇고, 용건이 뭔가요? 진료를 보러 오신 건 아닌 것 같은데. 죄송하지만 뒤에 환자분들도 계시니까요.”

“아무도 없던데.”

“네?”

“밖에 대기하는 환자 한 명도 없습니다.”

“하하. 민혁아, 내가 지금 선생님과 얘기 중…….”

“단도직입적으로 말하죠.”

“네, 말씀하세요. 이민혁 씨.”

“오늘 저녁이나 함께하죠.”

“네? 제가 왜…….”

“조연주 씨를 고소할 생각인데, 아무래도 그편보단 원만한 합의가 좋을 것 같아서 말입니다.”

“야, 이, 이민혁!”

✣ ✣ ✣

"저번에 경황이 없어서 계산 못 한 것 같은데, 그거랑 오늘 거 같이 해 주세요."

"아, 네. 그때 거랑 해서 3만 5천 원입니다."

"여기, 이 카드로."

"네, 서명해 주세요."

진료실 밖으로 나간 성국이 데스크에서 카드를 꺼내며 수납을 했다. 승호는 짐짓 관심이 없는 듯 주사실에서 소독 솜 정리를 하였지만 열린 문틈으로 연신 그들을 힐끔거렸다.

"영수증과 카드 여기 있습니다."

"감사합니다. 아, 그리고, 저기……. 흠흠."

"네?"

"저…… 에요."

"네?"

"저, 저는 아니에요……. 흠흠."

성국은 귀까지 빨갛게 달아오른 채 이영에게 속삭이듯 자기는 아니라는 말을 반복하며 헛기침을 해 댔다. 무슨 소린지 알 리 없는 이영은 웃으며 '아, 네. 그러세요.' 라고 대답했지만, 그녀의 관심은 오로지 아직 진료실에 남아 있는 나와 민혁의 상황뿐이었다. 이영의 시선을 눈치채고 나는 병원 메신저로 그녀에게 쪽지를 보냈다.

「오늘 일, 절대 비밀 엄수! 걱정하지 말고 일찍 퇴근해.」

"이민혁 씨, 일단 나가시죠."

"그러죠."

자리에서 일어나 흰 가운을 벗고 카디건을 챙겨 입었다. 9월 초 아직 가을이라고 하기엔 더운 날씨임에도 불구하고 혹시 몰라 챙겨 온 겉옷이 이리 반가울 수 없었다. 지금 나에게 닥친 이 상황이 너무나 오싹했기 때문이었다.

"예약 환자 더 없죠? 오늘 특별한 일 없으면 일찍 정리하고 가세요."

민혁과 내가 진료실 밖으로 나서자 성국과 처치실에 있던 승호가 벌떡 일어났다. 승호에겐 살짝 고갯짓을 했다. 그는 내 의중을 알아차렸는지 밖으로 나서는 나를 말리지 않았다. 대신 데스크에 벙 져 있던 이영에게로 다가가 그녀의 어깨를 툭 치고선 무언가 이야기를 하는 것 같았다.

병원 문을 열고 나가 승강기를 타고 내려가는 5초의 짧은 순간에도 우리 세 명의 발밑에는 말할 수 없는 어색함이 묵직하게 깔렸다. 지하주차장에 도착하자 성국이 팔을 뻗어 막으며 말했다.

"잠시만. 자, 가시죠. 이쪽입니다."

그들의 움직임은 신속했다. 좌우를 살피던 성국의 말이 끝나자마자 민혁은 나를 자신의 안쪽에 세운 채 큰 보폭으로 그의 뒤를 따랐다.

민혁은 생각보다 키가 훨씬 컸다. 그리고 딱 벌어진 넓은 어깨로 바리케이드를 치듯이 그의 가슴팍 정도 위치에 있는 나의 측면을 차단하고선 차 안까지 안내했다.

누가 멀리서 본다면 내가 연예인이고 민혁과 성국이 매니저와 코디쯤으로 보였을 것이다. 성국이 운전하는 밴을 타고 한 마디 말도 없이 달리길 이십여 분이 지났을까. 논현동의 어느 골목에 있는 레스토랑 앞에 도착했다.

차에서 내리자 익숙하게 성국은 차 키를 직원에게 건넸고 민혁은 성큼성큼 앞서 걸어 들어갔다. 내릴 땐 아까와 같은 보살핌(이라고 해야 할까)은 없었다. 뭔지 모를 아쉬움을 품고 그들을 따라 레스토랑 안으로 들어갔다.

검은색 벽지와 어두운 조명, 칸칸이 방으로 나누어져 있는 그곳은 내 평생 한 번도 와 보지 못한 분위기가 가득한 곳이었다. 자리에 앉자 성국은 나에게 메뉴판을 내밀었고 대충 훑어본 메뉴의 가격만 해도 정말 한 끼 식사로는 과할 정도로 비싼 곳이었지만 이들의 사생활이 보장됨은 확실해 보였다. 돈은 많고 사생활은 보호되어야 하는 사람들을 위해 만들어진 고급 레스토랑이라고 해도 과언이 아닐 정도였다.

“저녁 시간에 말도 없이 불쑥 찾아와 데려온 것 같아 마음이 쓰이네요. 그 부분은 먼저 사과드리겠습니다.”

“아닙니다. 그것보다 아까 이민혁 씨가 하신 말씀에 대해 궁금한데요. 사실 그것 때문에 이 자리에 따라온 것이기도 하고요."

내 말에 성국이 민혁을 쳐다보았다. 민혁은 눌러썼던 모자를 벗어 테이블 위에 올려 두고선 오른손으로 앞머리를 쓸어 넘기며 나를 똑바로 바라보았다.

찬형 이후로 남자와 이렇게 가까운 거리에서 얼굴을 마주하기는 처음이었다. 그것도 텔레비전에서나 볼 수 있는 유명인이라니. 가까이에서 본 그는 감탄이 나올 정도로 멋있었다. 살짝 속쌍꺼풀이 진 눈, 곧게 뻗은 코, 여자보다 더 투명한 피부. 입을 열 때마다 살짝 들어가는 보조개는 단순히 '잘생겼다.' 라고 표현하기엔 부족했다. 그에겐 다른 사람에게는 없는 독특한 분위기와 아우라가 있었다.

'정신 차리자, 조연주. 넌 지금 호랑이 굴에 있고, 정신 안 차리면 관재구설에 휘말리는 수가 있어.'

멍하게 그의 얼굴을 뜯어 살피던 나는 눈을 한 번 꾹 감았다가 뜬 후 그의 눈빛을 피하지 않고 당당하게 마주했다. 하지만 예상 외로 민혁의 말에 대한 대답은 성국에게서 들을 수 있었다.

"고소한다니, 그게 무슨 말씀이신지."

"말 그대롭니다. 조연주 씨를 고소할 생각입니다."

"무슨 근거를 가지고 그러시는 건지 이해를 할 수 없네요."

"차 떼고 포 떼고 말하겠습니다. 이민혁 씨와 저의 씨엠 소속사 측에서는 조연주 씨를 명예훼손으로 고소할까 합니다."

"뭐라고요? 명예훼손?"

"네. 변호사를 선임하셔도 좋습니다."

"하, 어이가 없네요."

성국이 말을 잠시 쉬며 원형 탁자의 가운데서 민혁과 나를 번갈아 바라보았다. 때마침 노크 소리와 함께 주문한 식사 메뉴가 나왔고, 우리의 대화는 일시 정지되었다. 레스토랑 안은 고요했고 잔잔한 클래식 음악이 흘렀다.

침묵과 정적 속, 직원이 접시를 테이블 위에 올려 두는 달그락거리는 소리만 방 안을 가득 메웠다. 이들이 주문한 레스토랑 추천 메뉴에는 샐러드와 스테이크, 그리고 고급 와인이 포함되어 있었다. 지금의 이 상황과 참 어울리지 않는 만찬이었다. 직원이 문을 닫고 나가자마자 성국은 다시 나를 향해 입을 열었다.

"이번에 난 루머성 기사로 저희는 큰 손실을 보았습니다. 예정 중이었던 CF 계약이 세 개나 무산되었고, 그 예상액은 십칠 억 정도로 추산되고요. 그 외에도 반박성 기사를 내기 위해 자문 변호사 선임과 그에 따른 부대 비용이 이천만 원 정도 됩니다. 그리고 배우로서 너무 큰 이미지 타격을 입었습니다. 저희는 이 비용을 수 비뇨기과 의원 앞으로 명예훼손 및 위자료 손해배상으로 청구할 예정입니다."

"뭐, 뭐라고요? 십, 십칠 억? 아니, 그 비용을 왜 저희에게 청구하시는 거죠? 저도 그 기사 봐서 아는데요, 그게 저랑 무슨 상관인가요? 이민혁 씨 연애하신다면서요, 그래서 열애설 인정 기사도 내신 걸로 아는데, 그럼 그분께 청구해도 청구를 하셔야지 전혀 관련이 없는 우리 병원은 왜……. 그리고 또, 관련이 있다 한들 우리 병원에서 진료 보신 것밖엔 없으시잖아요?”

“바로 이 부분이 쟁점 사안인 거죠.”

“쟁점 사안이라뇨?”

“사실 이민혁 씨는 연애 중이지 않습니다.”

“네, 네?”

“그때 이민혁 씨가 수 비뇨기과 의원에서 진료를 본 날, 민혁 씨를 밀착 취재 중이었던 기자가 그 모습을 보았고, 그 기자는 병원 안에서 연예인이 왔고 그 사람이 이민혁이다, 라는 병원 관계자의 말을 듣고 기사를 낸 겁니다.”

“뭐라고요? 말도 안 돼요! 저희는 환자의 진료에 대한 사항을 일절 입 밖으로 낸 적이 없다고요!”

“정말 확신하세요? 지나가던 사람들이라든지, 대기하고 있던 다른 환자들이라든지. 그것도 아니면 함께 일하는 직원들까지도. 확신하십니까?”

순간 멈칫했다. 나는 눈을 빠르게 굴려 그날 일을 떠올렸다. 십여 일 전 그날의 그 시각, 그 상황. 민혁이 진료를 받으러 왔던 월요일 날, 내원 환자는 오전에 1명, 그리고 오후 2시 대에 예약한 최성국, 즉 이민혁. 그리고, 그리고……. 당일 예약하고 오지 않은 대기 환자가 있었다. 게다가 문을 열어 두고 이영과 나, 승호는 분명 이야기를 했다.

‘근데 원장님, 그 환자 혹시……. 연예인, 아니에요?’

순간 번뜩 기억난 이영의 목소리에 몸서리가 쳐졌다. 그녀의 말에 내가 대답을 했었나? 아닌가? 기억이 나지 않는다. 조금 더 정신을 집중하고 생각을 해 보아도 기억이 나지 않았다. 변명이겠지만 그때 난 이민혁의 똥방귀에 정신이 혼미해져 있을 때였다고!

내가 대답을 했는지 안 했는지 기억은 나지 않지만, 난 그 당사자가 연예인 이민혁이라고 입 밖으로 내진 않았다. 이건 분명했다. 하지만 대기하고 있던 환자가 어떤 연예인이 왔었다 발설을 하였거나, 아니면 대기 환자가 그를 밀착 취재하고 있는 기자였다면?

"그리고 무엇보다 그때 이민혁 씨가 진료를 보았을 때."

"진료를 봤을 때요?"

"아무런 설명을 듣지 못하고, 무방비 상태에서 내진을 당했다고……."

"네? 그, 그건!"

그리고 불현듯 스쳐 지나가는 그날의 잊을 수 없는 그 기억.

'이물감 있어요, 곧 들어가니까 놀라지 마시구요. 힘 빼세요, 힘.'

'들어간다니 뭐가……! 흡…… 흐읍!'

'느낌 이상할 거예요. 다리에 힘주고 나오는 거 참지 마세요.'

'흐윽…… 흡. 으…… 자, 잠깐만……!'

'잠깐, 잠깐만 빼요. 빼. 빼, 빼!'

'환자분, 조금만 참아 보세요.'

'빼. 빼. 빼라고!'

전광석화처럼 지나간 그날의 기억, 그날의 난 미리 자신의 진단명까지 준비해 온 그가 검사에 대한 준비 또한 되었다고 생각했기에 행위에 대한 고지의 의무를 다하지 않은 채 내진을 시행했다. 그건 인정한다. 이건 분명 내 잘못이지만……. 그렇지만! 침착하자. 침착해, 조연주!

"민혁이는 그때의 그 진료 때문에 정신적으로도 큰 충격을 받아서, 후우……."

성국은 민혁의 어깨를 토닥거렸고, 이민혁은 지금은 극복했다는 사람처럼 애써 웃음 지어 보이는 것 같았다. 정말이지!

"그렇게 따지자면, 그때 이민혁 씨는 최성국 씨의 이름으로 진료를 보신 거잖습니까. 그 행위 자체가 위법인데요."

"물론 저희 역시 잘못 있음을 스스로 인정하고 미리 선생님을 찾은 겁니다. 합의점을 찾아보고 싶어서요."

내 말을 싹둑 자르고선 성국이 능글맞게 웃으며 말했다. 그가 나를 부르는 호칭이 조연주 씨에서 선생님으로 바뀐 순간, 병원을 나설 때부터 느꼈던 등골의 오싹함이 서늘함으로 바뀌기 시작했다.

"잘못은 뭐고, 합의는 또 무슨 말씀이신지."

"사실 저희가 낸 반박 기사 속 열애 인정 내용은 사실이 아니지만, 사실이기도 한 내용입니다."

"네?"

"그 내용 속 비뇨기전문의, 사실 조 선생님을 저격해서 허위 기사를 낸 겁니다."

"뭐, 뭐라고요?"

"이민혁 씨는 지금 대외적으론 조 선생님과 조심스러운 만남을 가지고 있는 셈이죠. 정리하자면."

"그게 무슨 말씀이세요? 당사자인 저도 모르고, 그리고 사실도 아닌 내용을!"

"저희 쪽도 너무 급해서 어쩔 수 없는 선택이었습니다. 당장 반박 기사는 내보내야 하는데 어디서 어떻게 소문이 난 것인지 확인도 안 된 사안에 상황은 급박하게만 돌아가고."

"사실대로 진료를 본 거라고만 표명하셨으면 됐잖아요. 그랬다면 저도 적극 협조하여 진료 기록이나 증언을……."

"언론이란 게 그리 간단하지 않습니다, 조 선생님. 그렇게 되면 민혁이의 배우 인생은 끝이었어요. 생각해 보세요. 문란한 사생활의 비뇨기 질환 스타를 누가 다시 불러 주겠습니까."

나는 테이블 위에 있던 물 잔의 물을 꿀꺽꿀꺽 들이켰다. 신경질적으로 물컵을 테이블 위에 탁 놓고는 민혁을 획 쳐다보았다. 그는 한 치의 미동도 없이 테이블의 언저리를 바라보며 마치 사색에 잠겨 있는 듯 앉아 있었다.

"좋아요. 다 좋게 넘어간다고 칩시다. 저도 그 반박 기사 봤는데, 저 역시 저라고는 전혀 생각 못 했어요. 비뇨기전문의가 저

하나밖에 없는 것도 아니고, 그렇다고 제가 이민혁 씨랑 뭐, 뭐, 어? 뭐, 그렇고 그런 사이도 아닌 데다가. 그런데 지금 그 이야기를 하며 왜 합의점을 운운하시는 거죠?"

"저희도 조 선생님께 피해는 가지 않을 거로 생각했기에 그런 기사를 낸 거고, 효과는 좋았습니다. 요즘은 공개 연애 흠도 아니고, 오히려 책임감 있게 자신의 여자를 보호하려는 민혁이의 행동이 멋지게 포장됐죠. 문제는……."

"문제가 있나요?"

"만들어진 이미지를 단 몇 개월간은 유지해야 되고, 그러려면 3살 연하의 여자 비뇨기전문의가 필요하고, 또 그 의사는 그날 민혁이가 갔었던 그 비뇨기과 의원의 여자 의사여야만 한다는 점이죠."

"무, 무슨 소리세요?"

당황한 내가 몸을 뒤로 빼며 민혁을 바라보았다. 어딘지 모를 곳을 쳐다보며 한참을 침묵해 있던 그가 몸을 틀어 의자를 바짝 당기더니 나의 코앞으로 다가왔다. 그의 숨결이 내 뺨에 닿고, 너무도 가까이 보이는 그의 긴 속눈썹과 진한 검은색 눈동자가 나의 눈을 따뜻하게 쳐다보았다. 그러다 그의 입술이 열렸다.

"진지하고 조심스럽게 만나 보죠, 우리. 물론 대외적으로."

이게 무슨 개 똥 같은 소리야!

목구멍까지 차올랐지만, 꾹 참고 차분히 말했다.

"장난하세요?"

"장난 아닙니다."

"죄송하지만, 진지하고 조심스럽게 만나 보기엔 알고 지낸 시간이 단 몇 시간 되지도 않고요. 전 제 병원 환자랑 깊은 관계를 맺을 생각은 추호도 없습니다. 게다가 지금 이민혁 씨는 단지 루머를 막기 위해서 막말로 저 이용하려고 하시는 거잖습니까? 이민혁 씨에게 그 기사가 얼마나 치명적이고 위험한 글인지 알고 있고, 그 기사 근원지가 우리 병원에서부터 시작됐다는 것에 대해선 입이 열 개라도 할 말이 없습니다. 유감으로 생각하고요. 하지만 이건 아니죠."

"조 선생님, 진정하시고요."

순간 뒷골로 열이 뻗친 나는 다다다 말을 뱉어 놓았다. 일이 꼬였다. 꼬여도 단단히 꼬인 건 확실했다. 어찌 됐든 루머의 근원지가 우리 병원이 되었다. 그곳에서부터 소문이 퍼진 거다. 하지만 이미 이민혁 측에서도 수습할 만큼 다 했고, 정리도 될 만큼 다 된 마당에 이게 무슨 황당한 경우란 말인가.

내가 눈에 불을 뿜고 말하자 민혁은 눈썹을 꿈틀거렸다. 그리고 성국이 그와 나의 사이에서 팔을 벌려 가며 다독였다.

"말뜻을 아직 이해를 못 하셨나 본데. 진지하고 조심스럽게, 대외적으로 만나 보자고 했습니다."

"아니, 도대체 그 대외적으로 조심스럽고 진지하게 만나 보고 싶다는 게 뭔데요?"

"사실관계만 따져 보자는 거죠."

"사실관계라니요?"

"솔직히, 제 루머가 사실 다 거짓은 아닙니다. 알겠지만 저 아픈 곳이 있었기에 그날, 그 병원을 찾은 거고요. 연예인이라는 신분 때문에 마음 놓고 진료도 받을 수 없어 매니저 이름 빌려서 진료 본 것도 사실이죠. 그리고 조연주 씨도 인정했듯이 저의 진료 사실이 이 병원에서 유출된 것도 사실이잖습니까?"

"그건, 그렇지만……."

"어찌 됐든 보통의 환자처럼 진료 보고 처방받고 했으면 끝났을 일이지만 일이 이렇게 꼬였고, 이 사태까지 왔으니 우리 둘 다 어느 정도는 책임을 져야 할 부분이 분명 있다고 생각합니다."

"그래서요?"

"제가 조연주 씨에게 제안하는 건 이 부분이죠. 저는 3개월간 비뇨기전문의인 의사와, 우리는 아주 잘 만나고 있다는 것을 증명할 장소, 그 병원이 필요합니다. 그 역할을 조연주 씨가 해 주셨으면 좋겠다는 겁니다. 만약 이 제안을 수락하신다면, 그에 상응하는 대가를 드리겠습니다."

"대가라니요?"

민혁이 눈짓하자 성국이 그의 말을 대신 이어 말했다.

"차기작으로 민혁이에게 들어온 시놉시스가 있는데, 거기서 민혁이 역할이 돌싱 의사예요. 유능하고 잘나가는 개인병원 의사. 이름만 들어도 알 법한 유명 시나리오 작가가 2년 만에 공백기를 거치고 낸 작품이기 때문에 흥행은 보장합니다."

"그래서요?"

"게다가 저희 소속사가 이번에 그 영화에 제작 투자를 한 입장이거든요. 원하신다면 입김을 좀 보태서, 지금 조 선생님 병원을 영화 속 민혁이의 병원으로 할 수 있게끔 해서 스크린에 수비뇨기과 의원 상호명 그대로 노출되게 해 드릴 수 있고요, 각종 간접광고 지원해 드리겠습니다. 아시는지 모르겠지만, 영상 광고라는 게 몇 억씩 비용이 듭니다. 흥행작일 경우 그 파급효과가 장난 아니기도 하고요. 민혁이 역할이 그 영화에서 아주 명의예요, 명의! 내과 의사로 나오긴 하지만……. 필요하다면 비뇨기전문의로 역할 수정까지 가능합니다."

성국은 잠시 말을 멈추곤 자세를 고쳐 잡았다. 그는 은근한 목소리로 조심스럽게 속삭였다.

"저희가 조 선생님께 많은 것을 바라는 건 아니에요. 그냥 3개월간 일주일에 서너 번씩, 조 선생님 병원을 민혁이가 방문만 하겠습니다. 30분에서 1시간 정도요. 그거면 됩니다. 3개월 지나면 기사 내보낼 겁니다. 성격 차이로 인한 결별이라고. 남자 연예인이 사실 연애하는 거, 득보단 실이 많아요. 아시죠? 오래 끌 생각 없습니다."

우편함에 잔뜩 꽂힌 우편물을 들고 오늘따라 찌뿌듯한 목을 이리저리 돌렸다. 병원으로 향하는 승강기 안, 거울에 비친 나의 모습은 그야말로 좀비가 따로 없어 보였다. 그것도 기가 왕창 빨린 좀비.

'싫습니다.'

'네?'

'싫다고요.'

'조 선생님, 다시 한 번 잘 생각…….'

'저, 그냥 일반인입니다. 직업이 의사라 어쩌다 보니 이민혁 씨 같은 유명인을 진료하게 되긴 됐는데요. 저는 그쪽 세계가 어떻게 돌아가는지 전혀 모르고, 알고 싶지도 않아요. 작은 동네에서 몇천 원짜리 연고 처방하고 물리치료하고. 그냥 평범한 개인사업자입니다. 이렇게 큰일에 얽히고 싶지 않아요. 어찌 됐든 우리 병원 때문에 곤란해지신 점, 도의적으로 사과드리고 싶습니다. 의료인으로서 부주의했던 점도 인정하고요.'

'그러면 저희 쪽 제안을…….'

'아뇨. 그것과 관련해서 소송을 거신다면 저희 측도 소송에 대해 준비하겠습니다. 하지만 이 부분을 빌미로 이민혁 씨 개인사에 얽히고 싶진 않네요. 만약 이민혁 씨 이미지 타격으로 인한 명예훼손 소송을 거신다면 당사자 동의 없이 단지 위기모면을 위해 허위 기사를 낸 점부터 밝히셔야 할 겁니다.'

어제 그렇게 그 레스토랑에서 빠져나온 후 어떻게 집에 도착했는지 기억조차 나지 않았다. 조연주 인생 삼십 년, 닥터 조연주로서의 인생 십여 년 통틀어 정말 최악의 한 달이었다고 생각했다.

살면서 연예인을 만난 것도 처음이요, 그 연예인의 전립선을 내진한 것도 처음, 그 연예인의 소속사 대표를 만난 것도 처음이고, 그를 통해 연예계의 공공연한 루머의 생산과 대중들에게 공신력 있는 기사가 이런 뒷거래를 통해 이루어질 수도 있다는 것도 처음 알았다.

참, 의사 생활 오래하고 볼 일이다. 개업의 생활 3개월 만에 이런 일이 생겨 내가 사는 세계가 아닌 또 다른 세계의 한 면을 보았다. 앞으로 1년 뒤, 10년 뒤엔 무슨 일이 또 닥치게 될까. 이러다가 대통령 진료라도 보게 되면 나는 소리 소문 없이 사라지게 될지도 모르겠다. 헛헛한 웃음이 나왔다.

"원장님!"

이영의 카랑카랑한 목소리에 흠칫 놀라 정신이 번쩍 들었다. 이런저런 생각에 무심코 병원 문을 열었는데 어쩐 일인지 오늘따라 이영과 승호 모두 8시부터 출근을 하여 나를 기다리고 있었다.

"다들 왜 이렇게 일찍 출근했대?"

"몰라서 그러세요? 어제 대체 무슨 일이에요? 그 최성국 환자, 이민혁 맞죠? 그죠?"

"분위기 심각한 것 같던데."

"원장님 나가고 정쌤이랑 저랑 퇴근도 못 하고 한참을 기다렸다고요. 그렇게 나가신 후로 너무 걱정돼서."

"궁금해서 그런 건 아니고?"

"원장님도 참! 어서요, 빨리빨리. 대체 무슨 일이에요?"

우편물을 데스크에 올려 두곤 진료실로 향했다. 겉옷을 벗고 가운을 갈아입는 내내 이영의 입은 조잘조잘 쉬지 않았다. 웬만하면 승호는 별 신경 쓰지 않고 진료 준비를 시작했었을 텐데 이번 일은 그도 궁금했던지 이영의 곁에 서서 내가 말하길 기다리고 있는 눈치였다. 우리 병원의 일이니 그들도 마땅히 알아야 된단 생각이 들었다.

"이영 씨 말대로 저번에 진료 본 그 환자 이민혁 맞고, 그때 우리 병원에서 진료 봤을 때 취재 기자가 붙었었는지, 아니면 병원 내 관계자들에 의해서 소문이 퍼진 건지 확실치는 않지만, 어쨌든 여기 때문에 기사화되었다고, 그 책임공방 때문에 저녁 식사 함께했어요."

"어머! 웬일이야!"

"확실한 거예요? 우리 병원에서 말이 나갔다는 게?"

"그거야 확인할 방법 없죠. 뭐, 어찌 됐든 이민혁 씨가 우리 병원에서 진료 본 건 사실인데 기사화가 됐고, 그쪽에서 일부러 진료 본 걸 떠들고 다니진 않았을 테니까. 소문이 퍼졌다면 저희 측이라고 생각한 모양이에요. 제가 생각해도 아무래도 우리 쪽에서 말이 새어 나가지 않았나 싶어요."

“전 아니에요! 진짜 아무한테도 말한 적 없는데?”

“나도 우리 직원들 의심하는 건 아니고, 그때 내원해서 기다리고 있던 환자가 들어서 이야기가 옮겨졌을 수도 있고, 어쩌면 취재 중이던 기자가 환자인 척 위장 잠복을 하고 있었을 수도 있고. 여하튼 기사화된 경위는 자세히 모르겠어요.”

“그래서요? 그쪽에선 뭐라 그랬는데요?”

“그냥 뭐, 별 얘기 안 했어요.”

“그렇게 항간에 난리가 났었는데 별 얘기 안 했을 리가 없잖아요. 어머, 그럼 이민혁 열애설은 어떻게 되는 거야? 여자 친구가 비뇨기전문의라 병원에서 데이트한 거라고 반박 기사 내지 않았어요?”

괜스레 뜨끔한 나는 가운을 추스르며 의자를 빼내 앉았다. 순간 고민했다. 어제 나에게 일어났던 일을 사실대로 다 말해야 할까. 생각 같아선 ‘임금님 귀는 당나귀 귀다.’라고 수수밭에서 외치고 싶은 심정이었지만 이들에게 자세한 내막을 굳이 알리지는 않기로 했다.

“그 부분은 나도 잘 모르겠네. 아무튼 그건 별개고. 이번 일은 그냥 덮기로 했어요. 절대 말 새어 나가는 일 없도록 입조심하고, 앞으로 진료 환자 이야기를 해야 할 경우가 있으면 데스크나 휴게실에서 하지 말고, 진료실에서 진료실 문 닫고 하는 걸로. 잘 해결됐으니 이제 진료 준비합시다.”

뭔가 더 있는데 말을 안 해 주는 것 같다며 투덜거리는 이영의 등을 승호가 떠밀고 나갔다.

겨우 조용해진 진료실 안, 나도 그제야 안도의 한숨이 새어 나왔다. 일단 아무 일 없을 거라 생각하고 이영과 승호에겐 말을 하진 않았지만, 정말 아무 일도 일어나지 않을까, 걱정이 밀려왔다.

자신들이 낸 반박 기사를 무르면서까지 우리 병원을 허위 사실 유포나, 명예훼손으로 고소까지 하지는 않겠지? 만약 고소한다고 한다면…….

말이 십칠 억이지, 이 병원을 팔고 내 전 재산을 모아도 그 정도는 나오지 않을 것 같았다. 그렇게 된다면 그의 제안을 거절한 나는 땅을 치며 후회하고 있겠지. 생각해 보니 이민혁, 그 사람 광고 3번의 몸값이 십칠 억이랬다.

"참 비싼 몸을 가진 사람이네."

그를 진료할 때도 느꼈지만, 정녕 그 사람 몸 어딘가의 한구석은 황금으로 만들어져 있는 건지도 모르겠다.

✣ ✣ ✣

"민혁 씨, 이쪽 한 번 봐 주세요. 타이틀 사진 한 컷만 찍을게요. 자, 하나둘! 좋아요. 포즈 바꿔서 한 번 더 갈게요."

화요일 오전, 보통의 날이면 인적이 드물었을 가로수 길이 어느새 사람들로 붐볐다. 압구정동의 한 야외 테라스 카페에서 팬들과 함께 진행하는 길거리 인터뷰이다. 야외 카페 테라스의 테이블에 기자와 카메라 기사와 마주 보고 앉아 있고, 테라스 밖에 선 팬들이 빙 둘러싸곤 휴대전화로 연신 셔터를 누르고 있었다.

개인적으로 가장 싫어하는 식의 스케줄이었다. 번잡하고, 시끄럽다. 요즘은 모두들 DSLR급 화질의 휴대전화를 가지고 있다. 잡티 하나까지 자세히도 찍히는 그것에 최대한 굴욕 사진을 남기고 싶지 않아 정돈된 자세를 잡고 앉아 있기도 여간 불편하지 않을 수 없었다. 그리고 무엇보다 배우가 영화나 브라운관이 아닌 지면으로 왜 자꾸 노출되어야 하는 건지, 강하게 성국에게 어필했지만 씨알도 먹히지 않는 일이었다.

"그럼, 인터뷰 진행하겠습니다."

"네. 잘 부탁드리겠습니다."

기자와 간단한 인사 후, 그녀가 노트북의 타자를 두드리며 인터뷰를 진행하기 시작했다. 열 발자국 옆에 선 성국과 코디네이터가 각기 다른 이유로 나를 응시하고 있었다.

"이번에 새로운 영화로 복귀하신다고 들었는데요, 지금 촬영하고 계신 영화 제목이?"

"아직 크랭크 인 전입니다, 제목 또한 미정이고요."

"그래도 독자들을 위해서 어떤 역할로 나오시는지, 또 간단한 이야기 줄거리 알 수 있을까요?"

"아시겠지만 이번 작품은 많은 배우들이 탐내던 작품이었습니다. 영화 '해뜰날'을 집필하신 작가님과 박찬우 감독님이 메가폰을 잡으셨거든요. 이런 영화에 제가 참여할 수 있게 되고, 또 주연을 맡게 되어서 너무 감사할 따름입니다. 대강의 내용을 그려보자면, 제가 맡은 역할은 능력과 실력을 겸비한 의사이지만, 사랑에서만큼은 실패한 이혼남으로 다시는 사랑을 하지 않기 위해 마음을 닫은 인물인데 병원 옆 꽃집 여자와 예기치 않게 사랑에 빠지게 되면서 일어나는 일을 담은 멜로 영화입니다."

"그렇군요, 이미 재작년 개봉하였던 '해뜰날'은 아름다운 영상과 심금을 울리는 대사로 많은 관객들이 찾아 주셨는데, 이번에도 또 한 편의 멋진 드라마가 나올 것 같네요. 상대 여자 배우는 누가 캐스팅되었나요?"

"아직 들은 바 없습니다. 아마 여러분들도 많이 좋아하시는 배우 중 한 분께서 물망에 오르지 않을까 생각되네요."

"하하, 정말 궁금합니다. 촬영이 시작될 때 다시 한 번 민혁씨를 찾는 걸로 해야겠네요."

"다시 찾아 주신다면 정말 영광이죠."

기자를 향해 싱긋 웃는 나의 표정에 주위를 에워싸고 있던 여자 팬들의 질투 어린 야유가 쏟아졌다. 그녀는 팬들을 의식한 듯 장난스러운 목소리로 질문을 이어 갔다.

"배드씬 장면은 이번 영화에 없나요?"

"네, 이번 영화는 청소년도 관람이 가능한 영화라서요. 하하."

"다행이네요, 배드씬이 있었다면 여자 친구분이 싫어하셨을 것 같아요."

"네?"

"이번에 공개 연애……."

그녀의 말이 채 끝나기도 전, 성국이 달려 나와 제지했다.

"죄송하지만, 열애설 관련 사항에 대해선 일절 인터뷰에 응하지 않겠습니다."

"하지만 그 부분이 이민혁 씨에게 가장 궁금한 사항인걸요, 아마 여기 있는 팬분들도 그렇지 않을까 싶은데……. 어떠세요?"

영악하게도 그녀는 주위에 모인 사람들이 들리도록 목소리를 높여 물었다. 인터뷰가 진행되는 동안 내내 서서 지루하게 보고 있던 팬들은 그녀의 목소리에 화답하듯 목청껏 '네! 말해 주세요!' 라며 소리를 질러 댔다.

굳이 야외 테라스에서 길거리 인터뷰를 고집했던 것은 아마 이것을 노렸던 것이었겠지.

"따로 지면에 기사로 쓰지 않을 테니까, 지금껏 기다려 주신 팬분들을 위해서라도 개인적인 근황 살짝 말씀해 주세요."

능글맞게 목소리를 굴리는 그녀의 질문 뒤로 사람들의 환호성이 들렸다. 머리가 지끈거렸다. 세팅된 머리임을 잊고 나도 모르게 앞머리를 쓸어 넘겼다. 지켜보던 코디가 기겁하며 달려와 내 머리를 정리하기 시작했고, 그 덕에 인터뷰는 잠시 중단되었다.

"이러시면 곤란합니다. 애초에 약속하시길 열애설 얘기는 하지 않는 걸로 하셨잖습니까."

성국은 그녀에게 작은 목소리로 속삭였다.

"일부러가 아니라 얘기를 하다 보니 자연스럽게 그렇게 진행되었는걸요. 보셨으니까 아시잖아요, 또 많은 분이 궁금해하기도 하시고. 짧게라도 대답 부탁해도 될까요?"

연주의 단호한 거절 후, 우리가 선택한 차선의 방법은 일절 열애설에 대해 언급을 하지 않는 것이었다. 뜨거운 냄비처럼 일어난 이 열기가 가라앉을 때까지 기다리는 것이다. 시간은 흐를테고 언젠간 잊혀지겠지, 하는 참 긍정적인 마인드로 내린 결정이었다.

하지만 우린 알고 있었다. 이 방법은 임시방편 축에도 못 낀다는 것을. 나를 미친 듯이 쫓아다니는 사생 박 기자와 소속사, 집 앞 또 내 스케줄을 쫓아다니며 일거수일투족을 관찰하는 사생팬이 있는 한, 우리의 거짓은 금방 들통 날 일이었다.

여론을 가라앉히는 것도 일단은 잘 만나고 있음을 충분히 알린 후, 그다음 지금의 이 사건이 잊혀질 만큼 시간이 흐른 뒤 결별설을 내더라도 대중들에게도 갑작스럽고 억지 같지 않은 이야기가 되는 것이다. 그래서 나름 탄탄하게 시나리오를 준비해 갔고 그녀가 빠져나갈 구멍조차 없도록 몰아갔지만, 결국 연주는 우리의 제안을 거절했다. 솔직히 말하면 나의 시나리오였고, 나의 제안이었지만.

이민혁 연기 인생 중 가장 굴욕적인 순간이었다. 그러고 보니 그 여자 나에게 벌써 두 번째 굴욕을 안겨 줬다. 참 대단한 여자다.

“츠에대하안 느으게 해.”

“네?”

“최대한 천천히 머리 정리하라고.”

입은 한껏 웃으며 치아를 앙 다물고선 복화술로 머리를 정리하고 있는 코디에게 말했다. 성국이 기자와의 합의가 끝날 때까지 충분히 시간을 끌어 줘야겠다고 생각했다.

“잠시만요, 전화 좀 받겠습니다. 여보세요? 조 선생님! 아아, 잠시만요. 잠시만요!”

✣ ❖ ✣

똑똑. 깔끔한 노크 소리가 진료실에 울렸다. 점심 먹고 나른한 오후 시간, 순간 졸고 있던 나는 화들짝 놀라 대답했다.

“들어오세요.”

“원장님.”

“정쌤?”

“잠깐 얘기 좀 하시죠.”

“그래요, 여기 앉아요. 손에 들고 있는 종이는 다 뭐예요?”

승호는 진료실 문을 야무지게 닫고선 들고 있던 종이들을 내밀었다.

“4대 보험, 전화비, 임대료, 전기료, 그리고 신문대금. 신문대금은 한 달에 만 오천 원인데, 이것까지 밀릴 정도면……. 도대체 사정이 얼마나 안 좋은 건지. 솔직히 말해 줘요."

"사, 사정이 안 좋긴요! 괜찮아요. 초진 환자가 없어서 크게 매출에 도움되는 건이 없어서 그렇지. 공단에 진료비 청구해서 받으면……."

"누나, 아니 정 실장이 아니라 못 미더워? 김간이야 1년차밖에 안 된 직원이라 쳐도 나랑은 얘기가 다르잖아. 믿을 만한 사람이라 생각한다며, 그래서 행정 또한 맡아 달라면서. 내가 그냥 물리치료사로만 들어온 사람 아니잖아. 안 그래? 저번 달 매출 확인해 보니까 적자도 그냥 적자가 아니던데 말일에 월급은 어떻게 넣어 준 거야?"

한껏 상기된 얼굴로 승호가 말했다. 사석 아니면 절대로 말을 놓지 않던 그가 이렇게까지 말하는 거 보면 저번 달 매출을 확인하고선 꽤 충격을 받았던 모양이었다.

"그게, 사실……."

"응. 말해 봐."

"월급은 적금…… 깼어요."

"개인 적금?"

"네."

"아니, 왜 말을 안 했어? 어려우면 어렵다고 말하고 급여일을 조정하든가 미루든가 했었어야지. 당장 급한 지출을 하나도 못 했잖아. 이 상태였으면 소모품이나 의료용품 거래처에도 대금 지급이 안 됐다는 건데.”

“급여보다 중요한 게 어디 있어. 월급이 제일 중요하지. 이영씨랑 정쌤이 한 달 동안 일해서 번 돈인데, 어떻게 그걸 미루고 전기세를 내고 임대료를 내요.”

“휴……. 내 월급은 다시 반환할 테니까 그걸로 당장 급한 것부터 내자. 임대료는 건물주한테 따로 사정해서 한 달만 미뤄 보고, 4대 보험도 가산금 내는 셈 치고, 지금 가장 급한 게 개업하면서 받은 대출 이자 비용이네. 이것 먼저 하는 걸로 하고.”

사실, 힘들었다. 대학 선배들 여럿이 주축이 되어 비뇨기전문병원을 개업했다. 세상의 모든 비뇨기 환자들은 다 몰리는 것 같은 그곳에서 비뇨기 질환으로 고생하는 환자 수가 생각보다 많다는 것을 느꼈고, 그곳에서 수련의 생활을 하면서 많은 노하우를 배웠다고 생각했다. 나도 이 정도면 어디 가서 작게나마 개업할 수 있지 않을까, 막연히 쉽게 생각하고 시작한 개업의 생활.

환자에게 작은 두드러기가 났다. 일차적으로 성병 검사를 하는 게 유리할 것이다. 비보험 항목이니깐. 그리고 비뇨기과를 찾는 환자는 검사에 대해 거부 반응을 보이지 않는다. 쉽게 검사를 유도할 수 있음에도 불구하고 나는 환자의 생활 습관과 과거력을 묻고 특별한 사항이 없으면 연고 처방과 함께 항생제를 먼저 처방한다. 육안으로 보고 촉진해 보았을 때 성병이 아닌 명백한 두드러기라면 굳이 검사를 권유하고 싶진 않은 것이다.

비뇨기라는 게 당장 목숨이 위급한 환자를 다루는 직종은 아니었기에 의사의 사명감보단 사업 수완이 좋았어야 했다. 내가 사업가 체질이 아니었음을 개업하고 나서야 깨달았다.

"정쌤."

"응."

"우리 병원에 환자가 찾지 않는 이유가 뭘까? 내가 여의사라서 그런가? 아니면, 내가 환자에게 돈 되는 처방을 하지 않은 건가?"

"의사에 성별이 어디 있고, 처방에 돈 되는 게 있고 돈 안 되는 게 어디 있어. 의사는 그냥 좋은 진료만 하면 돼. 그러면 환자는 좋은 의사를 찾아오게 되어 있어."

"그런데 왜……."

"위치 자체가 유동 인구가 적은 주택가 지역이고, 또 여기서 걸어서 20분 거리에 전문병원이 있잖아. 부인과랑 비뇨기과 함께하는 병원. 내 생각엔……."

"정쌤 생각엔?"

"요즘 병원도 기업이야, 회사고. 식당 개업하면 전단 돌리고 하듯이 우리 병원도 홍보를 해 보는 게 좋을 것 같아. 지금 당장은 자금 사정이 어려우니까 무리하지 않는 선에서."

그와의 대화 후, 머리가 복잡해졌다.

만약 혼자였더라면 이런 고민을 하진 않았을 것이다. 하지만 나는 지금 혼자가 아니다. 대학 막 졸업하고 제대로 된 첫 직장에서 받은 첫 월급이라며 한껏 들떠 자랑하던 이영과 수련의 시절 때부터 함께 일했던 정 실장님이 동생의 마지막 직장이 될 것이라며 순전히 나를 보고 소개해 준 승호도 있었다. 이번 달은 적금을 깨서 어떻게든 해결을 보았지만, 다음 달에는 잘 되리란 보장도 없었다. 못해도 한 달에 50명의 초진 환자는 와야 이 병원이 한 달을 또 버텨 낼 수 있을 것이다.

환자가 하루에 한 명도 올까 말까 한 이 상황에서 나는 결정을 내릴 수밖에 없었다. 책상 서랍을 열어 작은 명함을 꺼내 들었다. 이 명함을 진즉 찢어 버리지 못한 내 양손을 어쩌면 두고두고 원망할지도 모를 일이었다.

"저 조연주입니다. 그쪽 제안, 받아들이겠습니다."

04.
우리 집에 왜 왔니, 왜 왔니, 왜 왔니!

"뭐야, 저 사람? 이민혁 아니에요?"

"쉿. 조용히 해. 그냥 모른 척해."

"어떻게 모른 척해요, 저기 저렇게 앉아 있는데!"

"원장님이 알아서 하시겠지. 김간, 제발 설레발 좀 떨지 마."

"이것 봐, 원장님만 알고 있는 뭔가가 있다니깐!"

데스크에서 이영과 승호의 투닥거리는 소리가 내 뒤통수를 따갑게 만들었다. 절로 나오는 한숨을 참지 않고 땅이 꺼지라 내쉰 후 밖으로 나갔다.

"오셨으면 들어오시죠?"

내 말이 끝나자마자 성국이 자리에서 벌떡 일어나 득달같이 진료실 안으로 달려 들어왔고, 민혁은 보고 있던 잡지를 느긋하게도 덮어 두더니 천천히 걸어 들어왔다. 그는 오늘 참 당당하게 꼭 챙겨 쓰던 모자도, 마스크도 하지 않은 채 병원을 방문했다. 진료실 문을 꽉 닫고, 추호도 마주하기 싫었던 그들과 또다시 삼자대면을 시작했다.

"조 선생님, 잘 생각해 주셔서 정말 감사합니다. 서로 피해 가지 않도록 최선을 다해 봅시다."

성국은 매우 들떠 있었고 신나 보였다.

"말씀하셨던 것처럼 3개월 정도면 되는 거죠?"

"네네, 물론이고말고요. 3개월이면 충~분합니다."

"일주일에 서너 번 방문만 하는 거고요."

"네네, 그럼요."

"그리고……."

"네, 그리고?"

"말씀하셨던 그……."

"그?"

"홍보……."

"아! 아, 그럼요, 그럼요! 당연하죠. 제작사 측에다 벌써 말해 둔 상태입니다. 아직 영화가 크랭크 인 전이라서 당분간 촬영 계획은 없고, 아마 이삼 주 이내로 촬영 시작하면 바로 첫 씬에 이 병원 씬을 아주 딱! 하고 박아 드리겠습니다. 하하하."

호쾌한 성국의 웃음소리가 들리고 그의 소리에 나는 조금 안심이 되었다. 하지만 뭐가 못마땅했는지 민혁은 눈썹을 꿈틀거리더니 곧이어 퉁명스러운 목소리로 성국에게 말했다.

"쇠뿔도 단김에 빼랬다고. 오늘부터 하지?"

"뭘?"

"오늘부터 여기서 시간 보내다 가겠다고. 박 기자한테 얘기 흘려 놔. 그래도 됩니까, 조연주 씨?"

벌써 다 결정해 놓고 물어보는 척하기는.

"네, 편한 대로 하세요."

대답이 끝나자 성국과 민혁이 자리에서 일어나 진료실 밖으로 향했다. 쾅, 문 닫는 소리가 등 뒤로 나자 긴장이 스르륵 풀려 버린 나는 책상 위로 털썩 머리를 박으며 중얼거렸다.

"진~짜 재수 없다."

"누구 말하는 겁니까."

"까, 깜짝이야! 왜 안 나가고 거기 서 있어요?"

너무 놀라 토끼 눈이 된 난 민혁의 시선을 슬금슬금 피하며 물었다. 그는 대답 대신 성큼성큼 다가와 나를 마주 보며 앉았다.

"혹시 압니까? 기자가 저쪽 반대편 건물 옥상에서 대포만 한 카메라를 들고 이쪽을 줌 하고 있을지. 같이 있는 사진 한 방은 남겨 줘야죠."

비아냥거리며 말하는 민혁을 나는 멀뚱히 바라보았다. 이 남자, 나한테 불만 있나?

"저한테 뭐 하실 말씀이라도 있으세요?"

"없습니다."

"그럼 원래 말투가 그래요?"

"제 말투가 어때서요?"

"상당히……."

"재수 없다고요?"

"퉁명스럽다고 말하려 했거든요?"

설마, 아까 내가 재수 없다고 혼잣말한 거에 삐친 건가?

"저기, 아까 제가 재수 없다고 말한 건 그쪽이 재수 없다라기보단, 지금 이 상황이 재수가 없……."

"갑자기 생각을 바꾼 이유가 뭡니까?"

"네?"

"며칠 전, 그 레스토랑에서 조연주 씨, 단호하게 싫다고 거절했잖습니까. 근데 왜 갑자기 전화 해서 제안을 받아들이겠다고 한 거냐고요."

"말해야 하나요?"

"궁금하니깐."

"프라이버시니까 안 물어보셨으면 좋겠네요. 참, 그리고 말 나온 김에 이 부분도 정리하죠?"

"무슨?"

"서로의 영역을 정리하자고요."

"영역이라니?"

"어찌 됐든 일주일에 서너 번 우리 병원에 온다는 거잖아요.

와서 뭘 하면서 시간을 보내든 그건 제가 상관할 바 아니지만 제 프라이버시는 지키고 싶거든요."

"그래서요?"

"진료실은 제 영역. 대기실은 이민혁 씨 영역. 서로 그 범주 안에서 되도록 부딪히는 일이 없게."

"하!"

"사실 서로 얼굴 마주 봐서 좋을 것도 없잖아요. 뭐 좋은 일로 만난 것도 아니고. 이민혁 씨도 제 얼굴 보기 편할 것 같지만은 않은데."

"뭐, 뭐요?"

"제가 좀, 아직 얼굴 보기 많이 불편해서……."

나는 보란 듯이 슬쩍 손가락을 코로 가져다 대곤 흠흠, 헛기침을 해 댔다. 내 모습을 본 민혁은 자리에서 벌떡 일어나 머리끝까지 빨개진 얼굴로 씩씩거리며 진료실 문밖으로 나가다 말고 휙 돌아섰다.

"어디 3개월 동안 잘~ 만나 봅시다. 조연주 씨?"

진료실 문을 쾅 닫고 나가는 그의 난 자리를 보며, 벌써 고생스러움이 등골을 엄습해 왔다. 저 남자, 왜 이렇게 얄미운지 모르겠다.

"이름이 김이영인가 보네요. 간호사님 이름 예쁘네요."

"네? 하하, 감사합니다."

"제 이름 아시죠? 최성국. 촤핫핫."

"네, 네……."

"몇 살이세요? 되게 어려 보이신다."

데스크에 비스듬히 기대어 선 성국이 한껏 멋 부린 웃음소리를 내고 있었다. 그는 꾸준히도 이영에게 말을 걸고 있었다. 난감한 이영의 표정을 아는지 모르는지 그는 줄기차게 그녀의 앞자리를 사수하고 있었다.

"나이는 왜요?"

"아니, 제가 이쪽 계통 일 하잖아요. 근데 이영 씨는 비율이 딱 좋으네. 진짜 화면발 잘 받을 얼굴이야."

"퍽이나."

순간 뭐가 못마땅한지 심통 가득한 승호의 목소리가 끼어들었다.

"어머, 정쌤!"

"믿는 건 아니지, 김간? 김간 얼굴 넙데데해서 텔레비전으로 보면 두 배는 부어 보일걸."

"와, 정쌤 너무한다!"

"거, 정말 너무하네요, 숙녀분한테. 이영 씨는 피부도 좋고 얼굴이 계란형이라 미인형이에요. 미인형. 난 미남형. 촤하핫."

"하하하. 되게 재밌으시네요."

"재미는 무슨."

대기 의자에 앉아 있던 나는 투닥거리는 그들을 뒤로하고 눈으로만 훑어봤던 병원 내부를 직접 일어나 살펴보기 시작했다. 데스크 앞 열 명 정도 껴서 앉을 수 있는 푹신한 소파와 데스크 뒤로 길게 난 복도엔 주사실 겸 처치실과 검사실, 맞은편엔 휴게실, 그리고 진료실이 자리 잡고 있었다.

작은 평수, 그 안에 오밀조밀 모여 있는 공간. 어찌 보니 방송국의 세트 같기도 했다.

"그런데 이민혁 씨, 궁금한 게 있는데요."

병원을 이리저리 돌아다니며 구경을 하던 나를 이영이 불러 세웠다.

"도대체 여기서 뭐 하고 계시는 거예요?"

"식사 어디로 놔 드릴까요?"

"여기 테이블에 올려 주세요."

세 명이 들어가도 버거운 휴게실 안, 오늘은 군식구 두 명이 늘어나 다섯 명이 함께 복작복작한 점심시간이 되었다. 왜 점심을 저들과 먹고 있는지는, 나도 모르겠다.

배달원은 철가방에서 요리를 계속, 계속 꺼내 작은 테이블 위에 놓았고, 그의 세팅이 끝나자 민혁이 카드를 내밀어 결제했다.

그제야 민혁을 알아챈 그는 '어, 이민혁 씨? 아휴, 팬입니다.' 라고 말하더니 음흉한 웃음을 지으며 나를 곁눈질로 힐끔대었다. 나름 단골 짜장면집이었는데, 앞으론 이용 못 할 것 같았다.

"차린 건 없지만, 많이들 드세요."

민혁의 부드러운 목소리가 들렸다. 나와 진료실에서 대화할 때와는 완전 다른 표정을 하고선 나긋하게 말했다.

정말이지, 얄미운 캐릭터다.

"이게 다 뭐예요?"

"조연주 씨가 말한 네 영역, 내 영역 중에 휴게실은 없었던 것 같은데요?"

"네?"

"나도 여기서 밥은 먹을 수 있다. 뭐, 이런 거죠. 여하튼 많이들 드십시오. 나름 상견례 자린데 밖에서 좋은 음식 대접해 드리고 싶지만 아무래도 제가 밖을 돌아다닐 수 있는 여력이 안 돼서요. 이렇게나마 대신합니다."

"어머, 아니에요. 탕수육, 깐풍기, 유산슬에 양장피까지! 완전 진수성찬인걸요. 잘 먹겠습니다!"

신이 난 이영이 나무젓가락을 쪼개 들고 손바닥에 쓱쓱 비비자, 그녀를 마주하고 있던 성국도 '자자, 드시죠.' 라며 맞장구쳤다. 의도치 않게 연예인과 함께하는 점심 회식이 된 셈이었다.

내키진 않았지만 배고픈 점심시간, 달콤 고소한 중국 음식의 향을 이기지 못한 나 역시 젓가락을 들고 그와의 식사에 동참했다. 분위기는 불편했지만, 음식은 맛있었다. 입안 가득 탕수육을 밀어 넣은 이영이 애살스럽게 민혁을 바라보며 입을 열었다.

“그럼 이민혁 씨, 저희 원장님하고는 언제부터 만나고 계셨던 거예요?”

“푸흡!”

“어유, 원장님. 여기 휴지.”

그녀의 말에 삼키고 있던 탕수육이 목에서 탁! 걸려 마른기침을 쿨럭쿨럭 해 대자 옆에 있는 승호가 나에게 휴지를 챙겨 쥐여 주었다.

“김간, 그게 무슨 소리야?”

“정쌤, 내 말이 맞죠? 그때 원장님만 알고 있는 뭔가가 있는 것 같다고 내가 그랬잖아. 뭐 그게 큰일이라고 그렇게 숨기셨어요. 원장님도 연애하고 그럴 수 있지.”

“뭐?”

“이민혁 씨한테 얘기 다 들었거든요?”

이영의 눈이 민혁을 향했다. 나의 시선은 성국을 향했다. 성국은 멋쩍은 듯이 뒷머리를 긁적이며 슬금슬금 눈치를 피할 뿐이었다.

“이민혁 씨, 잠깐만 나와 보시죠?”

순식간에 싸해진 휴게실 안, 나는 뒤따라 나오는 민혁과 함께 진료실로 향했고 문을 단단히 닫았다.

“먹던 건마저 먹고 하죠. 먹을 땐 개도 안 건드린다는데.”

"지금 밥이 목구멍으로 넘어가게 생겼어요? 이영 씨한테 뭐라고 하신 거예요? 무슨 상황이냐고요."

"아무 말 안 하는 게 더 이상하지 않습니까?

"뭐라고요?"

"연예인이 병원에서 죽치고 앉아 있는데, 직원들이 안 궁금한 게 더 이상하지 않겠냐고요. 오늘만 오고 안 올 것도 아니고 이제 나도 계속 마주해야 할 사람들인데, 알려 주는 게 예의고 도리죠."

"그래서 도대체 뭐라고 말했는데요?"

"문자 그대로."

"문자 그대로?"

"만나고 있는 사이라고 했죠."

"뭐요?"

"맞잖습니까, 당분간 대외적으로 만나 보는 사이."

"이것 보세요, 이민혁 씨!"

"그럼 설마, 저들에게도 우리의 주고받는 관계를 말해야 하는 겁니까? 루머 수습하자고 시작한 일인데, 사실대로 말해서 더 큰 루머를 생산할 순 없잖습니까."

울컥 올라왔지만, 반박할 순 없었다. 그가 한 말이 틀린 말이 아니기 때문이었다. 이건 이민혁과 나 사이의 문제였다. 저 사람은 저 사람 나름의 목적이 있고, 나는 나대로의 목적이 있었다.

"……그래도, 나한텐 정말 소중한 사람들이에요. 단순히 고용주와 고용인의 관계 아니라, 그 이상의 사람들입니다. 나중에 거짓말한 거, 다 사과해 주세요."

민혁이 움찔했다. 하지만 곧 그는 고개를 끄덕이는 걸로 대답을 대신했다.

정말로 이 사람과 내가 얽혀도 단단히 얽혀 버렸다. 이제야 실감이 나기 시작했다.

나, 지금 톱스타 이민혁과 목하(目下) 열애 중인가 보다.

❖ ❖ ❖

"화보 촬영 끝나고 다른 스케줄 있어?"

"아니. 없어. 다음 주부터 영화 들어가니까 그전에 마지막 휴가다 하고 쉬라고 많이 안 잡았지."

"응."

"이제 인터뷰 가려 받을 걱정도 없고. 당분간은 마음 편히 있어도 되겠다."

성국은 한시름 놓인 듯 얼굴이 한결 편안해 보였다. 화보용 메이크업 때문에 잔뜩 힘이 들어간 머리와 진한 눈 화장이 어색한 나는 대기실 거울을 보며 이리저리 얼굴을 매만졌다. 두껍게 발린 파운데이션이 불편했다. 하지만 그 불편함이 나의 직업이고, 감수해야 할 나의 세계였다.

"촬영 끝나고 스타일링 미리 해 놓으라고 전해 줘."

"왜? 스케줄 없잖아."

"스케줄 있어야만 제대로 갖춰 입냐."

"너 일적인 거 아니면 옷 같은 거 신경도 안 쓰잖아."

미디어 속의 만들어진 이미지와 그 이미지로 먹고사는 나, 그리고 나와의 이해관계에 놓인 사람들. 무작정 온 신경을 쏟을 수 있는 연기가 좋아 시작한 이 길은 내 생각과 많은 부분이 달랐다. 숨겨야 했고, 감춰야 했고, 억압받아야 했다.

늘 새로운 인생을 사는 것처럼 다른 옷을 입고, 다른 가면을 쓰고, 다른 가상의 인물로 살았지만 단지 그때뿐이었다. 매일같이 새로워도 매일같이 무료한 일상의 반복.

온전한 나만의 공간과 나만의 시간. 남들 하나씩은 다 가지고 있는 나만의 관심사가 없달까.

"들를 데가 있어서 그래."

"어디?"

문을 열고 들어서면 코끝을 찡하게 감싸는 소독약 냄새, 병원 냄새. 하나 좋을 것 없는 생경한 곳이지만, 수 비뇨기과 의원은 나에게 새로운 장소이고 요즘은 새로운 관심사가 되고 있었다.

"거기."

스타일리스트에게 부탁해 받은 옷으로 말끔히 갈아입고 대기실 거울 앞에 서서 여기저기를 뜯어 살폈다. 화장이 스스로는 어색했지만 작은 잡티까지 말끔히 가려 주는 그것을 굳이 지우지는 않기로 했다. 왁스로 깔끔하게 정돈된 머리를 슬쩍 만졌다.

촬영사에서 협찬해 준 고가이면서도 멋이 있는 캐주얼한 정장을 잘 차려입고 완벽한 연예인의 모습으로 대기실을 나섰다. 밖으로 나서자 현장을 정리 중이던 스태프들의 회식 권유를 정중히 거절하고 차에 올랐다. 곧이어 성국도 운전석으로 올라탔다.

"그거 어디 있지?"

"뭐?"

"며칠 전까지 여기서 봤는데……."

"뭐 찾는 거야, 인마. 내 차니까 나한테 말해. 제일 빨라."

"DVD."

"DVD? 무슨?"

"왜, 나 군대 가기 전에 찍은 영화."

"아, 그거? 그걸 왜 갑자기 찾냐. 그거 내가 서랍에다 넣어 놨는데. 잠깐만. 웃차."

"어, 그거 맞아. 그거."

그가 찾은 DVD를 건네받자 성국이 물었다.

"자. 이건 갑자기 왜 찾아?"

"아니, 뭐. 출발하자."

"싱겁기는. 바로 가? 아니면 집 들렀다 가?"

"바로."

얼마쯤 달렸을까, 민혁의 눈에 익숙한 주택가가 들어왔다. 뒷머리가 눌리진 않았나 싶어 손바닥으로 탈탈 털어 주고선 선글라스를 꺼내 썼다.

"어머, 오셨어요?"

"안녕하세요, 이영 씨."

"우와! 오늘 되게 멋지세요. 촬영 있으셨나 봐요!"

"아, 네. 화보 촬영 있었는데 시간이 없어서 바로 왔어요."

놀란 눈으로 멋있다며 치켜세우는 이영의 맞장구에 씨익 입꼬리가 말려 올랐다. 내 대답에 성국이 힐끔 쳐다보았다. '뭐야, 이 자식.' 이라는 성국의 생각이 들리는 것 같았지만, 그는 굳이 입 밖으로 내지는 않았다.

"그러시구나. 앉으세요, 앉으세요. 차 드릴까요?"

"아닙니다. 신경 쓰지 않으셔도 됩니다."

"이영 씨, 저는 녹차 한 잔 부탁드려도 될까요? 같이 마시면 더 좋고. 콰하핫."

"하하하. 네, 대표님. 앉아 계세요."

"근데 조 선생님은 진료 중?"

"네, 안에 환자분 계세요."

이영이 차를 준비하기 위해 탕비실로 향하자 그들이 오든, 말든 데스크에 앉아 서류 정리를 하고 있던 승호가 모니터에 시선을 고정하곤 성국에게 말했다.

"탕비실은 저쪽입니다."

"네?"

"탕비실 저쪽이라고요, 간단한 차 정도는 직접 타서 드시죠."

퉁명스럽게 말하는 승호와 그런 그의 정수리를 바라보는 성국 사이로 보이지 않는 신경전이 일었다. 이 신경전은 남자라면 누구나 눈치챌 수 있는 모양새였다.

나는 그들의 신경전 따윈 무시한 채 밴에서 챙겨 나온 DVD를 들고 텔레비전 앞으로 성큼성큼 걸어가 DVD 플레이어에 삽입했다.

잔잔한 음악이 흘러나오고 곧 영화의 타이틀이 텔레비전 화면을 가득 채웠다.

“어? 저거 영화 너는 내 사랑 아니에요? 우와, 저거 정말 재미있게 봤는데. 이민혁 씨 너무 멋있게 나왔잖아요!”

탕비실에서 나온 이영이 데스크에 기대서 있는 성국에게 종이컵을 건네곤 슥 지나쳐 나에게로 달려왔다. 순간 승호와 성국의 시선이 동시에 나를 향하고 있다는 걸 느낄 수 있었다.

“이 영화 보셨나 봐요.”

“그럼요! 이 영화 개봉했을 때 안 본 남자는 있어도, 안 본 여자는 없을걸요?”

“그렇게 말씀해 주시니 감사합니다.”

“이거 따로 가져오신 거예요?”

“네? 아, 네. 하하. 다음 작품 캐릭터 연구 때문에 보다가 들고 왔어요. 이미지가 비슷한 부분이 있어서. 마저 보려고…….”

내 대답이 끝나자 왠지 성국의 눈초리에 뒤통수가 따가워졌다. 하지만 이번에도 이영은 엄지를 척 세우며 하이톤의 목소리로 말을 이었다.

“어머, 그러시구나. 이 영화 너무 좋은데.”

“DVD 드릴까요?”

“정말요? 완전 좋죠!”

“병원에 두고 갈게요.”

“와, 이거 항상 틀어 놓아야겠다.”

이영의 말에 원했던 대답을 마침내 들은 것처럼 묘한 성취감이 느껴졌다. 사실 촬영 끝난 후에도 메이크업을 유지한 채 완벽한 스타일링을 구사한 것도, 연기했던 수많은 작품 중에 가장 많은 여자들의 호평과 환호를 받았던 영화의 DVD를 챙겨 온 것도, 모두 그녀 때문이었다.

‘서로의 영역을 정리하자고요.’

‘진료실은 제 영역. 대기실은 이민혁 씨 영역. 서로 그 범주 안에서 되도록 부딪히는 일이 없게.’

‘사실 서로 얼굴 마주 봐서 좋을 것도 없잖아요. 뭐 좋은 일로 만난 것도 아니고. 이민혁 씨도 제 얼굴 보기 편할 것 같지만은 않은데.’

‘제가 좀, 아직 얼굴 보기 많이 불편해서…….’

첫인상이 좋게 남을 수 없었던 상황이긴 했지만, 현재 대한민국에서 가장 핫한 영화배우 ‘이민혁’이 연주 앞에선 ‘환자’ 혹은 ‘방귀남’이 되어 버리는 불편한 진실에 자존심이 상했다. 사실 나를 이렇게 막 대하는 여자는 그녀가 처음이었다.

그녀가 직접적으로 나의 이미지를 표현한 것은 아니지만, 나의 입지가 이곳에서 고작 저 정도밖에 되지 않을 거란 건 충분히 느낄 수 있었다. 변화가 필요했다. 요즘 나에게 새로운 관심사가 되어 가고 있는 이곳에서 '연예인 이민혁' 으로의 이미지 쇄신이 필요했다.

✣ ❈ ✣

진료실 밖이 어수선해진 것 보니 아무래도 민혁이 온 것 같았다. 영 찜찜했지만 난 앞에 있는 환자에게 집중했다.

"환부를 좀 볼까요?"

진료실 끝자락에 마련된 침상에 올라가자 함께 들어온 보호자 역시 움찔거리며 그의 진료를 지켜보았다. 진료실에 보호자를 대동한 것도 미성년자가 아닌 이상 잘 없는 일이었지만 그 보호자가 또래의 남자라는 것 역시 어색한 건 사실이었다. 환자는 속옷을 벗고 정자세로 천장을 바라보고 누웠다. 난 수술용 얇은 장갑을 꺼내 끼고 환부를 들어 자세히 살펴보았다.

"음, 콘딜로마 바이러스는 아닌 것 같아요."

"네?"

"아, 환자분이 걱정하신 곤지름은 아닌 것 같다고요. 바지 입으세요."

촉진이 끝나자 다시 진료 의자로 다가와 앉은 그가 매우 걱정스러운 표정으로 말을 이었다.

"하지만 약간 사마귀 같아 보였는데."

"생김새는 그런데 모양이나 색깔이 단순 두드러기 같아요. 알레르기성일 수도 있고, 피곤해서 그럴 수도 있고요. 불안하시면 소변검사 있는데, 해 보시겠어요?"

환자는 조금 걱정하듯이 고민하다 뒤에 서 있는 보호자를 향해 슬쩍 눈짓을 했다. 하지만 그의 표정도 정확한 답을 내어 준 것 같지 않았다. 곧이어 환자가 어렵사리 질문했다.

"혹시, 이게 성관계로 옮거나 하진 않을까요?"

"두드러기는 옮지 않죠. 그런데 만약 콘딜로마 바이러스라면 사실 성관계로 감염된다고 볼 수 있긴 해요. 감염률은 100%까지는 아니고 50% 정도로 보고 있어요. 반반이라 확답은 못 드리겠지만 소변검사 해 보면 바로 알 수 있으니까요. 많이 걱정되면 다음에 애인분하고 같이 내원하시겠어요?"

내 말이 끝나자 환자는 고개를 휙 돌려 뒤에 있는 보호자를 힐끔거렸다. 왜 그러는 걸까, 궁금해하던 찰나 환자의 뒤에 서 있던 남자가 입을 열었다.

"혹시, 예약 안 했는데 바로 진료 볼 수 있나요……?"

✣ ❖ ✣

진료실에서 두 명의 환자가 나왔다. 그들은 어기적거리는 걸음으로 데스크에서 수납하곤 고개를 푹 숙인 채 병원 밖으로 빠져 나갔다.

그들의 뒷모습을 안타깝게 바라보다 문득 기분 나쁨이 울컥 올라왔다. 그 기분 나쁨이 지난번의 악몽이 떠올라서인지, 아니면 같은 진료를 본 환자가 있어서인지, 아니면 같은 행동을 저 남자에게도 했을 연주 때문인지는 가늠되지 않지만 아마 세 가지 모두 해당되리라.

"안녕하세요?"

"안녕하세요, 조 선생님."

"네, 최 대표님. 식사는 하셨어요?"

"그럼요. 민혁이 화보 촬영 스케줄이 있어서. 중간에 밥 먹고 촬영하고 했습죠."

"네, 그럼."

연주가 성국에게 목 인사를 하고 진료실로 들어가려 하자 대기실 소파에 앉아 있는 나는 옆에 있던 리모컨을 집어 들어 음향 버튼을 꾹 눌렀다. 순간 커진 텔레비전 소리에 모든 시선이 집중되었다.

"소리 좀 줄이시죠?"

"흠, 흠."

그녀의 타박에 마른기침하곤 소리를 서서히 줄였다. 나의 머쓱한 행동에 연주는 내 시선이 향한 텔레비전을 쳐다보았다. 심플한 디자인의 니트와 흔한 청바지를 입은 남자주인공이 여자를 향한 절절한 사랑의 고백을 하고 있었다. 물론 자세히 보지 않아도 그 남자주인공이 나임을 연주는 짐작한 것으로 보였다.

"실내에서 웬 선글라스예요?"

"협찬받았거든요."

"에?"

"협찬받은 건 평소에도 잘 쓰고 다녀야 광고가 되죠. 이게 협찬받은 연예인의 도리이고."

"뭔 협찬을……."

우리의 대화를 듣고 있던 성국이 입을 열었다가 이내 꾹 닫았다. 그의 말이 더 터져 나오기 전 '가만히 있어.' 라는 내 눈짓을 보았던 모양이었다.

"저건 그리고 왜 틀어 놨어?"

"아, 원장님. 저거 이민혁 씨가 가져왔어요. 우리 병원에 기부하신대요. 흐흐."

"기부는 무슨."

"저 영화 안 보셨어요? 저 영화 DVD 구하기 힘들어요. 감독판 결말의 한정판인걸요."

"응. 안 봤는데."

"정말요? 왜요? 엄청 유명한 영환데!"

"난, 멜로는 별로."

퉁명스런 연주의 말에 짐짓 신경 쓰지 않은 듯했지만 왠지 모르게 미간이 꿈틀거렸다.

"그런데 두 분 싸우셨어요?"

"으응?"

"아니면 우리 다 있어서 쑥스러워서 그런가? 애정 표현하셔도 되는데. 홍홍."

"됐거든?"

총알처럼 튀어나온 연주의 대답에 질 수 없다는 듯 나도 거들었다.

"저도 사양입니다."

"거, 선글라스 좀 벗어요."

"싫습니다. 원래 이 스타일의 완성은 이 액세서리입니다."

"답답해 보이는구먼."

"패션에 대해서 모르시네."

"패션에 대해서 모르긴요. 누가 그러던데, 패션의 완성은 얼굴이라고. 선글라스로 다 가리고 있잖아요. 그 옷차림엔 그냥 깔끔하게 보이는 게 나을 것 같은데. 아닌가? 정쌤 보기엔 어때?"

"관심 없으니 물어보지 마세요, 원장님."

그녀의 말에 엉덩이를 들썩이며 몸을 돌려 반대쪽 다리를 꼬고 앉았다. 그래도 잘생긴 건 아나 보다. 입꼬리를 샐쭉거리며 슬며시 손을 올려 선글라스의 다리를 잡았다.

그리고 그때, 굳게 닫혀 있던 병원의 유리문이 짤랑거리는 방울 소리와 함께 열렸다. 문 쪽을 바라보던 내가 그를 제일 먼저 의식했다.

"어?"

짧은 탄식, 그리고 돌처럼 꽁꽁 얼어붙은 연주가 그 사람을 멍하게 바라보았다.

"연주야."

"김찬형……."

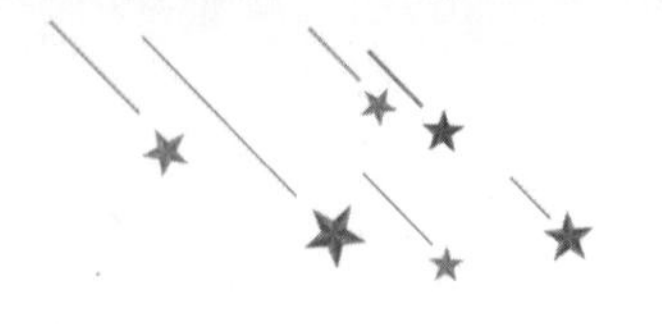

05.
구(舊)남친의 미스터리

언젠가 한 번쯤은 다시 연락이 올 것이라 예상했었다. 흔한 이별 노래 가사처럼 '잘 지내?' 혹은 '자니?' 라는 식의 문자 정도는 올 거로 생각했다.

다른 이유는 아니었다. 우리가 함께해 온 6년이란 시간. 그 시간은 아무리 단칼에 정리하려 해도 분명 한 번에 끊어 낼 수 있는 게 아니라 생각했었다.

"차갑게 먹을 거지? 여기 아메리카노 한 잔이랑 캐러멜마키아토 한 잔 주세요. 아이스로요."

말하지 않아도 서로를 잘 아는 사이.

내가 그와의 헤어짐을 두려워했던 이유도 바로 이것이었다. 서로에게 둘도 없는 가족 같은 친구가 되었다. 찬형이 아닌 다른 새로운 사람과 지금과 같은 유대감을 다시 쌓을 수 있을까.

"갑자기 어쩐 일이야?"

찬 기운에 손끝이 아리게 시리지만, 달콤한 마키아토 잔을 손에 꼭 말아 쥔 채 찬형을 향해 말했다. 그는 잠시 뜸을 들이는가 싶더니 옅게 미소를 지으며 입을 열었다.

"잘 지내고 있나, 궁금해서."

"잘 지내고 있어. 넌 잘 지냈어?"

"아니……."

"그렇게 상처 주는 말하고 갔으면 잘 지낼 것이지, 왜 이렇게 푸석한 모습으로 다시 나타난 건데."

"하고 싶은 말 있어서."

"나는 하고 싶은 말 없어."

"듣기만 해 줘."

그와 이별한 지 꼬박 석 달이 지나고 있었다. 말은 차갑게 대꾸하고 있었지만, 찬형과 자주 들러 데이트를 했던 카페에 와 그를 마주하고 있자니 마치 예전으로 돌아간 것 같아 마음이 포근해졌다. 우리가 이별한 게 아니라 늘 그랬듯 사소한 이유로 크게 싸워 서로 자존심 챙긴다며 한 달 넘도록 연락을 하지 않고 있었던 상태가 아니었을까.

난 찬형의 말에 작게 고개를 끄덕이는 걸로 대답을 대신했다. 가슴속에 작은 희망이 생기는 것만 같았다.

"너와 헤어지고 곧바로 다른 여자를 만났어."

하지만 찬형은 예쁘고 부드러운 입술 사이로 참 아픈 말을 내뱉어 내기 시작했다.

"너와는 분명 다른 느낌이 있을 거라 생각했어. 설렘도, 떨림도, 만나 보고 싶다는 느낌들. 남들 다 하는, 좋아한다는 그런 느낌 말이야."

찬형이 헤어짐의 이유를 '널 봐도 아무렇지 않아, 질려 버렸어.' 라고 말했을 때 나는 익숙함도 사랑이라 말했다. 하지만 그는 인정하지 않았다. 그래서 우린 이별할 수밖에 없었다.

찬형과의 6년 동안 우리 사이의 주도권은 늘 그가 쥐고 있었다.

그를 처음 만난 건 스물네 살 때였다. 학교 캠퍼스 내 카페에서 주문을 받던 그를 보았다. 단정한 목소리와 하얗고 투명한 피부, 야리야리한 몸과는 다르게 우수에 찬 눈빛이 무척이나 아름다웠다. 마치 미소년처럼.

찬형은 평일 오후 4시부터 밤 10시까지 파트타임으로 아르바이트를 했다. 그를 보기 위해 학과 수업이 끝나면 도서관을 가는 대신 부리나케 카페로 뛰어가 마감 시간 때까지 그곳에서 공부하곤 했다.

'너랑 친해지고 싶어.'

꼬박 일 년을 훔쳐보다 큰마음을 먹고 고백했던 날. 찬형은 반달처럼 눈매를 휘며 싱그럽게 웃어 주었다. 그렇게 우린 '친구'가 되었다. (후에 물어보니 그때의 그 고백이 남자, 여자의 고백이 아닌 친구로서의 고백으로 받아들였다고 했다.)

그렇게 5년이 넘도록 친구로서 지냈다. 그가 법대에서 부모님의 반대를 무릅쓰고 신문방송학과로 전과했을 때도, 그가 처음으로 언론사 시험에 낙방해 좌절했을 때도 우린 친구로서 함께였다. 그리고 둘도 없는 단짝이 되었다.

그럴 수밖에 없는 노릇이었다. 나는 찬형을 친구가 아닌 남자로서 좋아했으니까. 우락부락하고 공부만 하는 남자들 사이에 치여서 그랬는지는 몰라도 개인적으로 남자와 여자도 분명히 친구가 될 수 있다고 믿는 주의였다.

하지만 그게 아니었다. 난 찬형과 친구가 될 수 없었다. 나는 늘 지는 입장의 약자였다. 그렇게 그와 친구 아닌 친구의 상태로 6년째를 바라보던 때였다.

'김찬형.'

'응?'

'나, 너한테 어떤 존재니?'

'뭘 그런 걸 물어.'

'말해 봐.'

'뭐, 없어선 안 될 존재지. 둘도 없는 가장 친한 친구.'

'……나, 너 친구 하기 싫어.'

'어?'

'나 너랑 친구 하기 싫어. 너랑 앞으로도 친구를 해야 한다면, 나 너 다신 안 볼래.'

서른. 그렇게 우린 많은 길을 돌고 돌아 친구가 아닌 연인이 되었다. 그리고 연인의 이름으로 함께한 몇 개월 뒤, 우리는 서먹한 얼굴로 친구도, 연인도 아닌 채 마주하고 있었다.

"그래서, 하고 싶은 말이 뭐야."

"똑같았어."

"뭐가."

"다를 거라 생각했는데, 다를 게 없었어."

찬형이 고개를 들어 나를 똑바로 바라보았다. 그의 눈에 몽글몽글, 눈물이 맺혀 들고 있었다. 내가 가장 좋아했던 찬형의 눈에 슬픔보다 더 큰 허무가 담겨 있었다.

"다른 사람을 만나도 좋지 않더라. 떨리지도 않고, 설렘도 없더라."

"그걸 이제 알았니? 다른 사랑은 어떤지 궁금하기도 했겠지. 하지만 결국엔 익숙해지게 돼. 무뎌지게 되어 있다고."

"응, 네 말이 맞았어. 네 말이 다 맞았어. 미안해…… 정말 미안하다……."

찬형은 결국 참지 못하고 눈물을 흘렸다. 하나둘 방울방울 떨어지던 눈물방울이 이윽고 서러움 가득한 울분으로 바뀌어 찬형의 어깨가 심하게 들썩였다. 놀란 나는 그의 옆자리로 옮겨 어깨에 손을 둘렀다. 토닥토닥. 그의 어깨를 일정하게 두드렸다. 찬형이 나의 가슴에 얼굴을 묻고, 서럽게 엉엉 울기 시작했다. 그의 떨림이 고스란히 전해졌다.

그리고 느낄 수 있었다.

"난 다 괜찮으니깐. 말해 봐."

✣ ❈ ✣

"안 가?"

성국이 옆자리에 풀썩 내려앉으며 물었다. 내 대답은 '응.' 이지만 이 대답을 위한 이유를 가져다 붙이기가 모호했다. 낯선 남자의 방문으로 병원 안 모든 사람이 굳어 버렸다. 그중 단연은 연주였지만, 이영도 승호도 보면 안 될 사람이라도 본 것처럼 굳어 있었다. 곧 정신을 차린 연주가 그 남자를 데리고 밖으로 나선 지 벌써 한 시간째였다.

"여기 마감할 시간이야. 진료 시간 끝났고."

성국의 말대로 이영과 승호는 주변을 정리하기 시작했다. 그들은 그녀가 다시 병원에 들어오지 않을 거라 생각하는 것 같았다.

하지만 난 일어날 생각이 없었다. 다른 이유가 아니다. 그녀에게 지금 우리의 상황을 다시 한 번 주입하기 위해서이다. 서로의 목적하에 만나고 있는 대외적인 남자 친구 앞에서 낯선 남자와 단둘이 걸어 나갔다. 그러다 혹시라도 밖에 있을 기자한테 발각이라도 되면 어쩌려고 겁도 없이!

"어, 원장님!"

퇴근 준비를 마치고 가방을 둘러멘 이영의 낭랑한 목소리가 들렸다. 그녀의 목소리에 고개를 돌려 보자 연주가 서 있었다. 그녀는 얼굴을 푹 숙이곤 대꾸도 하지 않은 채 곧장 진료실로 향했다.

"김간, 나가자."

"원장님 괜찮을까요?"

"괜찮아. 이만 나가시죠?"

걱정스러운 표정의 이영과 입을 꽉 다문 승호가 팔을 벌려 성국과 나에게 말했다. 그는 아무래도 연주에게 혼자만의 시간을 주려 하는 것 같았다.

지금 이 상황, 나만 모르는 뭔가가 있다.

"먼저 가세요. 전 연주 씨와 얘기 좀 하다 가겠습니다. 너도 먼저 가. 알아서 갈게."

승호가 나를 저지하려 팔을 뻗었지만, 이영이 그런 그의 팔을 붙잡아 내리곤 데리고 나갔다. 성국은 쉽게 발을 떼지 못하였지만 나를 한 번 바라보더니 고개를 끄덕이며 병원 문을 닫고 돌아섰다.

그들을 밖으로 내보내고, 난 진료실 앞으로 걸어갔다. 그리고 문고리에 손을 올리고 잠시 생각했다.

내가 이렇게까지 신경을 써야 하는 문제일까.

만약 '예', '아니오'로 답할 수 있는 객관식 문제였다면 '아니오'를 선택했을 문제였다. 하지만 이 문제의 답은 주관식이라고 난 생각했다. 일단 첫 번째로 그 남자가 누군지 궁금하다. 두 번째, 나는 물어볼 권리가 있는 사람이다. 세 번째, 방금과 같은 행동이 얼마나 위험한 행동이었는지를 인지시켜 주어야 한다. 그리고…….

달칵, 하고 진료실 문고리를 돌려 열었다. 창문 앞에 서 있는 그녀의 뒷모습이 보였다. 가녀린 어깨가 조금씩 들썩이는 것을 볼 수 있었다. 그 떨림에 확신할 수 있었다.

그리고 네 번째, 그녀가 울고 있었다.

"조연주 씨?"

"아……."

갑작스러운 인기척에 연주가 화들짝 놀라며 뒤를 돌아보았다. 아니나 다를까 눈두덩이 빨갛게 퉁퉁 부어 있었다. 황급히 그녀는 눈물을 슥 닦고는 옷걸이로 향했다. 겉옷을 챙기고 가방을 챙기는 손이 분주했다.

"그 사람 뭡니까?"

"이민혁 씨가 상관할 일 아니에요."

"왜 상관이 없어요? 우리 관계 잊었습니까? 밖에 기자라도 있었으면 어쩌려고."

"이민혁 씨가 상관할 일 아니라고요! 그쪽이…… 그쪽이 상관할 일 아니란 말이에요. 흑……."

"조, 조연주 씨?"

버럭 소리를 내지른 연주의 눈에 금방 눈물이 차올랐다. 그리고 이윽고 울음이 터졌다. 서럽게 우는 그녀의 어깨가 잔떨림으로 가득하고, 금방이라도 풀썩 주저앉을 듯 다리에 힘이 풀렸는지 휘청거렸다.

난 얼른 손을 뻗어 그녀의 허리를 둘러 안았다. 그대로 쓰러지듯 나의 가슴에 얼굴을 묻은 그녀는 더욱 서럽게 울기 시작했다. 평소 같았으면 절대 보이지 않았을 모습을 서슴없이 보이고 있었다. 지금 이 순간, 그녀에게 나는 아무것도 아닌 것이다. 항상 뾰족뾰족 톡톡 쏴 대는 그녀를 이렇게 무력화시킬 수 있는 일, 그게 뭘까.

나에게 기대어 울고 있는 연주의 어깨에 팔을 둘러 작게 토닥였다. 그 손길이 더욱 서글펐던지 그녀는 울음을 좀처럼 그치지 못했다.

그랬다. 이 여자, 지금 이별 중이다.

잠은 깼지만 몽롱한 정신과 너무 부어 떠지지 않는 눈 탓에 가만히 침대 위에 누워 있었다. 여유로운 토요일 아침, 머리가 하얗게 비어 버린 것 같았다.

"휴……."

찬형을 생각하니 절로 한숨이 쉬어졌다. 그러다 순간 아차 싶었다.

"미쳤나 봐!"

민혁의 품에서 지칠 때까지 울었다는 생각이 들자 민망함에 얼굴이 화끈해졌다. 온몸에 힘이 빠질 정도로 탈진해 버린 나를 그가 택시로 집 앞까지 데려다준 것이 기억났다. 치부를 들켜 버린 것만 같아 이불을 입에 넣고 잘근잘근 씹다 이내 허공에 발길질해 댔다. 창피하다.

그리고 그 순간 머리맡에 놓아둔 휴대전화가 요란한 진동 소리를 내며 울렸다.

"여보세요……."

—접니다.

"네?"

—이민혁입니다.

뜨악. 천근만근이었던 몸이 저절로 벌떡 세워졌다. 심 봉사가 앞을 보았을 때 이런 느낌이었을까. 눈앞에 별이 반짝이는 것만 같았다.

"무, 무슨 일로."

—잠깐 나오죠?

"네? 왜요?"

—코 묻었습니다.

"뭐요?"

—조연주 씨, 어제 제 옷에 코 묻혔다고요. 그거 얼마짜리 옷인 줄 압니까? 제 것도 아니고 협찬인데. 협찬받는 연예인의 도리에 대해서 말했던 것 같은데?

"월요일에 세탁비 드릴게요."

—세탁비가 문제가 아니지 않습니까. 사람이 그렇게 꺼이꺼이 코 묻히고 침 묻히고, 거기다 택시까지 태워 보냈는데. 일단은 고맙다는 말 먼저 아닙니까?

"아, 어제 그 일은, 고맙……."

—됐고. 나오는 걸로 보답하죠?

"네?"

—고마우면 야외 추가 촬영쯤으로 생각하고 나오라고요. 20분 뒤 조연주 씨 집 앞 도착이니까 빨리 나오십시오. 촬영 없는 날까지 차에서 대기 타고 있고 싶진 않으니까.

"뭐, 뭐라고요? 여보세요. 여보세요?"

멍하게 휴대전화를 붙잡고 앉아 있다가 번쩍 정신이 들었다. '20분 뒤 조연주 씨 집 앞 도착이니까.' 라는 그의 말이 내 뒤통수를 팡 하고 때리는 것만 같았다.

"지금 상태 말이 아닌데!"

헐레벌떡 일어나 화장실로 뛰어갔다. 내가 지금 왜 준비를 하고 있는지는 모르겠지만, 퉁퉁 부은 눈과 초췌해진 몰골로 그를 만날 수 없다는 건 확실했다.

"빨리 좀 오죠?"

집 밖으로 나서자 승용차에 비스듬히 기대선 민혁이 보였다. 야구 모자를 눌러쓴 캐주얼한 차림의 그는 개인 자가용을 가지고 온 것 같았다.

"타요."

그는 보조석의 차 문을 열었다. 미심쩍은 눈빛으로 주춤거리는 나의 허리를 슥 하고 잡아당긴 그는 차 안으로 나를 부드럽게 밀어 넣었다.

"안전벨트."

"어디 가는데요?"

"가 보면 압니다."

그는 내 말의 대답 대신 오디오를 켰다. 잔잔하지만 밝은 노래가 흘러나왔다. 반주가 나오자마자 민혁이 지난 영화 OST에 참여하여 직접 불렀던 그의 노래임을 눈치챘지만, 조용히 귀 기울인 채 차창 밖을 바라보았다.

창문을 조금 내려 선선하게 불어오는 바람을 맞았다. 바람결에 긴 머리카락이 조금씩 흩날렸다. 그의 목소리가 좋다고는 느꼈지만, 노래를 부르는 그의 목소리는 또 다른 느낌이었다. 듣기 좋은 민혁의 목소리는 아름다운 노래 가사를 말하고 있었다.

기분이 조금씩 나아지고 있었다.

"다 왔어요."

그의 목소리에 눈을 떴다. 따뜻한 바람결에 잠이 들었던 건지,

아니면 달콤했던 그의 노랫소리 때문에 잠이 들었던 건지 기억은 나지 않았다. 얼결에 그와 함께 목적지에 도착한 나는 차에서 내려 한 건물로 들어섰다.

"민혁 씨, 왜 이렇게 오랜만이야?"

"안녕하세요. 원장님, 그대로세요."

"그대로긴! 내가 민혁 씨 제대하고 언제 오나 기다리느라 목이 늘어졌다, 늘어졌어."

"하하하."

민혁은 익숙한 곳인 듯 자연스럽게 들어갔다. 난 그의 뒤에서 쭈뼛거리며 주변을 두리번거렸다. 흡사 고급 호텔 로비와 같은 분위기가 물씬 풍기는 그곳은 내로라하는 연예인과 방송인들의 사진이 한쪽 벽면을 화보처럼 꽉 채운 유명 뷰티 숍이었다.

"민혁 씨, 오늘 촬영 있는 거야? 근데 이분은 누구?"

"저 말고요, 이분 부탁드릴게요."

"아! 혹시, 민혁 씨 그 기사 속……?"

"하하. 모른 척해 주세요."

"어머, 웬일이야. 안녕하세요. 활자로만 봤지, 민혁 씨가 이렇게 미인을 숨겨 놨을지 몰랐네요."

그녀의 말에 얼굴이 화끈거렸다. 직업성 멘트에 민망하기도 하였고, 어쩔 수 없는 거짓말에 동참하는 것이 마음에 쓰이기도 했다. 그녀는 나의 어깨를 팔로 두르곤 금빛 장식이 된 거울 앞 미용 의자로 데려갔다. 어버버 하며 의자에 내려앉은 나의 어깨를 두 손으로 꼭 누르고 있는 거울에 비친 민혁을 마주했다.

"뭐 하는 거예요, 지금?"

"여기 진짜 비싸고, 유명한 곳이에요. 웬만한 사람들은 예약하면 한 달 넘게 기다리는 곳일걸요. 나중에 고맙다고 하지 말고, 지금 미리 해도 되고."

"아니, 내가 왜……."

"여자들은 기분 전환 이런 걸로 한다고 하던데."

"……."

아무 말도 못 하는 나의 어깨를 그가 톡톡 두드렸다. 그리고 바로 뒤 소파로 가서 두꺼운 잡지를 꺼내 들곤 시선을 내렸다. 마치 진짜 남자 친구처럼 그는 나를 기다리고 있었다.

"어떻게 해 드릴까요? 메이크업? 아니면 염색? 하고 싶은 스타일 있어요?"

거울을 통해 잡지를 뚫어져라 보고 있는 민혁을 쳐다보았다. 나를 신경 써 준 건가? 이건 어제 그 일이 이민혁에게 미친 영향일까.

거울에 비친 나에게로 시선을 옮겼다. 화려한 이곳과는 어울리지 않는 수수한 모습이었다. 나쁘게 말하면 초라한 모습이랄까.

찬형과 이별하며 거추장스러워진 허리까지 오는 긴 생머리가 눈에 띄었다. 찬형이 부드러운 느낌이 좋다며 쓰다듬길 좋아했던 긴 머리카락. 왜 여자들은 이별하면 머리카락을 싹둑 자르는 걸까, 항상 의아해했는데, 내가 지금 이 상황이 되니 조금 이해가 되는 것 같았다. 단순히 머리카락을 자르는 게 아니었다. 그 사람이 가득 담긴 가슴을 떼어 내 버릴 수 없으니 그 사람이 좋아했던 다른 신체의 한 부분을 잘라내는 거다.

"머리카락이요."

"커트하실래요?"

"네."

"얼마나 해 드릴까요?"

"짧게요. 아주 짧게."

"짧게는 얼마나?"

"완전 커트해 주세요. 숏 커트."

그래, 이왕 잘라 낼 거면 흔적도 남기지 말고 잘라 내 버리자.

"어어, 안 돼, 안 돼. 원장님, 그냥 어깨선으로만 잘라 주세요."

잡지책을 보는 줄만 알았던 민혁이 벌떡 일어서 성큼 걸어 나왔다.

"뭐예요?"

"누구 마음대로 머리카락을 싹둑 다 자릅니까?"

"원하는 대로 하라 그랬잖아요."

"그래도 숏 커트는 심하지……. 안 그래요, 원장님? 이 얼굴에 숏 커트는 안 어울리잖아요. 그렇죠?"

"응? 글쎄. 어울리실 것 같은데? 피부가 워낙 하얗고 투명한데다 얼굴도 작고 오밀조밀 예쁘셔서 다 소화하실 것 같은데?"

그녀의 말을 들은 민혁이 못마땅한 듯이 눈썹을 꿈틀거렸다. 하지만 지지 않고 더욱 강력히 그는 주장했다.

"그래도 너무 짧은 건 별로지. 남자는 너무 짧은 머리 안 좋아합니다."

"안 좋아해도 상관없거든요?"

"아, 글쎄. 별로 안 어울린다니깐."

"그냥 민혁 씨가 여자 친구 짧은 머리 되는 게 싫은 거 아냐? 호호호, 민혁 씨한테 이런 모습이 다 있네. 귀엽다, 귀여워."

얼굴이 시뻘게진 민혁이 헛기침을 하며 다시 자리로 돌아갔다. 재빨리 다리를 꼬고 아까 보고 있던 잡지를 다시 펼쳐 들곤 나를 힐끔힐끔 쳐다보고 있었다.

저 남자, 지금 잡지책 거꾸로 들고 있는 건 알고 있는 걸까?

"남자 친구 원하는 대로 해야지, 뭐. 안 그래요? 사랑하는 사람이 원하는 거 해 줘야 그게 또 연애지."

나는 살짝 웃어 보이곤 눈을 감았다. 곧 그녀의 가위질 소리가 서걱서걱 들렸다.

사랑하는 사람이 원하는 걸 해 줘야 연애라고 한다. 찬형과 연인이라는 이름으로 함께했던 고작 몇 개월, 난 연애를 하고 있었던 걸까.

능숙한 그녀의 손놀림이 점점 바빠졌다. 너무 짧지도, 길지도 않은 적당한 어깨선에서 가위질이 머물렀고 기장 끝에 맞춰 굵은 웨이브를 주기 시작했다.

"메이크업할게요. 잠깐만 눈 감아 주세요."

은은한 화장품 냄새가 코끝을 살랑였다. 브러시의 간질거림도, 가벼워진 머리카락도. 벌써 기분이 산뜻해지는 것만 같았다.

"이쪽으로 오실게요."

그녀를 따라간 곳은 커다란 드레스 룸이었다. 화려한 드레스부터 세미 정장까지.

그녀는 나를 정수리부터 발끝까지 쭉 훑어보더니 입을 열었다.

"지금 헤어와 메이크업으로 봐선, 분위기를 사랑스러움으로 가는 게 좋겠어요."

그녀는 버건디 원피스와 약간 높은 굽의 구두를 가져왔다. 작은 큐빅이 별처럼 흩뿌려진 예쁜 구두였다.

"이런 스타일 입은 적 없는데……."

"잘됐네요. 오늘 한번 시도해 봐요. 민혁 씨 성의도 생각해 줘야지."

등 떠미는 그녀의 손길에 못 이겨 피팅룸에서 옷을 갈아입고 전신 거울 앞에 섰다. 처음 해 본 웨이브 머리, 처음 해 본 색조 화장, 처음 입어 본 밝은 색 원피스, 처음 신어 본 아주 예쁘지만 불편한 높이의 구두.

"어머, 너무 예쁘다. 완전히 딴사람 된 것 같으네."

그녀의 말대로, 거울에 비친 나는 마치 다른 사람 같았다. 나에게도 이런 모습이 있을 수 있구나. 늘 되는대로 입고, 특별한 날이 아니면 굳이 챙겨 입지 않았던 그동안의 모습이 스쳤다. 어쩌면 그 모습에 찬형이 익숙해진 건 아니었을까, 고민했던 날도 있었다. 이렇게 예쁜 모습을 본다면, 그의 마음이 변할 수 있었을까.

쭈뼛쭈뼛 나는 돌아섰다. 두 시간이 넘은 시간인데 군소리 없이 저쪽 소파에 기대어 앉아 꾸벅꾸벅 졸고 있는 민혁이 보였다. 1분만 늦어도 빨리 나오라고 성화였던 그가 이렇게 오랫동안 기다리고 있는 게 신기할 뿐이었다.

"저, 끝났는데요."

그의 앞에 다가가 말했다. 내 목소리에 화들짝 놀란 그가 움찔하더니 고개를 들었다. 발끝에서부터 시선이 머문 그는 이내 찬찬히 위로 올라와 눈을 마주했다.

"예쁘네요."

"네?"

"흠, 흠. 이제 좀 같이 다닐 수 있을 것 같다고요. 가죠?"

"에?"

민혁은 내 팔목을 휙 잡더니 휘적휘적 앞으로 걸어 나갔다.

"자, 지금부터 진짜 추가 촬영 들어가겠습니다."

춥지도, 덥지도 않은 선선한 날씨가 유난히도 상쾌했다. 이유 모를 기분 좋음에 콧노래를 흥얼거리며 은행 나뭇잎이 잔잔히 깔

린 길을 걸었다.

내 보폭을 따라잡기 힘들었던지 연주는 어색해하는 구두를 신고 열심히 걷고 있었다. 삐걱삐걱 걷는 모양새가 금방이라도 구두에서 떨어질 듯 보였다. 그 모습에 피식 웃음이 나온 나는 천천히 보폭을 줄여 그녀에게 맞췄다.

"구두 처음 신습니까?"

"처음은 아닌데, 익숙하진 않아요. 단화나 운동화를 많이 신거든요. 왜요? 저 지금 걷는 거 이상해요?"

"조금 엉거주춤하긴 하는데. 뭐, 이상한 정돈 아닙니다."

"이민혁 씨는, 촬영 있거나 스케줄 있는 날이면 두 시간, 세 시간씩 메이크업 받고, 헤어 정리하고. 항상 그런가요?"

"그렇죠. 그게 제 직업이니까."

"화려한 인생을 사는 것도, 그리 쉽지 않네요."

그녀와 사적인 긴 대화를 하는 것은 처음이었다. 묘한 긴장감과 색다른 호기심이 주변을 가득 채웠다.

"화려하게 사는 것 같습니까?"

"그렇게 보이죠. 좋은 차를 타고 다니고, 비싼 옷을 입고, 해외나 특별한 경험을 하고. 그러면서도 일반 사람들과 비교하면 금전적인 수익도 월등히 많잖아요."

"그만큼 감수해야 할 큰 부분들이 있죠."

"어떤 부분이요?"

"사생활이요, 진짜 내 생활."

"아, 사생활이요?"

"난, 나 자체가 상품인 사람입니다. 조연주 씨가 병원 청소하고, 마케팅하고, 환자 돌보고 하는 것과 마찬가지로 나는 나를 꾸미고, 마케팅하고, 돌보죠."

"그렇군요."

"사실 개인적으론 화려하고, 복잡한 거 싫어합니다. 조용하고 혼자 있는 걸 좋아합니다. 조연주 씨는요?"

"저는 사람 많은 것도 적은 것도, 혼자 있는 거 같이 있는 거, 다 좋아해요. 중요한 건 누구랑 같이 있고, 그때의 내가 행복한지 아닌지에 따라서 달라지는 거니까요."

따뜻한 바람결에 마음이 풀어졌던 것인지 한껏 예쁘게 치장한 모습에 기분이 좋아졌던 것인지, 그녀는 나를 만나고 처음으로 경계심을 풀고 대화를 하고 있었다.

"어제는 행복하지 않았던 모양이네요."

너무 나갔던 것일까. 그녀는 나의 말에 멈칫하더니 이내 발걸음을 멈췄다. 나 역시 그런 인기척을 느끼고 뒤돌아 그녀를 마주 선 채 기다렸다.

"어제는, 죄송했어요. 그리고 고맙습니다."

연주가 꾸벅 인사를 했다. 그녀는 정식으로 나에게 고마움과 미안함을 표하고 있었다. 그녀의 인사가 끝난 후 우린 다시 보폭을 맞춰 걸어가기 시작했다. 한참을 걷다 보니 외국 거리와 같이 아기자기한 상점들과 작은 시골 마을을 연상시키는 낮은 건물들이 즐비한 경리단길의 거리가 나타났다. 그 길의 초입에서 나는 그녀를 내려다보았다.

"뭐 하는 사람입니까?"

"잡지사 기자예요."

"이유는 뭡니까?"

연주의 걸음이 멈췄다. 그녀가 고개를 들어 나를 올려다보았다. 마치 '그걸 나한테 왜 물어보는 거냐.' 라는 것처럼 그녀의 눈망울이 놀란 듯 동그랗게 커져 있었다.

다른 뜻은 없었다. 나를 연예인 이민혁이 아닌 일반인(비록 재수 없게 얽혀 버린 환자로 보겠지만) 이민혁으로 보는 사람을 얼마 만에 만난 것인지 모르겠다.

그녀와 대화를 좀 더 하고 싶었다. 사적인 대화를. 그리고 의외로 그녀와의 대화는 재밌었다. 흥미로웠고, 또 다음 이야기가 기대됐다.

"이유가 뭐 있나요. 사람 만나고 헤어지는 거 다 똑같죠."

다시 가시를 세우며 맞받아칠 것 같던 연주는 그의 질문에 조용히 미소 지으며 대답했다. 이채로운 작은 상점들과 그리스, 독일 전문 음식점들이 즐비한 그 거리를 거닐며 우리의 대화는 이어졌다.

"인연이 다 끝난 거라 생각하기로 했어요. 처음엔 나쁜 놈, 죽일 놈, 어떻게 나한테 이럴 수 있나. 우리가 알고 지낸 시간이 얼만데……. 원망도 많이 했었는데, 무슨 소용이 있나 싶네요."

"차라리 잘됐네요."

"뭐가요?"

"그 남자랑 헤어졌으니, 톱스타 남자 친구 생긴 거 아니겠습니까? 아무리 단기간이라도 이민혁 여자 친구 되는 게 어디 쉽습니까."

"그걸 이민혁 씨는 위로라고 하는 거죠?"

"흠, 흠."

연주가 피식하며 웃었다. 그녀의 웃는 모습을 물끄러미 바라보던 나의 입꼬리도 작은 호를 그리고 있었다.

"이거 귀엽네요. 그죠?"

좁은 인도 옆 작은 가판대 위에 있는 아기자기한 캐릭터 모양의 열쇠고리를 만지며 연주가 말했다.

"하나 골라요."

"어머, 사 주시려고요?"

눈을 반짝거리며 바라보는 그녀의 시선에 어깨가 으쓱해졌다.

"뭐 얼마나 한다고."

"웬일이래요. 이민혁 씨, 오늘 보니 그렇게 나쁜 사람은 아니었던 것 같아요."

"나쁜 사람이라니. 그리고 고작 열쇠고리 하나 때문에 이미지가 변합니까?"

"하하하. 삐쳤어요?"

"삐치긴요. 고르세요. 이별 기념 선물로 하나 사 드릴 테니까."

"나 참, 꼭 말을 그렇게 밉게 해야 해요?"

"제가 뭐 어떻다고요."

"됐네요. 됐어!"

"하나 고르라니까요."

"아이, 됐다고요."

"진짜 안 고르죠? 그럼 이거 하나 주세요."

"그건 안 귀엽잖아요. 저게 뭐예요, 초록색 얼굴에 혓바닥만 길쭉하게 나온 둘리 짝퉁처럼 생겼는데."

"내 맘입니다."

"그 공룡 열쇠고리 말고 옆에 있는 게 훨씬 낫고만."

"신경 쓰지 마시죠?"

투닥투닥. 한 마디도 지지 않고 아옹다옹하고 있는 게 웃겼던 모양인지 서로 눈을 마주하곤 웃음이 터졌다. 눈물이 날 정도로 한참을 배를 잡고 웃다 보니 어느덧 나와 그녀가 마주하던 거리가 부쩍 가까워져 있었다.

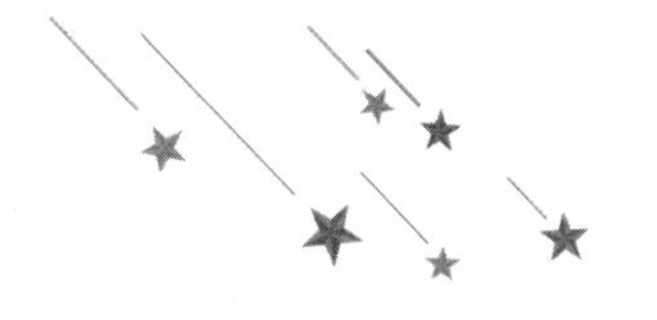

06.
그 남자의 고질병

"좋은 아침."

병원에 들어서자 진료 준비를 하고 있던 이영과 승호가 반겼다.

"주말 잘 보내셨어요?"

"응. 잘 쉬었어. 이영 씨는?"

"저야 뭐 똑같죠. 원장님은 주말 정말 잘 보내신 것 같아요."

"응? 그게 무슨 말이야?"

"여기 이거요, 이거."

이영은 오늘 자 신문의 연예면을 펼쳐 들곤 나에게 다가왔다. 1면은 아니지만, 뒤쪽 작지 않은 공간에 민혁의 기사가 수록되어 있었다.

"이민혁, 휴일 여유로운 공개데이트 즐겨……."

뭐, 이 정도쯤이야. 이젠 놀랍지도 않다.

한창 열쇠고리를 구경하고 있을 때 찍힌 사진 같았다. 모자를 푹 눌러쓴 민혁과 모자이크 처리가 된 내 모습을 신문 속 사진으로 접하는 것도 느낌이 꽤 묘했다. 하지만 그런 생각도 잠시, 약간 걱정이 되기 시작했다.

찬형이 보게 되는 거 아닐까.

이영에게 받은 신문을 들고 진료실로 향했다. 문을 굳게 닫은 채 자세히 기사를 읽어 내려갔다. 특별한 내용은 없었다. 얼굴이 모자이크 처리가 되어 있었기에 나라고 설명하지 않으면 모를 모습이었다. 거기다 어제는 민혁의 이벤트 아닌 이벤트로 한껏 꾸미고 나가 전혀 나답지 않은 스타일을 하고 있었다. 아마 찬형이 보더라도 이 기사 속의 주인공이 조연주일 것이라곤 전혀 상상할 수 없을 것만 같았다.

"아쉽다."

아쉽다는 생각이 스쳤다. 순간 이게 무슨 생각이야, 라며 얼른 정색했지만, 여전히 아쉬운 마음이 들고 있었다. 찬형이 이 기사를 보고 저 사진 속 여자가 나라는 사실을 알았으면 좋겠다. 네가 놓친 여자가 다른 남자 옆에서 너무나 예쁜 웃음을 짓고 있다고. 그리고 '놓쳐서 아깝다.' 라는 느낌이나 '질투를 느꼈으면 좋겠다.' 하는 말도 안 되는 생각이 들었다.

스스로 생각해도 유치했지만 이런 생각을 하고 있다는 자체가 내 코끝을 찡하게 만들었다.

오전 환자 두어 명을 진료하고 한동안 밀려 있었던 건강보험공단 보험금 청구와 매출 현황을 살피다 보니 벌써 점심시간이 되었다. 크게 기지개를 펴고 밖으로 나서자 언제 왔는지 민혁과 성국이 휴게실 한 자리씩을 차지하고선 도시락을 꺼내 놓고 있었다.

"언제 왔어요?"

"점심시간 맞춰서."

"왜 밥을 굳이 우리 병원에서 먹어요?"

"여기서 먹으면 병원 밥이라는 생각이 들어서 그런가? 건강해지는 것 같네."

"말도 안 돼."

황당한 민혁의 말에 피식 웃음이 나왔다. 자기가 생각해도 말이 안 되는 것 같던지 뒷머리를 긁적이더니 이내 태연하게 식사를 시작했다.

"이영 씨는 주말 동안 더 어려진 것 같네."

"하하하. 그래요?"

"응. 볼 때마다 예뻐져요."

성국이 이영의 옆에 앉아 또 능글능글 말을 붙였다. 그의 관심이 그녀는 나쁘지 않았던 모양인지 생긋생긋 웃으며 반응해 주고 있었다.

"과한 칭찬이세요. 최 대표님은 촬영장 가면 저보다 훨씬 더 예쁜 배우며, 가수며 많이 보실 것 같은데요, 뭘."

"에이, 그런 거랑은 다르지. 이영 씨는 자연 미인이잖아. 그쪽 사람들 성격 못된 사람들도 많고 심술 맞은 사람들도 많고. 내 보니까 이영 씨는 마음도, 얼굴도 다 고운 것 같아."

"하하하."

그들의 분위기 좋은 대화에 승호는 어지간히 불편했던지 미간을 잔뜩 구긴 채 도시락에만 시선을 두었다. 민혁은 종알거리는 성국이 창피했던지 발로 툭툭 치며 눈치를 주었지만, 그러든지 말든지 성국은 끊임없이 이영에게 작업성 멘트를 날리고 있었다.

승호는 먹던 도시락 뚜껑을 소리가 요란하게 탁 덮고선 휴게실 밖으로 나섰다. 그런 그의 눈치를 살피던 이영이 성국과의 대화를 멈추곤 멍하게 바라보다 이내 따라나섰고, 그녀를 따라 성국이 나가면서 휴게실 안은 평온해졌다.

알 수 없는 구도지만, 저들의 관계도 나와 민혁의 사이만큼 단단히 얽혀 있음은 확실해 보였다.

"오늘, 신문 봤습니까?"

"아, 네. 봤어요."

잠시 넋을 놓고 그들을 관찰하다 민혁의 목소리에 화들짝 놀란 나는 이내 정신을 차리고 대답했다. 그는 약간 걱정스러운 얼굴을 하고선 내게 묻고 있었다.

"기사까지 나게 될 줄은 몰랐습니다. 미안합니다."

시선을 테이블 가장자리 언저리로 내리깐 민혁이 사과를 하고 있었다.

"상관없어요. 그때 주변에 있던 사람들 웅성거리던 거 느꼈는

걸요. 알고도 간 거고. 그리고 뭐, 얼굴도 모자이크돼서 저인 줄 전혀 모르겠던데요?"

"그렇게 생각해 주니 다행이네요."

그를 빤히 쳐다보았다. 첫인상과 다르게 그의 눈매가 날카로워 보이지 않고 둥근 호를 그린 모습이었다. 촬영용 메이크업과 협찬용 의상을 입지 않은 그는 정갈하고, 단정하게 보였다. 어제오늘 새삼 느끼는 사실이지만, 이 남자 내 생각보단 나쁘지 않은 사람인 것 같다.

식당에서 한 줄에 이천 원 하는 옆구리 터진 김밥을 손으로 집어서 입에 앙 물고 있는 민혁을 바라보며, 나는 입을 열었다.

"이민혁 씨, 진료받아 볼래요?"

"푸흡!"

폭격기처럼 민혁의 입은 알록달록 밥풀 탄환을 쏟아 내었다. 사레가 제대로 걸렸던지 귀까지 새빨개지고 눈물까지 그렁그렁 맺힌 그의 원망 섞인 두 눈을 나는 잊을 수 없을 것이다.

✣ ❈ ✣

"대본 리딩 준비 끝났어? 이번에 작가님이랑 감독님 다 참석하신대. 공개 리허설이라 언론사에서도 홍보차 취재 온다고 하니까 단단히 신경 쓰고."

운전하며 성국이 룸미러를 통해 힐끔거리며 눈치를 보고 있었다.

눈을 꼭 감은 채 리허설 현장으로 가는 차 안. 폭신한 승차감에 안도감이 들지만, 한편으론 알 수 없는 찜찜함이 머리털을 삐쭉 세웠다.

"여자가, 못 하는 말이 없어."

"어? 뭐라고?"

"아냐."

"뭔데?"

"그냥 혼잣말이야. 신경 쓰지 마."

중얼거리던 말을 들었던지 성국이 반문했지만, 굳이 답하지 않았다. 조수석 의자 뒤 포켓에 들어 있던 안대를 집어 썼다. 차 오디오에선 최신 유행 노래가 쉬지 않고 되풀이되었다.

'이민혁 씨, 진료받아 볼래요?'

'푸흡!'

'아이, 참. 여기 휴지.'

흰 가운 군데군데 튄 김밥 김을 탈탈 털어 내는 연주의 모습이 생각나자 엉덩이를 들썩거리며 허공에 발길질해 댔다.

아래, 위로. 정말 잘하는 짓이다.

"왜 발광이야? 야, 시트 꺼져. 하지 마. 밴 뽑은 지 얼마 안 된 거라고. 곱게 써, 인마."

성국의 타박이 들리고 곧 정신을 차린 나는 다시 차분히 눈을 감고 자세를 고쳐 잡았다. 하지만 생각하지 않으려 노력해도 며칠 전 그 일이 자꾸만 떠올랐다.

'조연주 씨, 미쳤습니까?'

'아니, 의사가 진료 보자고 하는 게 큰 죄예요?'

'아, 아무리 그래도. 여자가! 지금 남자 면전에 대고 다른 데도 아니고 비뇨기 진료를 받아 보라니!'

'입은 삐뚤어져도 말은 똑바로 하자고요. 먼저 진료받기 원했던 사람은 이민혁 씨, 본인이잖아요. 벌써 기억 안 나요?'

'그, 그건…….'

'이민혁 씨가 말했잖아요. 연예인이라 문제가 있어도 병원을 찾는 게 쉽지 않았다고. 매일같이 우리 병원 오잖아요. 이런 기회가 어디 또 있겠어요? 이렇게 된 김에 그때 못 받았던 진료받아 보라는 거죠.'

'그건 조연주 씨 생각이고, 나는 다신 댁 앞에서 바지 내릴 생각 없습니다.'

'아이, 또 말 밉게 한다. 나같이 이민혁 씨 사정 다 알고 있는 사람 어디 있다고. 솔직히 우리 여자, 남자 사이 아니잖아요. 의사, 환자 사이라고 편하게 생각해요.'

가만히 누워 생각하다 쓰고 있던 안대를 우악스럽게 벗어 내내동댕이쳤다. 그 모습을 본 성국이 클랙슨을 신경질적으로 쾅쾅 누르더니 차 앞에서 알짱거리며 차선 변경을 하던 승용차를 노려보면서 민혁에게 큰소리쳤다.

"인마, 할부도 안 끝났다고. 곱게 쓰라니까. 아나, 저 차 뭐하는 거야! 지금."

순간 휘청한 차량에서 민혁이 무방비 상태로 머리를 앞좌석에 콩 하고 박았다.

"젠장, 되는 일이 없어!"

깊은 나락으로 빨려 들어가는 것 같은 알 수 없는 좌절감이 발끝에서부터 찌릿찌릿하게 느껴졌다. 정말 굴욕적이다. 나는 왜 하필 군대에서 그 잡지를 보았고, 그 기사를 보았고, 그 병원을 찾아갔을까. 휴가 나갔다 그 잡지를 들고 온 군대 후임병을 지금이라도 수소문해 찾아 멱살이라도 잡고 싶은 심정이었다.

"좌하하핫. 그럼 그렇지. 에라, 쌤통이다! 역시 세상은 공평해."

성국은 앞에서 신경을 거슬리게 했던 그 승용차가 순경에게 붙잡혀 딱지를 끊기는 모습을 지나쳐 보면서 승리감에 들뜬 목소리로 떠들어 댔다.

그렇게 굴욕감을 실컷 느끼다 문득 생각이 들었다. 모든 원인이 어찌 됐든 나한테 있음은 확실했다. 연주의 말대로 그녀와의 첫 만남은 의사와 환자의 관계가 맞았다. 하지만 그걸 그렇게 콕 짚어서는 여자, 남자 사이가 아니지 않냐, 라며 물어본 그녀가 왜 이렇게 얄미운지 모르겠다. 불과 얼마 전까지 여자 친구, 남자 친구라는 명칭하에 스캔들도 나고, 나름대로 데이트도 한 이성에게 말이다.

"내가 그 여자한테 진료를 또 받으면 이민혁이 아니라 똥민혁이다. 똥민혁!"

✣ ❖ ✣

영화사 건물 앞에 도착한 우리는 벌써 건물 입구에서 진을 치고 있는 기자들을 피해 지하주차장을 통해 건물 안으로 들어섰다. 먼저 도착해 있던 촬영 스태프들과 감독, 작가와 배우들과 간단한 인사를 한 뒤 대회의장으로 들어가 대본 리딩을 위한 준비를 시작했다.

"여자 주연은 확정된 거야?"

나는 뒤에서 자리를 지키고 있는 성국에게 작은 목소리로 속삭였다. 성국은 어깨를 올렸다 내리며 말했다.

"김민아로 확정됐어. 근데 지금 할리우드 영화 막바지 촬영 중이라 대본 리딩에는 참여 못 하고, 아마 촬영 순서도 최대한 뒤로 빼서 촬영하게 될 것 같아. 김민아 섭외하려고 얼마나 힘들었던지. 할리우드 진출로 급이 달라졌잖냐, 진 좀 뺐다. 아, 그런데 조연 중에 한 명으로……."

성국과의 대화가 채 끝나기도 전, 회의실 문을 열며 선화가 들어섰다.

"늦어서 죄송합니다."

앞자리에 내려앉은 그녀는 곧바로 대본을 펼쳐 들었다. 그녀가 도착하자 곧 보조 연출자가 밖으로 나가 기자들을 불러 모았고, 회의실에 둘러앉아 있는 우리의 모습을, 정확히 말하자면 나와 선화의 모습을 카메라에 담기 바빴다.

마구잡이로 터지는 플래시 세례에 절로 미간이 찡그려졌지만 최대한 평온하게 대본 리딩의 모습을 연출했다. 15분간의 포토 타임 후 보조 연출자는 기자들에게 '좋은 기사 부탁드립니다.' 라는 인사와 함께 상황을 정리했다.

기자들이 정리되자 성국은 재빨리 감독과 작가에게 다가가 허리를 접으며 인사를 건넸다. 그러자 그들도 벌떡 일어나며 성국의 인사를 반갑게 받았고, 악수를 먼저 청했다. 배우 매니저에게 환대하는 경우는 극히 드문 법이다. 아무래도 이 영화 제작에 소속사 대표로 성국이 참여한 만큼 그의 영향력이 매니저에서 그치지 않고 꽤 크게 작용하고 있는 모양이었다.

"저희 씨엠에서 저녁 회식 대접하겠습니다! 대본 리딩 끝나고 다들 예약한 식당으로 자리 옮기시죠."

성국이 전 스태프에게 들릴 만큼 큰 소리로 말하자 모두들 손뼉을 치며 환호했다. 그렇게 회식이 결정되었고, 난 떨떠름한 표정을 애써 숨기며 주위를 둘러보며 꾸벅 인사했다. 그리고 마주한 선화에게도 눈인사를 건넸지만, 그녀는 티가 날 정도로 못 본 척하며 외면했다.

3시간가량 진행된 대본 리딩이 끝나고, 우리는 성국이 예약한 가까운 고깃집으로 장소를 옮겼다. 배우들끼리 따로 마련된 자리에 앉아 감독님과 작가의 파이팅 넘치는 이야기를 들으며 모두

잔에 맥주를 따라 채웠다.

"이번 우리 영화의 성공적인 시작을 위하여!"

"위하여!"

모두 즐겁게 술잔을 비워 나가는 떠들썩한 회식 자리, 주위에 있는 동료 배우들과 그동안의 안부를 주고받고 있었다. 얼마나 시간이 흘렀을까. 처음 파이팅 넘치던 우린 하나 분위기는 다들 취기가 얼큰하게 올라 무리, 무리 지으면서 소규모 친목 분위기로 바뀌었다.

"여기 앉아도 되죠?"

술을 별로 좋아하지 않아 연신 고기를 구우며 동료들을 챙기고 있던 나에게 취기가 올라온 선화가 다가와 옆자리에 내려앉았다. 독한 그녀의 향수 냄새에 머리가 지끈거렸다.

"오랜만에 뵙네요, 이민혁 씨."

"네."

"얼마 만이에요? 제대하고 처음이죠? 하긴 영화 '가을' 이후로 처음이네요."

그녀는 내 소주잔에 소주를 따르며 말했다. 찰랑찰랑 넘칠 듯이 술잔에 차올랐다.

"죄송합니다. 제가 소주는 마시지 않아서."

"그래요? 민혁 씨는, 못하는 게 참 많네요. 아니면 일부러 안 하는 건가?"

선화의 목소리에 가시가 잔뜩 박혀 있었다. 순간 인상이 구겨

졌지만 아무렇지도 않게 그녀가 권한 술잔의 소주를 바로 털어 마셨다. 오랜만에 마신 술에 쓰디쓴 따가움이 식도를 불편하게 넘어갔다. 회의장에서 그녀를 마주했을 때, 그녀도 마찬가지였겠지만 나 역시도 마주하기가 불편했다. 군대를 갈 수밖에 없었던 사건, 영화 '가을' 이후로 처음이었다.

문제 아닌 문제로 난 영화 '가을'에서 중도 하차를 하고 도피성 입대를 했다. 계약금과 각종 광고의 위약금을 배로 물어내는 손실은 있었지만, 성국의 노력으로 배우 생활보다 국방의 의무를 먼저 이행하는 바른 이미지의 배우로 수습되었다. 하지만 그 파장은 영화 관계자들 사이에서 꽤 큰 반향을 불렀다.

갑작스러운 입대에 감독은 새로운 배우를 대체해야 했고, 그 캐스팅 과정은 녹록지 않았다. 이미 언론에 많이 이슈화된 영화와 주연 배우의 중도 하차, 그리고 신인 감독이 연출한 파격적 노출이 있는 대중성 없는 예술영화, 배우들의 노 개런티 참여작. 부담스런 수식어가 많이 붙어 있는 작품의 대타로 배우들은 쉽사리 나서지 못했고, 결국 신인 남자배우를 기용했다.

영화 자체는 성공적이었다. 애초에 기획했던 대로 해외 영화제에 노미네이트되어 재상영이 돼 흥행도 거뒀고, 그때 출연하게 된 신인 남자배우는 일약 스타덤에 올랐다. 하지만 선화는 달랐다.

"다시는 볼 일 없을 줄 알았는데……. 요즘 워낙 민혁 씨가 잘나가니, 결국 또 이렇게 보게 되네요. 주연과 조연으로."

'조연' 이란 단어에 신경질적으로 힘주어 말하는 그녀의 표정이 성난 고양이처럼 날 서 있었다. 성국의 면회를 통해서 간간이 그녀의 소식을 듣긴 했었다. 나의 하차로 인해 그녀도 중도 하차를 통보받았다는 것이다. 27살의 신인 남자배우와의 나이 차이가 몰입을 방해하고, 연인이라는 관계 설정에 어울리지 않는다는 이유에서였다.

내가 그 영화에 목적이 있어 참여했던 것처럼, 그녀 역시 목적하에 출연료도 받지 않고 참여했다. 꾸준한 관리로 제 나이보다 5살은 어려 보이던 그녀였지만, 연기력이 그렇게 뛰어나지 못한 여자 나이 34살의 여배우가 맡을 수 있는 배역은 그리 다양하지 못했다. 그녀는 그 영화에서 파격적인 배역을 통해 연기파 배우로의 새로운 터닝 포인트를 만들고자 했을 것이다. 하지만 그러지 못했고, 그 이후 그녀는 영화에 쉽사리 캐스팅되지 못하였다.

그녀에게 더는 주연의 영광은 찾지 않았다. 한때 얼굴이 예뻐 주연을 맡아 했던 연기 못하는 여배우가 어느 순간 퇴물이 된 여배우 취급을 받으며 조연의 배역만 들어온다. 아마 그녀는 자존심 때문에 차라리 은막에서 사라지는 것을 택한 것인지도 모른다.

"시간이 많이 지났으니까요."

그 이후로 3년이 지났다. 선화는 전과 많이 변해 있었다. 어느덧 불혹을 바라보는 나이, 하지만 특별한 재능도, 이미지도 가지지 못한 채 그야말로 한물간 연예인이 되어 있었다.

“시간이 많이 지나긴 했죠. 이번 영화 이민혁 씨가 주연이라 다행이네요.”

“무슨 말씀이시죠?”

“기본 팬층은 확보되니까. 민혁 씨야 워낙 연기력이 받쳐 주잖아? 배역상으론 우리 악연인데, 아무튼 잘 부탁해요.”

“네, 잘 부탁드립니다.”

이미 많이 먹은 술 탓인지, 휘청거리며 선화가 일어섰다. 그리고 반대편 자리로 옮기려 발을 떼면서 그녀는 낮게 읊조렸다.

“이번 영화에서도 여자 주인공을 촬영 핑계 대며 유린할 건가? 뭐, 하긴. 당대 최고의 스타 김민아를 욕보일 순 없을 거야. 보는 눈도 많은데. 보아하니 사람 가려 가면서 하는 것 같던데. 이번엔 배드씬이 있나 몰라.”

혼잣말처럼 웅얼거렸지만, 확실히 귓가에 전해질 만큼 소리 내어 말한 선화가 한쪽 입꼬리를 말아 올리며 피식 웃었다. 굵게 컬이 난 긴 머리의 웨이브, 두꺼운 화장, 빨간 립스틱. 그녀의 표정에 독기가 서렸다.

테이블 위에 올려진 잔에 소주를 가득 담아 연거푸 마셔 댔다. 가슴에 커다란 돌덩이가 꽉 막힌 느낌이 들었다. 아무리 술을 마셔도 그 돌덩이는 내려갈 기미가 보이지 않았다.

“뭐야, 술 왜 이렇게 많이 마셔? 소주 석 잔밖에 못 마시는 놈이.”

성국이 옆자리에 털썩 앉으며 먹고 있던 술잔을 뺏어 들었다. 머리가 무거워짐을 느끼며 그를 바라보았다.

"아까 박선화랑 무슨 이야기 한 거야? 별로 표정 안 좋아 보이던데."

"잘하라고."

"너한테?"

"반협박 같은 말 하고 갔어."

"쩝. 뭐라 할 수가 없네. 그때 가을 영화 하차당한 이후로 완전 하향세 탔잖아. 소속사 계약 끝나면서 재계약도 안 됐고, 배역은 안 들어오지, 그나마 들어오는 배역도 자기 성에는 안 차지. 1년 정도 스크린에서 안 보이더니, 그 후에는 밤무대 다닌다는 소문도 들리고……."

"이번 영화는 어떻게 캐스팅된 거야? 주연 자리도 아닌데."

"조연 치곤 임팩트 있는 캐릭터야. 감독이 무조건 박선화 아니면 안 된다고 해서 어쩔 수 없었어. 감독과의 모종의 거래가 있었던 모양인데, 자세히는 몰라."

성국과의 대답에 머리가 지끈거렸다. 더는 자리에 앉아 있고 싶지 않은 나는 다리에 힘을 주며 일어났다. 그러자 성국도 곧 뒤따라 일어나며 팔을 잡았다.

"왜, 어디 가게?"

"먼저 갈게."

"있어 봐. 택시 잡아 줄게."

사람들에게 간단한 인사를 한 후 가게 밖으로 나가자 어둑어둑한 저녁이 되어 있었다. 낮보다는 선선한 공기가 몸을 감싸자 그나마 조금 정신이 드는 것 같았다. 성국은 주머니에서 휴대전화를 꺼내 콜택시를 부르곤 통화가 끝나자 휴대폰을 만지작거리며 말했다.

"술도 알싸하게 먹었겠다. 우리 이영 씨 뭐 하나 문자나 해 볼까?"

"잠깐만."

"왜?"

"조연주 씨, 퇴근했냐고도 물어봐 줘."

✣ ❖ ✣

퇴근을 준비하던 중 '원장님, 이민혁 씨 온다고 기다려 달라는데요?' 라는 이영의 말에 가운을 벗던 손길을 멈추고 그를 기다리고 있었다. 뭔 바람이 불어 다 저녁에까지 병원에 찾아오는가 싶었지만, 그래도 이유가 궁금했기에 다시 책상에 자리 잡고 앉아 작은 손거울을 들여다보며 앞머리를 슥슥 빗어 보았다.

온종일 밖에 나가지 않고 자리를 지키고 있다 보니 안색이 많이 죽은 것 같아 속상해졌다. 얼마 전 민혁과 뷰티 숍을 방문하여 꾸몄을 때의 모습이 아무리 노력해도 나타나지 않았다.

"전문가는 전문가구나. 호박에 줄 그어서 수박이 되긴 되네."

새삼 그들의 전문성에 감탄하고 있을 즈음, 진료실 문을 열고 민혁이 들어왔다.

"혼자 있어요?"

"그럼요. 시간이 몇 신데요, 퇴근했죠. 그나저나 지금 이 시각엔 왜요?"

민혁이 진료실에 마련된 침대에 풀썩하고 앉았다. 곧이어 앉아 있기도 버거운지 신발도 벗지 않고 누워 버렸다. 신발 벗고 누우라고 말을 하고 싶었지만, 워낙 긴 기럭지 때문에 침대 밖으로 다리가 삐쭉 나와 침대 시트를 더럽히지 않았기에 그냥 입을 꾹 다물었다.

"뭐예요, 술 마신 거예요?"

"회식했습니다."

"그럼 집으로 갈 것이지, 병원엔 왜 왔대. 병원 밥으로 해장이라도 하려고요?"

"……후."

그는 대답 대신 긴 한숨을 뽑아내더니 몸을 돌려 누워 얼굴을 침대에 파묻곤 말했다.

"……진료, 하시죠."

세상 다 산 사람처럼 축 처진 어깨와 손을 바들바들 떨며 침대 시트를 말아 쥐고선 엎드려 있는 민혁이 보였다. 웃음이 빵 터진 나는 숨이 넘어갈 듯 배를 움켜쥐고 깔깔거렸다. 그런 나의 모습에 민혁은 고개를 획 돌리더니 째려보며 말했다.

"큰 결심하고 온 겁니다."

"이민혁 씨, 귀엽네요. 푸하하하."

"뭐, 뭐요?"

"저번에 소변검사 했을 때 결과는 정상이었고, 직장수지검사 했을 때 전립선은 촉진상으론 별 이상 없어 보였어요. 혈액검사 해 봤으면 좋겠는데 혈액검사 하려면 금식해야 하고요."

"아……."

"이러나, 저러나 음주 환자는 안 된다고요. 눕는 건 집에 가서 하시고, 일단 일로 와서 앉아 보죠?"

머쓱한 표정으로 민혁이 몸을 일으켜 책상 앞 동그란 의자에 앉았다. 그가 그곳에 앉음으로써 환자와 의사의 관계가 이제야 제대로 성립되는 것 같았다.

"진료 안 받을 거라고 펄쩍 뛰긴 했지만, 그래도 일단 우리 병원을 믿고 찾아 준 환자니까 차팅 먼저 할게요."

"네."

"혈액검사는 내일 하는 걸로 하고, 오늘 밤 10시 이후부터는 아무것도 먹지 말고요."

"알겠습니다."

"저번에 초진 왔을 때, 이민혁 씨가 자기는 발기부전인 것 같다고 말했는데 기억나요?"

"그, 그랬죠."

"발기부전이면 호르몬 검사랑 도플러 검사를 추가로 해야 해요. 쉽게 생각해서 비뇨기 초음파 검사라고 생각하면 돼요."

"네."

"일단, 지금은 음주 환자니까 검사는 곤란하고. 증상부터 말해 보죠?"

"증상이요?"

"발기부전이라고 생각한 증상이요. 그때 심인성 발기부전인 것 같다고 말했고, 그렇게 기록되어 있는데. 그 병명을 생각한 증상이 있었을 거 아니에요?"

얼굴이 멀게진 민혁이 입을 열었다. 알싸한 술 냄새가 함께 느껴졌다. 가만히 보니 눈도 풀어지고, 말투도 나긋나긋해진 것 같았다. 이 남자, 지금 술기운에 병원을 찾은 것이 틀림없었다.

"뭘 어디서부터 어떻게 설명해야 할지 모르겠는데……."

"편하게 말해요. 성관계 시작 몇 분 만에 죽는지."

"그런 게 아니라."

"아, 그럼 시작이 안 되는 거예요?"

"시작이 안 된다니. 난 아예 해 본 적도 없……."

"네?"

"아, 아니. 됐고요. 그런 거랑은 차원이 좀 달라요."

"다르다니, 어떻게요?"

"그런 분위기가 형성됐을 때 상대방의 눈을 바라보면 모든 게 멈춥니다. 마치 뇌가 전원 꺼진 로봇처럼 빳빳하게 굳어 버리는 것같이."

머리가 아픈지 민혁이 엄지로 미간을 꾹 누르며 눈을 감고 말했다.

"눈앞이 깜깜해져요. 뭘 어떻게 해야겠다, 이래야겠다, 저래야겠다, 그냥 아무 생각이 안 나요. 눈 뜨고 기절한 것마냥……."

"그게, 가능해요?"

"그걸 저한테 물어보는 겁니까?"

"아니, 시작한 것도 아니고 시작하려는데 그냥, 그냥 퓨즈 나간 것처럼 딱 끊겨 버린다는 거잖아요."

그의 말에 귀 기울이며 차팅하던 손가락이 멈췄다. 그리고 민혁을 바라보았다.

"성관계를 그럼 한 번도?"

그는 고개를 푹 숙이곤 대답 대신 끄덕였다.

"단순히 관계의 문제라면, 병원을 찾지도 않았을 겁니다."

"그럼요?"

"연기하는데도, 그 상황은 반복됐어요. 실제가 아닌 그냥 촬영인데도 그런 분위기의 배드씬을 찍을 때면 또 머리가 하얗게 비어서는……."

나는 그동안 열심히 키보드를 눌러 차팅하고 있던 활자들을 백스페이스를 빠르게 누르며 지워 내려갔다. 탁탁탁. 키보드 소리가 조용한 진료실을 울리고 있었다.

"이민혁 씨."

"네."

"비뇨기의 문제가 아닌 것 같네요."

나의 말에 그가 놀란 듯 눈을 치켜뜨고 대답했다. 그의 얼굴이 빨갛게 상기되어 있었다. 그는 진심으로 나에게 자신의 증상에 관해서 설명한 것이다. 하지만 의사로서의 내 소견은 그러했다.

비뇨기의 질환이라 하면 당장 생활이 불편할 정도로 그곳에 통증을 동반한 고통이 있다든가, 아니면 눈에 보이는 흔적, 예를 들어 사마귀와 같은 두드러기가 났다든가, 그것도 아니라면 성관계 시작 시 발기 상태를 지속하지 못해 금방 줄어든다든가 하는 눈에 보이는 증상이 있어야 했다.

하지만 민혁이 증상이라고 말한 그 모든 것들은 비뇨기 질환에 해당하는 증상이 아니었다.

"이민혁 씨, 이건 신경정신과적인 문제인 것 같아요. 혹시 정신적으로 충격이 될 만한 트라우마가 있나요?"

나의 질문에 민혁은 움찔했다. 그는 눈에 보일 정도로 말을 하기 꺼려 했고, 몸이 경직됐다. 난 최대한 아무렇지 않게 말을 이었다.

"비뇨기 의사라고 신경정신 분야 모르는 거 아니에요. 달리 의사겠어요? 학부 때 저도 다 수료한 내용이니까 도움이 필요하시면 저에게……."

"아뇨. 없습니다."

그는 자리에서 벌떡 일어나며 단호하게 말했다. 깜짝 놀란 내가 일어선 그를 바라보자 민혁은 주머니를 뒤적거리더니 눈앞으로 차 키를 내밀었다. 초록색 둥글넓적한 공룡이 혓바닥을 삐죽 내밀고 있는 열쇠고리와 함께.

"데려다주겠습니다."

"데려다준다, 라는 뜻 잘 모르죠?"

"저 때문에 늦게까지 있었으니, 제가 데려다주겠다는 겁니다."

"술 먹고 와선 어떻게 데려다준다는 거예요? 나한테 대리운전 부탁하는 건 아니고요?"

"눈치챘네."

"나, 참!"

어이없음에 허허, 웃으며 그의 차 키를 받곤 자리에서 일어섰다. 가운을 벗어 옷걸이에 걸어 두고 컴퓨터의 전원을 껐다. 그의 증상을 차팅하다 멈춰 버린 창이 깜빡이며 저장하겠냐는 안내 메시지를 띄웠다. 잠시 고민했지만 'Yes'를 클릭한 후 주변을 정리했다.

"대리비 주는 거죠?"

"우리 사이에 그런 것도 받습니까?"

"우리 사이니까 받는 거죠. 요즘 대리비 얼마 정도 해요?"

"음, 삼천 원?"

"누굴 바보로 아나!"

"하하하."

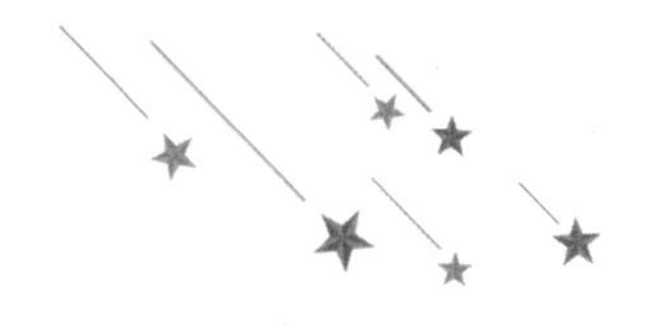

07.
당신에게 난

연주에게 차 키를 맡기고 집으로 향했다. 처음엔 투덜거리던 그녀도 많이 지친 표정이 역력해 보였던 날 안쓰럽게 생각해 주는 것 같았다.

"오늘 촬영하고 회식한 거예요?"

"촬영은 아니고, 대본 리딩 했습니다. 리허설 같은 개념이라고 보면 돼요. 조만간 조연주 씨 병원에서 첫 촬영 시작할 겁니다."

"그래요?"

"네."

"술은 잘 드세요?"

"잘 못 먹습니다. 즐기지도 않고요."

"가만 보면 이민혁 씨, 안 하는 거 참 많네요. 술도 안 먹고,

밖에도 잘 안 나오고, 아파도 병원도 못 가고."

"조연주 씨한테 심리상담까진 받을 생각 없으니, 유도신문하지 마시죠."

"칫."

그녀는 입술을 샐쭉거리며 내비게이션의 안내에 따라 핸들을 돌렸다. 따뜻해진 차 안 온도, 덜컹거리는 승차감에 다시 술기운이 올라와 질끈 눈을 감았다.

'혹시 정신적으로 충격이 될 만한 트라우마가 있나요?'

연주의 걱정스러운 표정과 목소리가 머릿속에서 맴돌았다. 오랫동안 잊으려 노력했던 그때의 기억들이 스멀스멀 떠올랐지만 묵직한 침을 꿀꺽 삼키고 다시 가슴으로 밀어 넣었다.

나름 잘 버텨 내고 있다고 생각했다. 하지만 그렇지 못했던 것 같았다. 이런 식으로 여전히 나의 발목을 붙잡고 있을 거란 생각은 하지 못했다. 더 비참했던 건, 아직도 난 그 일을 꺼내 놓지 못했고 필사적으로 피하고 숨겨 왔던 걸 다시 꺼낸 사람이 바로 그녀였다는 사실이었다.

'목적지에 도착했습니다.' 라는 기계적인 안내음성과 함께 연주가 시동을 껐다. 바스락거리는 인기척 소리가 들렸지만 무거워진 눈꺼풀을 들고 싶지 않아 좀 더 눈을 감고 있었다. 연주도 그런 나를 조금 더 기다려 주기로 했는지 깨우지 않고 운전석을 지켰다. 라디오에선 밤 시간과 어울리는 잔잔한 발라드 음악이 흘렀다.

"조연주 씨."

여전히 눈을 감은 채 입을 열었다. 연주가 나를 바라보고 있음이 느껴졌다.

"네?"

"아닙니다."

"뭐예요. 깼으면 일어나시죠. 도착했어요."

입은 뗐지만, 다음 말을 이어 갈 수 없었다. 솔직히 말하면, 무슨 말을 해야 할지 몰랐다. 차 안의 침묵 속 그냥 그녀의 이름을 부르고 싶었다. 어쩌면 그녀가 아닌 나의 말을 들어 줄 누군가를 붙잡고 싶었다는 표현이 맞을지 모르겠다. 뜨거워진 체온과 빠르게 뛰는 심장에 술에 점점 더 취해 가고 있는 것 같았다.

"혼자 나올 수 있겠어요?"

"네."

연주는 재빨리 운전석에서 내려 차 문을 닫고 보조석으로 달려와 휘청거리며 내리는 나의 팔을 붙잡았다. 그녀의 손이 팔에 닿자 순간 따뜻한 온기가 뜨겁게 느껴졌다. 나도 모르게 그녀의 손을 탁, 하고 뿌리쳤다.

"이민혁 씨?"

"괜찮습니다. 차는 조연주 씨, 타고 가십시오. 내일 찾으러 가겠습니다. 감사합니다."

휘적휘적 갈지자를 그리며 빌라 입구로 걸어갔다.

"집 몇 호예요? 앞에까지만 같이……."

영 걱정됐는지 연주가 뛰어와 나의 곁으로 왔다. 그녀의 달달한 샴푸 냄새가 코끝을 알싸하게 감았다. 가던 걸음을 멈추고 가로등 밑에 멈춰 섰다. 그녀 역시 가만히 멈춰 서 나를 바라보았다. 아무런 소리도, 시선도 없는 그곳에서 눈을 마주하며 서 있었다.

"우리 관계, 생각보다 많이 얽히고 있네요."

"네?"

"생각보다, 나와 조연주 씨. 처음의 관계보다 필요 이상으로 가까워지는 것 같다고 했습니다."

"아니, 그저 매일 마주하는 사이고 또 직업이 직업이다 보니까……."

"그러니까 이용해도 좋습니다."

"뭘요?"

"내가 조연주 씨, 처음에 이용했듯이 조연주 씨도 나, 이용해도 좋다고요."

"난 이민혁 씨를 이용할 이유가…… 흡!"

그녀의 팔을 거칠게 끌어당겨 돌려세웠다. 그리고 허리를 둘러안았다. 나의 입술에 그녀의 온기가 닿았다. 그 순간 우리를 둘러싼 시간이 멈췄다.

그녀의 입술에선 달콤함이 느껴졌지만, 아마 그녀는 씁쓸한 알코올의 향이 느껴졌을 것이다. 그녀와 입을 맞추고 있는 중에도 난 끊임없이 생각했다. 이 여자를 안고 있다. 이유를 붙이자면

백 가지도 더 가져다 붙일 수 있을 것이다.

난 술에 취했고, 우리는 계약연애를 하고 있으며, 이 여자는 자꾸만 나도 모르는 나의 모습을 상기시킨다. 하지만 가장 큰 이유는, 가로등 불빛이 닿지 않는 어두운 길의 어귀에서 카메라를 들고 우리를 주시하던, 그를 보았기 때문이었다.

✣ ❖ ✣

"원장님, 원장님!"

"어? 으응."

"무슨 생각 하시길래 넋 놓고 계세요? 예약 환자분 오셨어요."

"아, 미안해요."

하루 종일 정신이 없었다. 넋이 나갔다는 표현을 이럴 때 쓰는구나, 절실히 느끼고 있었다. 어제의 그 잔상이 머릿속을 헤집었다. 아직도 입술이 화끈거렸다.

도대체 이민혁을 이해할 수 없었다.

술기운인가, 아니면 이것 또한 언론에 노출하기 위한 쇼맨십의 일종인가. 하지만 둘 중에 하나라도 해당한다면 그는 술이 깬 후 전화를 하든지, 찾아오든지 사과를 했었을 것이다. 하지만 이틀이 지난 지금까지 그는 아무런 연락이 없었다.

책상 위 올려진 그의 차 키를 집어 들었다. 혀를 삐쭉 내밀고 있는 초록공룡의 열쇠고리가 나에게 진심으로 '메롱'을 하고 있는 것처럼 느껴져 확 열이 올랐다. 나는 차 키를 서랍을 열어 휙 하고 집어 던졌다.

그 순간 요란스럽게 휴대전화 진동 소리가 울렸다. 깜짝 놀란 난 움찔했지만, 곧 콧방귀를 뀌며 액정을 바라보았다. '참 일찍도 전화한다, 이 인간. 어디 이유나 들어 보자.' 라고 곱씹으며 본 액정엔 민혁이 아닌, 익숙한 번호가 찍혀 있었다.

—병원 앞이야. 잠깐 나와.

병원 근처, 한참이고 울 수밖에 없었던 그 카페에서 다시 찬형을 만났다. 우리가 늘 앉던 창가 자리에서 그는 알 수 없는 표정으로 나를 기다리고 있었다.

"무슨 일이야?"

그는 미리 주문해 둔 달달한 커피를 내 앞으로 내밀었다. 뜨거운 아메리카노를 한 모금 머금은 그가 컵을 어루만지며 작은 한숨을 쉬었다.

"너, 이민혁이랑 무슨 사이니?"

"무, 무슨 소리야."

찬형은 작은 서류 봉투를 꺼내 내 앞으로 내밀었다. 봉투를 열자 네모반듯한 사진 속 민혁의 뒷모습이 가득 찍혀 있었고, 한 장씩 넘겨 보던 나의 손이 한순간에 멈췄다. 이민혁의 뒷모습과 그의 품에 안겨 키스하고 있는 나를 보았기 때문이었다.

"이걸 네가 어떻게……!"

"그 사람 연애 스캔들의 주인공이 너일 줄은 정말 상상도 못 했어. 우리가 헤어진 지 얼마나 됐다고, 어떻게 넌!"

손이 후들후들 떨렸다.

"네가 신경 쓸 일 아니잖아, 이제."

찬형이 건네준 사진 뭉치들을 테이블에 내려놓으며 최대한 차분히 말했다. 손은 후들거리고 정신은 아득히 멀어지는 것만 같았지만 찬형에게 민혁과의 모든 걸 털어놓고 싶진 않았다.

"신경 쓰여. 어떻게 안 쓰일 수 있겠어? 친구가 가십거리 기사 주인공이 됐는데, 내가 어떻게 가만히 있을 수 있겠냐고!"

"친구…… 라고 그랬니, 너 지금?"

"……!"

"네가 그런 가십거리 기사까지 쓰고 다니는 줄은 몰랐네."

"연주야."

"내 이름 부르지 마. 넌 부를 자격도 없어."

내 말을 끝으로, 무거운 정적이 흘렀다. 찬형은 쓴 아메리카노를 물 마시듯 털어 마셨고, 난 그런 그를 바라만 보고 있었다.

처음 그와의 이별을 맞이했을 땐 하늘이 무너지는 것처럼 슬펐다. 눈물이 앞을 가려 두 다리로 제대로 설 수조차 없었다. 이별 후 두 번째 그와 카페에서 재회했을 때, 난 체념을 해야 했다. 찬형의 이별을 나 역시 받아들이기로 했기 때문이었다. 하지만 세 번째 그와의 만남에 나는 분노할 수밖에 없었다.

"어떻게, 어떻게, 넌! 내가 네 친구로 남아 있길 바라니? 너라면, 너라면 그게 가능해?"

난 커피잔을 꼭 그러잡고 있는 찬형의 손을 잡았다. 그가 놀란 듯 나를 쳐다보았다. 어떠한 말이라도 좋았다. '남의 떡이 더 커 보이더라.' 아니면 '내가 갖긴 싫어도, 남 주긴 아깝다.' 그 어떤 것도 좋았다.

'내가 조연주 씨, 처음에 이용했듯이 조연주 씨도 나, 이용해도 좋다고요.'

순간, 그때는 이해할 수 없던 민혁의 말이 불현듯 떠올랐다. 그는 찬형을 보았고, 나에게 키스를 했다. 이틀이 지나도 변명의 전화 한 통 없던 민혁의 행동이 그제야 이해되었다.

"나, 너한테 어떤 존재니."

"연주야. 저번에 말했잖아, 난……."

"너한테 친구밖에 안 돼? 이렇게 손을 맞잡고 있는데도, 아무런 느낌도 안 들어? 노력해 보면, 노력해 보면 다시 시작할 수 있을지도 모르잖아. 어떻게, 어떻게 우리가 다시 친구로 돌아갈 수 있어!"

찬형은 아무런 대답도 하지 않고 가만히 고개를 떨어뜨렸다. 그의 시선이 어디를 향하는지는 알 수 없었지만, 나를 향하고 있진 않음을 알 수 있었다.

"우리 친구였던 시간이 더 길었잖아. 1년도 채 되지 않는 기간 동안 우리가 연인 사이라고 하기엔 늘 무언가가 부족했던 거 너도 알고 있잖아."

"친구였던 시간이 훨씬 길었으니까. 익숙해서, 무뎌져서라고. 좀 더 노력해 볼 수 있잖아. 이겨 내 보려 할 수 있었잖아."

"노력한다고 되는 게 아니란 거, 알고 있잖아."

"찬형아……."

"그래, 이민혁의 품에 안겨 있는 널 바라보는 이 기분, 더럽고 엿 같아. 그런데 나, 너 사랑 안 해. 너뿐만 아니라……. 세상 모든 여자라는 성별, 여전히 사랑할 수 없어. 이건 변하지 않아."

주변의 모든 소리가 들리지 않았다. 오직 찬형의 목소리만 또렷이 들려왔다. 그를 잡고 있던 손을 뗐다. 끝까지 붙잡고 있던 찬형의 손을 나는 놓았다.

"한때는 가족이자 친구였던 네가, 또 한때는 나보다 더 서로를 잘 알던, 분신 같았던 네가 이제 남이 되어야 해. 머리로는 알겠는데, 가슴이 꽉 막혀 아파. 너한테 상처가 될 거란 거 알지만, 그래도 난 네가 친구로서 옆에 있어 줬으면 좋겠어. 그렇게 해 주면 좋겠어."

✣ ◈ ✣

"너 왜 여기 죽치고 앉아 있냐. 병원 안 가냐?"

성국의 사무실 한자리를 차지하고선 일주일 치의 신문을 몰아 보고, 비치된 잡지란 잡지는 죄다 꺼내 읽고 있는 나의 구두코를 성국이 발로 톡톡 치며 물었다.

"거기가 무슨 학교냐, 안 가는 날도 있는 거지."

"뭔 소리야. 너 개근이었잖아. 이틀째 안 가는 건 기록인데?"

"그, 그때야, 기사 터지고 얼마 안 됐었으니까."

"네가 가야 나도 이영 씨 보러 병원 가지."

"왜 날 끌어들여. 너나 혼자 가."

"싫어, 인마. 너 안 가면 이영 씨도 그냥 시큰둥해한다고. 그리고 거기 남자 정쌤인가 뭔가, 눈빛이 마음에 안 들어. 너랑 가도 얼마나 눈치 주는데, 나 혼자 가면 잡아먹을 것 같아."

혼자 시무룩해져선 고개를 절레절레 젓고 있는 성국을 한심하게 쳐다봐 준 후 난 다시 잡지로 시선을 돌렸다. 재미로 읽는 가십거리가 가득한 여성 잡지 속 칼럼에 눈길이 갔다.

"헤어진 전 여자 친구가 보고 싶을 때, 상황별 순위라……."

3위, 놀 만큼 다 놀았을 때, 2위, 전 여자 친구보다 괜찮은 여자가 나타나지 않을 때, 그리고 1위는 전 여자 친구에게 나보다 더 잘난 남자가 생겼을 때라고 적혀져 있었다. 최대한 생각하지 않으려 머리가 쉴 새 없이 활자를 집어넣었던 순간들이 그 글귀를 읽자 수포로 돌아갔다.

그녀가 다시 생각나기 시작했다.

"미쳤다, 이민혁."

"뭐?"

"아냐. 혼잣말이야."

"싱거운 놈. 좀 조용히 해. 꿔다 놓은 보릿자루 주제에. 대표님 일하는 데 방해된다."

그날 이후, 눈을 감을 때마다 생각났다. 그녀를 품에 안았던 그 상황이 생각이 나는 것이 아니라, 여전히 입술의 뜨거움이 느껴졌다.

연주의 병원에서 단 한 번 마주쳤던 그를 나는 단번에 알아볼 수 있었다. 앞뒤 생각할 것도 없었다. 그녀를 끌어당겨 품에 안았다. 오히려 그가 연주를 잘 볼 수 있도록 그녀를 돌려세웠다. 그리고 키스를 했다.

내가 그녀에게 붙인 이유는 '날 이용해도 좋다.' 라는 것이었다. 대외적인 현재 남자 친구가 전 남자 친구에게 최고의 복수를 할 수 있도록 도와준 셈이었다. 하지만 그것이 진짜 이유가 아님을 그 순간에도, 은연중에 난 알고 있었다.

그냥 그녀를 안고 싶었다. 단순히 그것뿐이었다.

"너 전화 온 거 아냐?"

"어? 어."

"던진다? 받아. 조 선생님 같은데?"

성국이 책상 위에 있던 내 휴대전화를 던졌다. 연주라는 그의 목소리에 당황한 나머지 가까운 거리에서 던졌음에도 불구하고 난 전화를 낚아채지 못했다. 탁, 하며 코앞에 떨어진 휴대전화를 보며 경악했다.

"미친놈! 그걸 못 잡냐! 액정 깨진 거 아냐?"

"전화 끊어진 거 아냐?"

순간의 정적. 그리고 다시 벨 소리가 울리기 시작했다.

"어휴."

"휴."

각기 다른 의미의 한숨을 쉰 성국이 나를 의뭉스럽게 쳐다보았다. 난 그런 그를 피해 재빨리 휴대전화를 집어 들고 사무실 밖으로 부리나케 뛰어나가 비상계단으로 향했다. 문을 단단히 걸어 잠근 뒤, 헛기침을 두어 번 한 후 목소리를 최대한 깔았다.

"이민혁입니다."

—저예요.

"네, 압니다. 어쩐 일로."

—이민혁 씨 덕분에 전 남자 친구 만났어요. 알죠? 그때 경리단길에서 말했던 사람이요.

예상치 못한 연주의 돌직구에 당황했지만, 더 당황스러웠던 건 그 남자가 그녀를 찾아와 또 만났다는 사실이었다.

"그런데요?"

—그때 그 일, 찬형이 보고 일부러 한 거 알아요. 이민혁 씨, 이용하라는 뜻도 이해했고요.

나긋나긋한 연주의 목소리가 귓가로 파고들었다. 평소보다 차분하고 느린 그녀의 목소리가 심상치 않았다.

"혹시 술 마셨습니까?"

내 물음에 연주는 침묵으로 답했다.

—근데 이민혁 씨 계획은 완전히 실패예요. 그런데요, 그래도

나, 이민혁 씨, 다른 식으로 이용 좀 할게요.

"뭐라고요?"

버럭 지른 내 목소리가 비상계단의 메아리를 타고 다시금 내 귀에 들렸다. 이 여자, 내가 술 먹고 키스했다고 자기도 술 먹고 나한테 똑같이 구는 건가? 의심부터 들었지만, 그녀는 또박또박 말하고 있었다.

—얼마 안 남은 기간이지만, 남은 두 달. 나 이민혁 씨 정말 좋아해 볼 생각이에요. 남자 친구로서. 이민혁 씨도, 가능하다면 나랑 진짜 연애해 줬으면 좋겠어요.

심장이 뜨끔거렸다. 이 여자, 자기가 지금 무슨 말을 하고 있는지 알고 말하고 있는 걸까. 자기의 의견을 묻지도 않은 채 키스부터 한 남자에게 '왜 그랬냐.' 이유를 묻는 게 아니라 '연애하자.' 라고 말하고 있었다.

"지금, 나한테…… 고백하는 겁니까?"

—네.

"진짜 연애가, 무슨 뜻인 줄은 압니까?"

—알아요. 손잡고, 포옹하고, 키스하고. 맘 맞으면 하룻밤도…….

"흠, 흠. 저, 저기요."

나는 다급하게 그녀의 말을 끊었다. 말리지 않는다면 얼굴 붉혀질 이야기를 서슴없이 계속할 기세였다.

—우리 진짜 같은 계약연애, 해요.

심장이 두근거렸다. 쾅쾅쾅, 쉼 없이 뛰는 펌프질 소리가 귓가에 울릴 정도였다. 느낄 수 있었다. 생소한 감정이지만, 확실했다.

적어도 난, 그녀를 좋아하고 있다.

"좋습니다, 만나죠. 지금 당장."

무슨 이유에서 그런 것인지, 묻고 싶지 않았다. 그녀의 이유가 무엇이 되었든, 난 그녀를 여자로서 만나고 싶어졌다.

'널 만나는 동안, 한 번도 널 사랑한다는 마음은 들지 않았어. 사실 사랑이 어떤 느낌인지 알지 못했지. 해 본 적이 없었으니까. 첫 만남부터 설렘도 호기심도 없었지만, 그저 오래 알고 지냈던 좋은 친구와 무난한 연애를 하고 있다고 생각했어. 하지만 어느 순간 다른 사람을 보며 설렘을 느끼는 내가 보였고, 그 떨림이 누가 말해 주지 않아도 사랑이라는 걸 알겠더라.'

덤덤한 표정으로 말을 이어 가던 찬형의 목소리가 내 가슴을 쿡, 쿡, 쑤셨다.

'그걸 깨닫는 순간, 난 너와 바로 이별해야 했어. 그리고 확실히 깨달았어. 내 마음이 너를 향하지 않은 게 아니라, 여자를 향하지 않는다는 걸.'

손에 쥐고 있던 캔의 맥주를 머금었다. 씁쓸한 차가움이 목을 따라 꿀꺽 내려갔다. 이별 후 병원으로 찾아와 만났던 날의 찬형의 목소리가 아직까지도 귓가에서 맴돌고 있었다. 그날 찬형은 어렵게 입을 열어 커밍아웃했다. 그 누구에게도 아직 하지 못한 말을 나에게만 털어놓았다고 했다. 그리고 진심으로 사과했다. 용서를 바라진 않지만, 용서를 구하고 싶다. 나에게 울며 말했었다.

누구에게나 사랑은 있고, 이별이 있다. 우리에게 이별이 닥쳤을 때 찬형은 일방적이었고 난 수용해야만 했지만, 그와의 추억은 상호적일 거라 생각했다. 하지만 찬형의 고백은 우리의 아름다운 추억이 그에겐 물음표와 의문, 좌절뿐이었다는 사실을 확인시켜 주었다.

'미친놈! 정신 차려. 착각이야. 착각이라고. 김찬형. 네가 지금 나에게 무슨 말을 하고 있는지 알아? 네가 하고 있는 말을 내가 감당할 수 있을 거라 생각하고 하는 소리냐고!'

'미안해. 미안하다, 정말……. 미리 깨닫지 못해 미안해, 날 사랑하게 해서 미안하다. 널 사랑하지 못해 미안하고, 이런 식으로 너에게 말할 수밖에 없는…… 내가, 내가 너무…….'

그렇게 한참이고 서럽게 울었다. 이십 대의 모든 것에 서로가 없던 시간이 없었다. 우린 가장 친한 친구였고, 연인이었으니까. 찬형도 나도 알고 있었다. 우리가 서로 손을 놓을 수 없었던 그 시간을.

'나, 너 사랑 안 해. 너뿐만 아니라, 모든 여자라는 성별, 여전

히 사랑할 수 없어. 이건 변하지 않아.'

나는 비로소 그의 손을 놓을 수밖에 없다는 걸 인정하기로 했다. 나와 민혁과의 관계에 불같이 화를 내던 찬형의 심정이 오랜 시간 함께해 온 조연주라는 친구를 걱정하는 마음이란 걸, 난 느꼈기 때문이었다. 찬형은 내가 먼저 자신의 손을 놓을 때까지 기다리고 있을 뿐이었다.

찬형과 헤어지고 집으로 돌아와 아무것도 하지 않은 채 가만히 앉아 있었다. 눈만 껌뻑대며 생각조차 하지 않았다. 몇 시간이나 흘렀을까. 문득 느낀 허기에 정신을 차렸을 때, 난 밥 대신 냉장고에 들어 있던 맥주를 집어 들었다. 그리고 그제야 생각하기 시작했다.

요란한 초인종 소리가 들리고, 인터폰 너머로 민혁의 모습을 확인한 나는 먹다 치워 둔 빈 맥주 캔을 발로 슥슥 현관 쪽으로 밀어 가며, 커다란 카디건을 걸쳐 입고 나갔다. 현관을 열자 한눈에 봐도 급히 와 가쁜 숨을 몰아쉬고 있는 연예인 이민혁이 서 있었다.

"뭘, 이 야밤에 여기까지 왔어요. 게다가 모자도 안 쓰고. 괜찮아요?"

"뛰어온 게 괜찮으냐는 겁니까, 모자 안 쓴 게 괜찮으냐는 겁니까."

"뛰어왔어요? 왜요?"

"차가 조연주 씨한테 있잖습니까."

"아!"

"거봐요. 사람이 연락 안 하면 먼저 좀 하고 그럴 것이지."

"그럼 택시 타고 오지 그랬어요."

"아!"

"풉."

민혁과의 사소한 대화에 실소가 터졌다. 웃고 있는 나를 보며 그의 눈매도 둥근 호를 그렸다. 인적 없는 밤 골목길에 소리 없는 시선만이 오고 갔다. 그리고 멀뚱히 찬바람을 맞고 꿋꿋하게 서 있는 그에게 내가 먼저 입을 열었다.

"맥주 한잔할래요?"

민혁과 함께 집 안으로 들어왔다. 신발장 앞에서 한참을 머뭇거리던 그가 어색하게 신발을 벗고 들어왔다. 여자 집에는 처음 왔다며 잔뜩 긴장해 있는 그 모습이 귀여워 피식 웃음이 나왔다.

"작죠?"

"여자 혼자 살기엔 충분하죠. 아기자기하네요. 연주 씨처럼."

그를 거실 카펫 위에 있는 둥근 좌식 탁자로 안내했다. 정자세로 빳빳하게 굳은 그에게 다가가며 여기저기 뒹굴고 있는 맥주 캔과 쓰레기를 발로 슥슥 밀고 냉장고 앞으로 가 시원한 맥주 캔 묶음을 꺼내 들고 왔다. 그의 앞에 주저앉자 민혁의 눈썹이 꿈틀거렸다.

"여자의 집 안 상태가 다 이런 건 아니겠죠?"

"민혁 씨에게 남아 있는 조금의 판타지를 위해 노코멘트하겠어요."

"정확한 답변 감사하네요."

피식 웃으며 민혁이 찡긋거렸다. 그의 대답을 마지막으로 더는 대화는 오고 가지 않았다. 조용한 침묵 속 시원하게 소리 내며 열리는 맥주 캔의 울음만 들릴 뿐이었다.

민혁은 목이 탔던지 꿀꺽꿀꺽 맥주를 삼켰다. 싸하게 목을 타고 내려가는 그 청량감에 잠시 움찔하더니 이내 본연의 맛에 빠진 듯했다. 탁자 위 소박하게 펼쳐져 있는 새우과자를 하나 아작 씹으며 맥주만 들이켰다.

묘한 침묵을 깬 건 민혁이었다.

"이유가 뭡니까?"

맥주 탓인지, 술을 잘 마시지 못하는 탓인지 벌써 민혁의 뺨은 붉게 물들어 있었다.

"무슨 이유요?"

"우리 처음, 기억납니까?"

"네?"

"연주 씨에게 처음 계약연애를 제안했을 때, 연주 씬 단박에 거절하고 나서 며칠이 지난 다음에야 다시 연락했죠. 그때도 이유 물어봤었는데 대답해 주지 않았어요."

"진실게임이라도 하는 거예요?"

"솔직한 대화의 시간이 필요하다고 생각했었습니다."

고개를 숙이고 있던 얼굴을 스르륵 들고 민혁과 시선을 마주했다. 그의 눈빛은 확실하고 올곧았다.

"이번엔 대답해 줬으면 좋겠습니다. 이유가 뭔지."

그는 차분한 목소리로 말을 줄인 후 맥주를 단숨에 들이켰다. 그런 그의 모습을 빤히 바라보다 그의 말대로 솔직하게 입을 열었다.

"처음엔, 병원 홍보 때문이었어요. 최 대표님의 제안이 솔깃했거든요. 병원 재정 상태도 너무 좋지 않았고요. 그리고 이번엔……."

"이번엔?"

누군가에게 줄 수 있는 마음에 정해진 양이 있다고 생각했을 때, 난 이미 내 양을 다 써 버렸다. 쓴 만큼 받았다면 유지가 되었을 테지만, 난 찬형에게 받지 못한 채 남김없이 주기만 했다. 마음을 대신해 채워 볼 만한 기억, 추억마저도 아무것도 아닌 게 되어 버렸다. 내가 좋아해 주기만 했던 연애가 결국은 사랑으로 이어지지 못했다.

이제야 내가 깨달은 건 연애는 포커게임과도 같다는 것이었다. 둘도, 셋도 되지만 절대 혼자는 할 수 없는 게임. 가진 게 없는 난 이제 뻥카를 들고 마치 내 마음은 가득 찬 것처럼 또 다른 누군가를 만나고 새로운 시작을 해야 할 것이었다.

"그냥요."

그럴 바엔, 게임을 시작하고 싶지 않았다. 사랑이란 끝을 걸고 마음이 아닌 머리로 싸움하는 거, 나와는 맞지 않는 일이다. 그렇다고 마음을 빚내서 다시 시작할 생각도 없었다. 그냥 가벼운 연애가 하고 싶어졌다. 쉽게 만나고, 또 쉽게 헤어져도 내 마음이 동나지 않는 연애. 좋아하지 않아도 시작해 볼 수 있는 연애. 주고받는 거에 대한 부담이 없고, 오히려 받는 마음에 익숙해질 수 있는 그런 연애.

민혁은 더 이상 묻지 않았다. 별다른 대화는 오고 가지 않았지만, 주위는 꿀꺽꿀꺽 청량하게 넘어가는 맥주 소리가 대신했다.

✣ ❖ ✣

"아니, 그게 말이 되냐고요. 안 그래요? 엉? 어떻게 날 두고?"

탁자 위엔 이미 텅 비어 버린 맥주 캔이 잔뜩 찌그러져 쌓여 있었다. 하나 있던 새우과자 안주도 동난 지 오래였다. 이미 많이 취했는지 연주는 가뜩이나 알 수 없는 혼잣말을 혀를 잔뜩 말고는 말했다.

"이민혁 씨, 끅. 민혁 씨, 안 그래? 응?"

계속 동의를 구하는 그녀의 간절한 물음에 고개를 끄덕이는 걸로 대신했다. 조금만 움직여도 뱃속 가득 찬 맥주가 꿀렁이는 지 속이 울렁거렸다. 내 대답이 시원찮았는지 연주는 바투 옆으로 다가앉더니 턱을 괴고 풀린 눈으로 중얼거렸다.

"억울해. 억울해 죽겠어. 그 자식 하나 보고 지내 온 내 청춘

이, 제대로 사랑 한 번 받아 보지 못한 내가, 불쌍해."

그러더니 곧 그녀는 고개를 천천히 들어 나의 눈을 똑바로 마주했다. 여전히 혀와 눈을 잔뜩 풀려 금방이라도 쓰러질 것 같은 무방비한 모습을 하고선.

"나, 문란한 여자 할래. 지금이라도 쉬운 사랑할 거야. 마음 편히."

그 순간, 그녀가 취함을 알고, 나 역시 술기운이라는 걸 알았지만, 이성은 감성을 이기지 못했다.

"나랑 하면 되겠네."

맹한 연주의 표정을 바라보며 뺨을 감쌌다. 그녀의 얼굴과 점점 가까워질수록 '뭐 하는 거지?' 싶던 연주의 눈이 조금씩 동그랗게 커졌다. 그리고 서로의 코끝이 닿자 그녀는 스르륵 눈을 감았다. 솜털같이 부드러운 그녀의 아랫입술이 그대로 입속으로 말려 들어왔다. 씁쓸한 맥주 맛이 나는 것도 같았지만 그건 분명 달콤한 맛이었다.

한참을 그녀의 입술을 탐하던 난 살짝 입술을 떼어 냈다. 연주는 여전히 눈을 감고 있었다. 안고 싶었다. 뜨겁게 오르고 있는 열이 그녀를 향하고 있었다.

그녀의 허리에 손을 두르고 입술로 목선을 훑어 내렸다. 흘러내린 박스 티 사이로 드러난 그녀의 뽀얀 살결이, 내 입술이 지날 때마다 붉게 물들었다. 몸에 무게를 실어 그녀를 천천히 눕혔다. 여전히 눈을 꼭 감고 있는 그녀의 속눈썹이 파르르 떨리고 있는 것 같았다. 천천히 연주의 몸 위로 내렸다. 그녀의 향기가 정신을 아찔하게 만드는 순간, 그렇게 어둠이 덮어 가고 있었다.

"읍. 숨, 숨 막혀……."

귓가에 연주의 가녀린 목소리가 들린 것 같기도 했다.

"무거워, 저리 가……. 흐응."

곧 그녀의 규칙적인 숨소리가 들려왔다. 술기운에 정신은 몽롱했지만 늘 그랬듯 퓨즈가 나간 것처럼 눈앞이 깜깜해진 난 그대로 기절 같은 잠에 빠져들었다. 긴 팔과 다리로 연주의 몸을 꽁꽁 감싸 안은 채.

그렇게 우리의 이유 있는 계약연애, 제2막이 오르고 있었다.

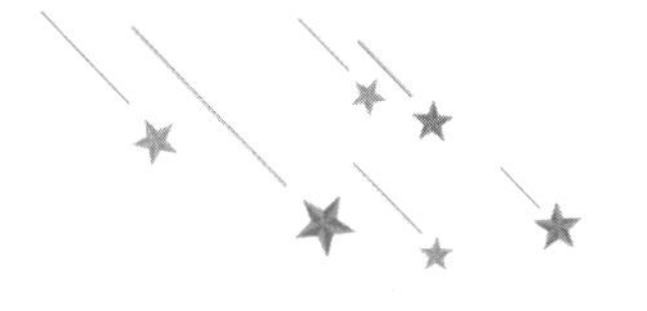

08.

연예인과 연애하기

“이영 씨, 정쌤. 내일 영화 촬영 있을 거예요.”

분주하게 진료 시작 준비를 하던 이영과 정쌤이 하던 일을 갑자기 멈추고 나에게 시선을 돌렸다.

—조 선생님, 다음 주 중으로 병원 촬영씬을 찍었으면 좋겠는데. 언제 시간 괜찮으세요? 빠르면 빠를수록 좋을 것 같은데.

출근길 성국의 떠들썩한 전화를 받은 나는 잠깐 고민했지만 별다른 일도, 환자도 없는 이 상황에서 하루라도 빨리 촬영을 하는 게 좋지 않을까 생각이 들어 답했다.

‘저도 빠르면 빠를수록 좋죠. 차라리 이번 주 주말이 좋겠어요. 휴진인 날이기도 하고.’

물론 그와의 통화가 깔끔하게 딱 떨어진 것은 아니었다. 사실

저 대화의 내용을 전달받기에도 엄청난 잡음을 분별해 내는 집중력과 귀 기울임이 필요했었다.

—그러시죠? 그럼 내일, 아, 진짜. 왜 그래? 나 통화하고 있잖아. 인마, 떨어져, 왜 붙어? 야. 야, 떨어지라고.

아무래도 성국의 옆에서 민혁이 통화를 방해하고 있는 모양이었다. 미치도록 어색했던 어제 아침의 헤어짐이 생각나 딱딱하게 굳어져 가다가도 휴대전화에 찰싹 붙어 엉덩이를 쭉 빼곤 귀를 대고 있을 그의 모습을 상상하자니 피식 웃음이 나왔다.

"원장님, 촬영이요?"

"무슨 촬영?"

이영과 승호의 물음에 그의 생각을 접은 나는 진료 대기실 테이블의 잡지를 정리하여 책꽂이에 꽂으며 말했다.

"이번에 이민혁 씨 차기작으로 촬영하는 영화에 우리 병원이 협찬하기로 했어요."

"돈이 어디 있다고요?"

"에이 참, 정쌤도. 원장님 남자 친구가 이민혁 씬데, 돈이 뭐가 필요해요. 센스 없기는. 우와, 그럼 우리 병원 스크린에 나오는 거예요? 완전히 홍보되겠다. 그 영화 벌써부터 네티즌들 기대만발이던데. 촬영할 때 저 구경해도 되죠?"

이영이 부산스럽게 폴짝폴짝 뛰어 가며 들떠 있었다. 그녀의 모습에 덩달아 어깨가 으쓱해진 난 대답 대신 고개를 끄덕였다. 하지만 승호는 달랐다. 변화 없는 표정과 앙 다문 입이 뭔가 말하려다 꾹 참고 있는 것처럼 보였다.

그에게 다가가 말을 붙여 보려 했지만 승호는 각종 고지서 정리와 차트 정리를 끝내곤 주사실로 들어가 알코올 솜 정리를 시작했다.

"하여튼, 정쌤. 완전 늙은이 같아요. 이런 쪽엔 통 관심이 없다니깐."

"김간, 다 들린다."

"으힉."

주사실을 지나쳐 진료실로 가는 중, 나름 동갑이라며 중얼거리는 승호의 혼잣말을 들었지만 대꾸하지 않기로 했다. 띠 동갑도 동갑이라면 동갑이 맞을 테지.

✣ ❖ ✣

"진드기같이 달라붙을 때는 언제고. 너, 조 선생님이랑 무슨 일 있었지?"

"이, 일은 무슨 일."

"아닌데, 분위기 이상한데. 꼭 싸운 것처럼 병원도 안 찾아갔잖아. 오늘은 왜 그래?"

"뭐가. 그냥, 오늘 촬영도 거기서 해야 하고 하니까, 뭐."

"수상하단 말이지."

눈을 가느다랗게 뜨고 찬찬히 뜯어보는 성국의 시선을 피해

짐짓 아무렇지 않은 척 기지개를 켜고 일어나면서 말했다.

"슬슬 숍도 가고, 촬영 준비나 해 볼까."

"뭐, 벌써?"

오늘따라 아침에 눈이 가볍게 떠졌다. 소속사 사무실로 오는 차 안에서도 기분이 좋았다. 운전석 시트에서, 핸들에서조차 그녀의 향기가 묻어나는 기분이 들었다. 사흘 동안 연주의 집 앞을 지킨 자동차 녀석이 대견하기까지 해 다음 주 중으로 비가 올 예정이었지만 세차장에 들러 세차까지 했다.

"그냥, 별일 없이 기분 좋은 날이 있지. 오늘이 그날이야."

크게 달라진 것 없는 보통 날이었지만, 흘러가는 일분일초의 시간이 오늘따라 가볍고, 기다려졌다.

병원 앞에 도착하자 이미 많은 스태프들이 도착해 있었다. 조용한 주택가 골목이 벌써 들썩거리고 있었다. 속속 도착하는 밴에서 내리는 연예인을 보고 싶어 동네 주민이란 주민은 다 나와 있었다.

그들을 제재하는 경호원들이 배치되었고, 잠시 안에서 대기하던 나는 차 문을 열고 나갔다. 여기저기서 들리는 비명 소리에 손을 흔들며 건물 안으로 들어섰다.

"좀 더 일찍 올 걸 그랬나."

"지금도 일찍 온 거야. 촬영 시작 한 시간 전 도착인데?"

"벌써 스태프들도 다 도착해 있더만. 이러면 정신없이 바로 촬영 시작하겠는데……."

"촬영지 왔으면 촬영해야지, 뭘 또 하시려고."

성국이 어깨를 툭 치며 병원 유리문을 열었다. 대기하고 있던 조감독이 꾸벅 인사를 하곤 진료실로 안내했다. 그녀의 진료실이 임시 대기실이 된 모양이었다.

진료실 안으로 들어서자마자 밝은 목소리로 인사하는 이영과 뚱한 표정으로 연주를 보고 있던 승호가 보였다. 주말이라 편한 후드 티와 청바지를 입은 승호와 달리 이영은 풀 세팅을 하고 앉아 있었다.

"왜 이렇게 오랜만이세요!"

"그러게요. 잘 지내셨죠?"

"이영 씨, 나도 왔는데. 인사 안 하기야?"

"최 대표님도 오랜만이에요."

"하하하. 그렇지? 오늘 왜 이렇게 예쁘게 하고 왔대? 이야, 여자 주인공보다 예쁘다."

"어머, 정말요?"

이영과 성국의 목소리를 뒤로하고 창가에 기대서 있는 연주에게 곧장 다가가 옆에 서자 그녀가 살짝 고개를 숙이며 눈인사를 했다.

격한 환영 인사를 기대했던 탓일까, 비교적 무덤덤한 그녀의 반응에 김이 샜다. 편한 옷차림에 납작한 스니커즈를 신은 연주의 눈이 천천히 깜박였다. 자세히 보니 살짝 피곤해 보이기도 했다.

"어제 잠 못 잤습니까?"

"아뇨, 잤어요."

"근데 눈이 왜 부었어요?"

"부, 부었어요?"

다급하게 손으로 눈을 지그시 눌러 보는 연주였지만, 부기가 손이 닿자마자 가라앉지는 않을 일이었다.

"흠, 흠. 누가 보면 밤새 밤 운동이라도 한 줄 알겠습니다."

"조용히 하시죠?"

멈칫한 연주가 손을 둥글게 말아 쥐며 내 어깨를 콩 쳤다. 그녀의 손길이 닿은 어깨 언저리가 찌르르 울리는 것만 같았다. 같은 행동이라도 누가 하느냐에 따라 이렇게 느낌이 다르구나.

새삼 놀라워 슬쩍 입꼬리가 말아 올라갈 때쯤 진료실 문이 열리며 조감독이 들어와 소리쳤다.

"이민혁 씨, 스탠바이해 주세요."

병원 복도에서부터 진료 대기실까지 온갖 촬영 장비와 스태프들로 가득 찼다. 감독 옆에 성국이 붙어 앉아 아까부터 손짓, 발짓을 해 가며 말을 하고 있었다. 아무래도 병원 밖의 전경과 병원 간판의 인서트 컷을 요구하는 것 같았다. 감독은 고개를 갸우뚱했지만 이내 오케이 사인을 보냈고, 성국은 데스크 끝자락에 서 있는 연주를 향해 찡긋 눈짓했다. 그의 모습에 연주가 환한 미소로 답했다.

괜히 성질이 난 나는 그 둘 사이로 슬쩍 발을 밀어 넣어 시선을 가로막았다. 성국이 비키라며 연신 손짓해 댔지만 못 본 척 나는 대본을 집어 들어 활자에 집중했다.

"진료실 세팅됐지?"

"네, 감독님!"

"민혁 씨, 여기서 진료하는 컷 한 컷만 찍으면 돼. 대사 들어가는 씬 아니고 배경음 깔 거라 이렇게, 이렇게 하는 시늉하면 돼. 자연스럽게."

감독이 메가폰을 집어 들었다. 진료실 침대 위 엑스트라 남자가 누워 있었고, 흰 가운을 입은 난 그 앞에 서서 감독의 콜을 기다리고 있었다.

"자, 액션!"

감독의 목소리에 맞춰 나는 편안한 표정으로 손을 이리저리 움직였다. 상체 위주로 촬영이 진행되긴 했지만 누워 있는 남자 위에서 어떻게 해야 할지 몰라 손이 허공을 허우적거렸다.

"엔지!"

앙칼진 감독의 목소리가 퍼지고, 그는 연신 '쓰읍' 거리며 마른침을 삼켜 댔다.

"디테일이 안 사네."

"감독님. 여기 병원 의사선생님 대기하고 계시는데, 자문해 볼까요?"

"오, 그래? 어디?"

감독 옆에 있던 성국이 연주를 향해 크게 손짓했다. 연주가 고개를 갸웃거리며 자신을 가리키자 성국은 힘차게 고개를 끄덕였다.

"조 선생님! 여기 잠시만."

진료실 안, 연주와 내가 침대 위 누워 있는 엑스트라 남자를 향해 보며 나란히 서 있었다. 얼결에 서 있는 그녀는 많이 당황스러워 보였다.

"평소에 진료하던 대로. 나한테 보여 준다 생각하면 돼요."

"전 진료를 누구한테 보여 준 적이 없어서……."

"하긴, 보여 준다 생각하면 좀 이상하긴 하네."

"……."

잠시간의 침묵, 멍하게 침대 위 누워 있는 남자의 그곳을 나와 연주가 슥 바라보자, 남자는 움찔거리며 손을 슬쩍 그곳에 올려놓았다. 묘한 분위기가 진료실 안을 감싸고 연주는 결심이라도 한 것처럼 어깨를 으쓱하며 손을 풀기 시작했다.

"이분, 바지 벗어요?"

연주의 말에 누워 있던 남자가 움찔하며 고개를 흔들었다.

"저, 저 여기 막내 스태프인데요. 여기 누, 누워만 있으면 된다고 감독님이……."

엑스트라인 줄 알았던 그 남자는 당황했던지 말을 더듬으며 말했다. 얼굴 나올 일 없으니 잠시 누워 있으라는 감독의 말에 따라 누워 있던 현장 막내 스태프였나 보다. 난 애석하게 씩 웃으며 그의 어깨를 토닥였다. 남자는 울상이 되었지만, 허리띠를 풀었다. 그 모습이 마치 '벗으라면 벗겠어요.' 라는 문구를 떠올리게 했다.

"보통 환자들은 탈의하고 있거든요. 바지 입고 진료 보진 않아요. 아무리 화면상 안 잡힌다고 해도."

연주의 말에 감독이 고개를 끄덕였다. 작은 모니터엔 막내 스태프의 사각 트렁크가 아슬아슬하게 비껴가고 맨다리만 살짝 프레임에 걸쳐 있고 그의 중요 부위 부근에 내가 자리 잡고 있었다.

"그다음에 환자의 환부를 촉진하는 거죠."

연주의 손이 남자의 그곳으로 향하자 놀란 남자가 후다닥 손으로 방어했고, 나 역시 후다닥 그녀의 손을 낚아챘다.

"이 여자가 겁도 없이. 또, 또!"

"아니, 진료하는 모습 그대로 보여 주라면서요."

"그, 그건 그런데. 그렇다고 뭐 이렇게 적극적으로 해? 진료 볼 때 뭐 안 가리고 해요? 이렇게 다, 어? 휑하게 다 보고 해요?"

"아아. 맞다. 시술포 있어요. 잠시만요."

그녀가 잠시 자리를 뜨자 나와 막내 스태프의 한숨이 동시에 새어 나왔다. 곧 연주는 곱게 접혀 있던 사각형 초록색 포를 들고 진료실로 들어왔다.

"이거 사용해요."

"그래, 이런 게 있어야…… 이거 뭡니까?"

"시술포요. 가릴 거."

"이걸로 뭘, 뭘 가린다는 겁니까? 네모난 사각형에 이렇게 크고 동그랗게 구멍이 뚫려 있는데!"

"그럼 이걸로 뭘 가려야 하는데요?"

"거, 거기!"

"환부를 가리고 어떻게 진료를 봐요? 말이 되는 소릴 해야지."

"하! 이 여자, 안 되겠네!"

✣ ◈ ✣

병원 밖의 모습과 진료실에서 민혁의 진료 모습을 촬영한 후 시끌벅적했던 촬영은 끝이 났다. 성국의 말로는 많은 분량은 아니지만, 병원 인서트 컷과 진료실 내부의 모습이 편집되어 영화에 자주 보이게 될 거라며 다음 주 중 병원에서의 추가 촬영분이 필요할 때 다시 약속을 잡고 방문하겠다고 했다.

"최 대표 통해서 연락드릴게요. 또 도움 부탁해요."

"네, 뭘요. 감사합니다."

오늘 찍었던 촬영분이 마음에 들었던 모양인지 아니면 잘 모르는 분야의 자문이 필요했던 것인지, 조연출이 명함 한 장을 내밀며 말했다. 나 역시 웃으며 고개를 끄덕이자 뭐가 불만인지 아까부터 미간을 쭈글거리고 있는 민혁이 이글거리는 눈으로 바라보고 있었다.

촬영 스태프들이 카메라와 장비들을 치우기 시작했고, 금세 병원 안은 조용해졌다. 밖에서 구경하던 주민들도 웅성웅성하며 촬영이 끝남을 보고선 다들 하나둘씩 자리를 떠나기 시작했다.

"에이, 괜히 꾸미고 왔네. 얼굴이라도 비치나 했더니."

"괜한 짓 한 거지."

"칫. 그래도 명색이 영화 촬영장인데 정쌤은 너무 후줄근하게 온 거 아니에요? 완전 아저씨야!"

"나 아저씬 거 몰랐나?"

이영과 승호가 티격태격하며 빗자루와 대걸레를 들었다. 많은 사람들과 장비가 왔다 갔다 한 탓인지 바닥이 지저분해져 있었다. 나도 손걸레를 집어 들어 청소를 시작할 준비를 했다. 테이블 위를 닦으려 다가가자 대기 의자에 앉아 보고 있던 민혁이 손걸레를 뺏었다.

"어?"

"줘 봐요."

그는 내 팔을 확 끌어당겨 옆에 앉혔다. 그러고선 자기는 손걸레를 집어 들어 테이블 위를 쓱싹쓱싹 닦기 시작했다.

"어디 갈 겁니까?"

"가긴 어딜 가요. 청소하면 저녁이겠고만. 집에 가야죠."

여전히 걸레질하며 힐끔거리는 민혁의 옆에서 가만히 앉아 그를 바라보며 말했다. 그의 뺨이 약간 붉어진 것 같았다.

"다음 촬영 때문에 장소 옮겨야 해요. 아마 오늘은 새벽녘까지 촬영이 있을 것 같아요."

"아, 네."

"저녁은 뭐, 촬영장에서 도시락 같은 거 먹을 것 같고……. 끝나면 집으로 바로 돌아가서……."

그는 열심히 테이블을 닦으며 오늘 이 시간 이후의 일정을 말하고 있었다. 닦은 곳을 닦고, 또 닦고. 마치 수줍음 많은 소녀가 땅에 발을 비비적거리는 것마냥 그의 손이 분주하게 움직였다.

"조연주 씨는, 뭐 할 겁니까?"

민혁이 걸레질을 멈추고 고개를 돌려 물었다. 그제야 그가 왜 자기의 하루를 말하고 있나 하는 의문증이 풀렸다. 보통의 커플들이 그러하듯 자신이 없는 시간의 나의 일상을 묻고 있었다.

"풉."

"왜 웃습니까?"

"아뇨, 뭐. 흠흠. 전 병원 청소하고 집에 가서 밥 먹고 샤워하고 일찍 잘 거랍니다."

"샤, 샤워하고?"

"네. 씻어야죠. 그럼 안 씻나?"

얼굴이 빨개진 그가 멍하게 벙 져 있었다. 곧이어 성국이 달려와 장소 이동한다고 소리치지 않았더라면 그는 망부석처럼 굳어 있었을 것이다.

민혁은 아쉬운 듯 일어나 인사를 하곤 떠났다. 민혁의 뒤에서 성국이 그의 화통한 목소리로 이영에게 큰 소리로 인사를 건넸고 이영 역시 짧게 눈인사로 답했다. 물론 승호는 그들은 거들떠보지도 않은 채 병원 청소에 열심이었다.

그들이 떠나고 드디어 조용해진 병원 안. 청소도 어느 정도 끝내고 우린 헤어졌고 민혁에게 말했던 것처럼 집으로 향했다.

"신기하네."

참, 신기한 일이었다. 요 며칠 집에서 칩거하며 우울해하고 있었다. 혼자 있으면 찬형이 생각나고, 찬형이 생각나면 그의 고민의 무게가 생각나고, 그 고민의 무게를 떠안고 있자니 잃어버린 내 시간이 슬퍼졌다. 그래서 눈물짓기도 하고 답답함에 소리를 지르기도 했었다.

하지만 민혁과 있는 시간엔 전혀 그런 우울함이 들지 않았다. 오히려 시간이 어떻게 가는지 모를 정도로 빠르게 흘렀고, 정신은 없었으며 계속 웃고 있었다. 일상이 시작된 것이었다. 이렇게 잊히겠지, 이렇게 일상에 무뎌지겠지. 마음이 한결 가벼워졌다.

✣ ❖ ✣

며칠간 잠도 제대로 자지 못하는 빡빡한 스케줄이 이어졌다. 잠깐 차 안에서 쪽잠을 자고 있는 나에게 성국이 조심히 다가와 깨웠다.

"준비하자, 곧 너 씬이래."

그도 많이 피곤했던지 푸석푸석해진 얼굴 하며 담배 냄새와 먼지 냄새가 가득한 옷을 구겨 입고 있었다. 어기적어기적 일어나 코디가 분칠해 주는 대로 얼굴을 맡기고 다시 촬영장으로 향했다.

아직 앞 씬의 촬영이 끝나지 않아 조용히 모니터를 통해 그들의 연기를 지켜보았다. 민아와 선화의 갈등 상황이 고조되고, 민아의 감정 연기가 무던해 곧 오케이 사인이 떨어졌다. 반면에 선화의 감정선은 불안했다.

"컷! 아, 선화 씨. 좋았는데 거기서……. 좀 더, 악에 받쳐서. 어? 지금 상황이 죽은 여동생의 신랑이었던 남자의 새로운 여자를 마주하고 있어. 더 독이 올라서, 다 쏟아붓고!"

"네, 죄송합니다."

"필름 별로 없어요. 빨리 가자. 다시, 레디 액션!"

몇 번이고 나는 엔지 상황에 민아도 많이 지쳤던 모양인지 짜증스러운 표정이 얼굴에 그대로 드러났다. 하지만 선화의 연기는 좀처럼 안정될 생각이 보이지 않았다. 한참 그들의 연기를 모니터로 관찰하던 중, 쉽게 끝나지 않을 거란 생각이 들어 촬영장을 벗어나 밖으로 나섰다. 선글라스와 야구 모자를 푹 눌러쓰자 성국이 물었다.

"어디 가게?"

"빨리 안 끝날 것 같은데. 이 씬 말고 하나 더 있잖아."

"응. 생각보다 오래 걸리네."

"근처 산책이나 하고 올게. 전화 줘."

"알았어. 멀리 가지 마라."

"응."

세트장 근처 공원으로 발길을 옮겼다. 쌀쌀해진 날씨. 이미 하늘을 수놓던 나뭇잎은 다 떨어져 바닥을 수놓고 있었다. 사부작거리는 은행나무 잎을 밟으며 공원길을 걸었다. 한적한 산책길, 홀로 걷는 이는 나뿐이었다.

"자기야, 이거 먹어 봐. 아!"

"우와, 맛있어! 이거 자기가 싸 온 거야?"

"그럼! 새벽부터 일어나서 도시락 싸느라 얼마나 힘들었다고."

"최고다, 최고! 예쁜이 최고!"

"아이 참, 사람들이 들어잉."

쌀쌀한 날씨에도 불구하고 커플들은 강했다. 애교 섞인 여자친구의 목소리에 남자는 살살 녹아드는 것만 같았다. 늦가을 분위기를 물씬 느끼며 그들의 애정이 살짝 부러워졌다.

'좋을 때네.'

저런 풋풋한 시절이 있었나. 천천히 걸으며 생각해 보았다. 스킨십을 갈구했던, 잘나갔던 이민혁의 젊은 시절은 있었지만 저런 풋풋한 감정을 실은 애정의 시간은 없었다. 괜히 입술을 삐쭉 내밀고 걸음을 재촉하며 그들을 빨리 지나쳤다.

'뭐 하고 있나 지금. 이 여자는 먼저 연락하는 법이 없고만?'

주머니 속 조용해도 너무 조용한 휴대전화를 꺼내 생각했다. 지금 이 순간, 왜 그녀가 생각났는지는 모르겠다. 더 생각도 없이 휴대전화에 저장된 번호를 꾹 눌렀다.

두세 번 통화음이 흐르자 익숙한 음성이 귓가로 파고들었다.

—여보세요?

“접니다.”

—네. 웬일이세요?

“무슨 일 있어야 전화한답니까?”

—네? 별일이 없으면 할 말이 없잖아요.

“참나, 이게 연인 사이의 통화 맞습니까?”

툴툴거리는 내 목소리가 휴대전화 너머로도 티가 났는지 연주가 허허 웃으며 살갑게 말했다.

—농담이에요, 농담. 이민혁 씨 어디예요?

“촬영장이죠.”

—요즘 바쁜가 봐요.

“엄청 바빠요. 자고 촬영, 먹고 촬영, 또 졸고 촬영.”

—맨날 점심시간 맞춰서 병원에 출근도장 찍길래 되게 한가한 배우다 생각했는데, 역시 스타는 스타네요.

“속으로 그런 생각 하고 있던 겁니까?”

—헤헤. 속으로 한 생각이잖아요.

그녀의 웃음소리가 들리자 나 역시 눈매가 호를 그리며 굽어졌다. 휴대전화 너머로 이영과 승호의 목소리가 들리는 것 같았다.

“식사 시간입니까?”

—네, 지금 휴게실에서 도시락 먹고 있어요.

"저도 도시락 먹을 줄 압니다."

—에?

"아니, 뭐. 다른 커플들 보니까 도시락 싸 들고 공원으로 소풍도 오고 합디다?"

—이민혁 씨는 바쁘잖아요.

"뭐, 꼭 안 바빠야 도시락 싸고 합니까? 마음이 있으면 뭐든지 할 수 있는 거죠."

—그……렇죠, 뭐.

뭔가 영 찜찜한 목소리로 어물쩍거리는 연주의 목소리가 들렸다. 그녀와 말할 때면 마치 초등학생으로 돌아간 것처럼 장난기가 울컥울컥 올라온다.

"그럼 기다리고 있겠습니다."

—네? 뭘요?

"도시락이요."

—저, 저기요?

"빨리 와요. 보고 싶으니까."

—네?

"흠, 흠. 끊습니다. 들어가야겠네요."

툭, 전화를 끊어 놓고 그제야 얼굴이 붉어지기 시작했다. 이민혁 지금 뭐라고 그런 거냐. 깨닫는 순간 팔에 털이 삐죽 서고 닭살이 오소소 돋아났다.

생각해 보니 저 '보고 싶다.' 말 한마디 하고 싶어 도시락으로 말을 돌리고 돌려 한 것 같았다.

이 나이에 뭐하는 짓인가 싶으면서도, 나도 지금 풋풋한 연애를 하고 있는 건가 싶은 생각에 미소가 새어 나왔다. 그녀 생각에 넋이 나가 있는 순간, 요란하게 휴대전화 벨 소리가 울렸다. 혹시 연주인가 급히 보았지만, 액정엔 성국의 이름이 큼지막하게 떠 있었다.

—야, 어디야. 빨리 와. 곧 시작한다.

그의 목소리에 대답한 후 난 그녀를 향해 걷던 길을 뒤돌아 촬영장을 향해 걷기 시작했다.

✣ ❈ ✣

"원장님, 이민혁 씨예요?"

"응."

"근데 표정이 왜 그래요?"

"아, 아니. 먹자, 먹어요."

밥이 코로 들어가는지, 입으로 들어가는지 헷갈리기 시작했다. '보고 싶으니까.' 낮고 듣기 좋은 그의 중저음의 목소리가 자꾸 귓가에서 맴도는 것 같았다. 밥 잘 먹다가 폭탄 맞은 기분이었다. 뭔가 마음이 몽글몽글해지는 폭탄.

"저기, 이영 씨."

"네?"

"단체 도시락 같은 거 준비 어떻게 하나?"

"어머, 원장님 이민혁 씨 촬영장 가시려고요?"

"어? 아, 아니, 뭐. 그냥 밥도 못 먹고 촬영하는 것 같길래……."

"우리보다 잘 먹으면서 할 텐데 뭘 도시락까지."

"아이, 정쌤. 또 무드 없이. 원래 여자 친구가 그런 거 싸서 직장 찾아가면 얼마나 기가 사는데요."

"그런 거야?"

"그럼요! 거기다 원장님과 이민혁 씨는, 공개연애 중이잖아요."

그렇다. 난 지금 이민혁과 공개연애 중이다. 진짜 공개연애 중.

"근데, 촬영장 사람 수가 많아서……. 새벽부터 김밥 같은 걸로 채우면 되나?"

"에이, 다른 방법이 있죠."

"다른 방법?"

"제가 그런 도시락 잘 싸시는 분, 알고 있거든요."

이영의 찡긋거림에 뭔지 모를 안도감을 느끼며 나도 싱긋 웃었다. 승호는 음식을 입에 물고 씹으며 이해할 수 없다는 듯 고개를 절레절레 휘저었지만, 우리 사이엔 여자들만 통하는 자존심이 걸린 의무감이 퐁퐁 솟아났다.

"약은 삼 일 치 처방할게요. 경과 보고 다시 내원하세요."

"네, 수고하세요."

마지막 예약 환자의 진료를 마치고 환자가 진료실 밖으로 나서는 것을 확인한 후 난 이영이 메모지에 적어 둔 전화번호를 꾹꾹 눌렀다. 곧이어 몇 번의 수화음이 들리고 맑은 중년 여성의 목소리가 들렸다.

—네, 해피 도시락입니다.

"아, 안녕하세요. 주문을 좀 하려고 하는데요."

—몇 개나요?

"80개 정도요."

—단체세요?

"네."

—단체 도시락은 디자인이랑 내용물 고를 수 있는데.

"아, 그래요?"

—와서 직접 보시고 결정하시겠어요?

"네, 그럴게요. 위치가 어떻게 되나요?"

—여기 위치가…….

그녀가 말하는 위치를 메모지에 꼼꼼히 적었다. 몇 정거장 되지 않는 가까운 거리에 위치해 있음을 확인한 난 전화를 끊고 재빠르게 퇴근 준비를 하고선 진료실 밖으로 나섰다.

"정쌤, 이영 씨. 뒷정리 좀 부탁해요. 먼저 갈게!"

✣ ❖ ✣

메모지를 손에 쥐고 한 건물 앞에 도착했다. 작은 카페 분위기가 물씬 나는 정원이 있는 반찬집이었다. 개인 가정집을 개조해서 만든 느낌이 나는 노란 지붕이 앙증맞았다. 유리문을 열고 들어가니 짤랑거리는 방울 소리가 귀엽게 울렸다.

"어서 오세요."

"안녕하세요. 아까 단체 도시락 주문했었는데요."

"아, 네, 네. 이쪽으로 오세요. 여기 앉으세요. 이거 먼저 보시겠어요?"

단정하고 세련된 모습의 중년 여성이 손수 만든 것 같은 메뉴판을 나에게 권했다. 그녀가 가까이 오자 은은하고 시원한 향수 냄새가 코끝을 감쌌다. 그녀는 나를 자리로 안내하고 카페처럼 마련된 테이블 앉아 메뉴판을 펼쳐 보고 있자 곧 허브티를 내왔다.

"허브티예요. 드셔 보세요."

"감사합니다. 향이 좋아요. 찻잔도 너무 예쁘고요."

"그렇죠? 하하. 메뉴 좀 보셨어요?"

"네. 근데 다들 너무 예쁘고 종류도 많아서, 잘 모르겠어요. 하하."

"처음이시구나?"

"네……."

그녀는 주머니에서 명함 한 장을 내밀었다. 그곳엔 '유미라', '최성한' 이라는 부부의 이름과 함께 주소와 연락처가 적혀 있었다. 그녀의 명함을 받자, 미라는 마주한 의자에 앉아 찬찬히 설명해 주기 시작했다.

"이쪽에 있는 도시락은 기본형이에요. 간단한 반찬이랑 밥이랑. 밥은 볶음밥으로도 선택 가능하고요. 보시면 알겠지만 저희 집은 반찬집이거든요. 손수 만든 반찬과 집밥을 모토로 도시락을 제작해요. 이렇게 포장까지 할 수 있고, 원하면 메시지 담긴 스티커도 제작 가능하고요."

"아, 그렇군요."

"그리고 그 뒤 페이지는 기본형하고 같은데, 샌드위치가 추가되는 형식이고요. 그리고 다음은 음료 추가."

"아, 그럼 이걸로 해 주세요. 음료랑 도시락, 샌드위치 세트요."

그녀는 친절하게 웃으며 고개를 끄덕였고 주방으로 갔다. 그곳엔 주방장으로 보이는 서글서글한 인상의 중년 남자가 포근한 미소로 그녀를 바라보며 있었다. 한눈에 봐도 서로 사랑함이 느껴지는 부부의 모습이었다. 그녀가 주방에서 나와 방긋 웃으며 말했다.

"마침 잘됐어요, 단체 도시락 주문했던 손님이 취소해서 바로 준비 가능할 것 같아요."

"정말요? 다행이다."

"배달도 해 드리고 있는데, 어디로 가시는 거예요?"

"아, 촬영장이에요."

"아~ 팬분이시구나? 요즘 팬클럽에서도 주문 많이 들어오거든요. 어떤 스타예요? 저희가 스타 사진 스티커로 뽑아서 도시락에 붙여 드리기도 하는데."

"괘, 괜찮은데. 쑥스러워서……. 하하."

나는 뒷머리를 긁적이며 주머니에서 신용카드를 꺼내 내밀었다. 그녀는 카드를 받아 들고 결제를 하는 와중에도 상냥하게 웃으며 말했다.

"에이, 준비하는 사람 성의도 있는데 그런 걸 쑥스러워하면 쓰나. 오히려 더 좋아할걸요. 힘내라는 문구랑 함께 요즘 많이 하거든요."

"그래요?"

"네. 어떻게, 누구 사진 준비해 드리면 될까요?"

가녀린 몸에 친절한 눈웃음이 따뜻한 인상을 풍기는 그녀에게 나도 모르게 민망함도 잊고 말을 하고 있었다. 이 나이에 졸지에 배우 이민혁의 팬클럽 회장쯤으로 전락했지만, 그래도 이왕 할 거 제대로 준비해 가자 생각하니 마음이 편했다.

"배우 이민혁이에요."

"이, 이민혁이요? 아……!"

내 말에 미라는 멈칫하더니 표정이 굳어져 갔다. 친절했던 그녀의 인상이 순식간에 돌처럼 딱딱하게 굳어지더니 얼굴엔 그늘이 드리워졌다.

"하, 한 시간 후에 다시 오세요."

그녀는 카드와 결제 영수증을 주면서 아까와는 달리 차가운 말투로 말하곤 황급히 주방으로 달려갔다. 난 의아했지만 고개를 끄덕이고 가게를 나섰다. 가게 밖으로 나와 유리문을 통해 본 미라의 뒷모습은 사시나무처럼 덜덜 떨리고 있었다.

✣ ✣ ✣

"누구나 상처 하나씩은 가지고 있어요. 그 상처가 아물었든, 아물지 못했든 끌어안고 사람들은 잘 살아가요. 근데 왜 강호 씨는 버리지 못해요. 왜 그런 십자가를 지고 있어요. 털어 버릴 수 있잖아요."

"네가 뭘 안다고 그래!"

"강호 씨."

"내 인생에서 제발, 제발 사라져 줘."

민아는 곧 얼굴을 손으로 가리며 울기 시작했다. 그녀의 흐느낌만이 조용한 세트장 안을 가득 채우기 시작했다. 그리고 숨죽여 기다리는 사람들의 시선이 감독으로 향했고, 감독은 작은 모니터를 뚫어져라 보며 그녀의 감정이 최고조에 닿기를 기다렸다.

"컷! 좋았어!"

감독의 호쾌한 '컷' 소리가 들리자 순간 촬영장은 안도의 목소리로 가득 찼다. 민아와 선화와의 씬에서 한껏 날카로워져 있던 그였기에 모두 긴장하고 있었기 때문이다.

"민혁 씨, 감정 좋았어. 민아 씨도 아주 좋았고! 10분 쉬었다가지."

감독은 들뜬 목소리로 말하며 연신 싱글거렸다. 그의 뒤에 서 있던 성국 역시 큰 산이라도 넘은 것처럼 깊은 한숨을 내쉬고 있었다. 난 민아에게 목 인사를 건넸다. 그녀는 차량으로 돌아갔고 나는 성국을 향해 걸어갔다.

"내 휴대전화."

"어, 여기."

성국은 왼쪽 바지 주머니를 뒤적거리며 내가 맡겨 두었던 휴대전화를 주었다.

"한결같네."

받은 휴대전화 액정엔 여전히 디지털시계만이 제자리를 지키고 있을 뿐이었다.

"뭐 기다리는 전화 있어?"

"아냐."

"아니긴 뭐가 아냐, 계속 휴대전화 쓰고. 야, 인마, 집중해. 너 실수할까 봐 얼마나 조마조마했는데. 별것도 아닌 씬에서 필름 낭비 많이 했다고 지금 감독 완전 저기압이야."

성국의 팔을, 조명 판을 들고 지나던 감독이 툭툭 쳤다. 속삭이듯 말하는 그의 목소리에 고개를 돌려 보자 선화가 날카로운 표정으로 서 있었다.

뜨끔한 성국이 '하하하' 웃으며 얼버무렸고 냉랭한 분위기가 우리를 가로막을 때였다. 묵직한 세트장 문 여는 소리가 끼익 들리고 곧 익숙한 인영이 눈에 들어왔다.

"조 선생님?"

"조연주 씨 옆에, 남자냐?"

"응. 그럼 여자겠냐? 덩치가 산만 하고만."

"뭐야?"

"모르지."

성국과 난 나란히 서서 한곳을 바라보며 속삭였다. 가까이 올수록 더욱 뚜렷해지는 그녀의 모습에 일단 미소가 번졌다. 그리고 그녀의 옆을 지키던 남자에게 시선이 간 순간 나는 함박웃음을 지을 수밖에 없었다.

"그냥 오기 뭐해서……. 식사하셨어요?"

어색하게 웃으며 묻는 그녀에게 성국은 '아이고, 뭐 이런 걸 다.' 라며 냉큼 달려가 남자가 들고 있던 커다란 상자를 건네받았다. 상자 한가득 들어찬 정성 가득한 알록달록 도시락을 보며 성국은 매우 들떠 보였고 큰 소리로 사람들에게 권했다.

"식사들 하고 하세요! 이민혁 씨 여자 친구분께서 도시락 준비해 주셨네요. 하하. 아이고, 조감독님, 이거 하나 드세요. 아시죠? 저번에 기사 났었던. 하하하하. 이렇게 내조를 잘하셔. 오늘 대기하고 있는 기자님 계시나?"

연주와 함께 세트장 밖으로 나가 혼자 걸었던 공원으로 그녀를 안내했다. 둘이 함께 은행나무 잎을 사부작 밟으며 걷는 길이 아까와는 달리 매우 짧게 느껴졌다.

"저기 앉죠."

난 아까 커플들이 점령하고 있던 벤치를 가리켰다. 연주와 함께 그 의자에 앉으며 뭔지 모를 성취감이 마음을 뭉근하게 만들었다.

자리를 잡자 그녀가 작은 종이 가방에서 따로 빼 둔 도시락 두 개를 꺼내 놓았다. 투명 도시락통 위 예쁜 리본이 장식되어 있었고, 잘 나온 나의 사진과 '함께해요, 이민혁' 이라는 글귀가 딱 박혀 있었다.

"풉."

"우, 웃지 마요! 나도 이런 건 줄 몰랐단 말이에요."

리본을 조심히 풀어 도시락을 여니 정갈하게 준비된 여섯 가지 반찬과 볶음밥, 그리고 샌드위치가 푸짐하게 들어 있었다.

"내가 도시락 싸 오라고 한 것 때문에 온 겁니까? 너무 무리한 거 아니에요?"

"이왕 할 거면 확실하게 하는 게 제 신조거든요."

두 주먹을 불끈 쥐고 연주는 말했다. 그 모습이 귀여워 뺨을 꼬옥 잡고 깨물어 주고 싶어 손이 움찔거렸지만 꾹 참는 대신 젓가락을 들었다.

"연주 씨 덕분에 어깨가 으쓱해지네요. 고마워요."

"아, 아니에요, 뭘요."

"얼굴은 왜 빨개진답니까."

"추, 추워서 그래요!"

"춥기는."

입고 있던 재킷을 벗어 그녀의 어깨를 둘러 감쌌다. 한사코 거절하려는 그녀의 이마에 콩 하며 꿀밤을 먹이자 찡긋 인상을 찡그리며 나를 쳐다보았다.

"남자가 해 줄 땐, 그냥 받기만 하면 됩니다."

"치."

조용한 공원 안, 둘이서 함께 먹는 저녁은 생각지 못한 선물을 받은 것처럼 즐거웠다. 연주가 샌드위치를 집어 나에게 내밀었다. 난 웃으며 받아 들고 한입 크게 베어 물었다.

"음. 맛있는데요?"

"그렇죠? 거기가 참 예쁘게 하더라고요."

"에? 뭐예요, 산 겁니까?"

"그럼 샀죠. 이 많은 걸 어떻게 만들어요."

"난, 또!"

"직접 만든 건 줄 알았어요? 하긴 감쪽같죠? 이게 수제도시락이라는 거래요. 요즘 팬클럽들 다 이런 데서 한다던데."

들떠 말하는 그녀의 모습에 피식 웃음이 나왔다.

"다음엔, 내 건 직접 싸 와요."

"다음에…… 또 해야 해요?"

"연예인 여자 친구가 어디 쉬운 자린 줄 압니까?"

"의사 남자 친구 자리도 그다지 쉬운 자린 아니거든요?"

"한 마디도 안 지죠."

아옹다옹하면서도 눈은 웃고 있는 우리는 시간이 어떻게 가는지도 모르게 둘만의 시간을 보내고 있었다.

"음, 근데 샌드위치에 피클이 안 들어갔네요. 메뉴판에선 본 것 같은데."

"나 오이 못 먹어서 피클도 안 먹어요."

"아, 정말요? 다행이네. 그런데 오이 못 먹어요?"

민혁은 한입 크게 샌드위치를 먹으며 대답했다.

"알레르기 있어요."

"아, 그렇구나."

"연주 씨는 못 먹는 음식 없어요?"

"네, 전 다 잘 먹어요."

복스럽게도 밥을 일회용 숟가락에 소담하게 담아 앙 물어 먹는 그녀를 보니 저절로 미소가 지어졌다. 아는지 모르는지 그녀는 열심히도 맛있게 밥을 먹었다.

"다른 건요?"

"다른 거 뭐요?"

"아니, 뭐. 싫어하는 거, 좋아하는 거 있잖아요. 보통의 연인들다 하는 호구조사 같은 거 하는 겁니다, 지금."

밥 먹다 말고 눈을 동그랗게 뜨고 나를 뚫어지게 바라보는 연주의 얼굴을 손바닥으로 내렸다. 계속 쳐다보고 있다간 두껍게 메이크업한 얼굴이 무색하게 홍당무처럼 빨개질 것 같았다.

"음, 뭐 특별히 싫어하는 것보단…… 비 오는 거 싫어하고, 귀신 무서워해요. 그리고 또……."

그녀와 함께하는 모든 일이 특별한 시간이 되고 있었다. 누구에게나 있을 평범한 일이지만, 나에게 일어나고 있기에 특별한 기억이 되고 있었다.

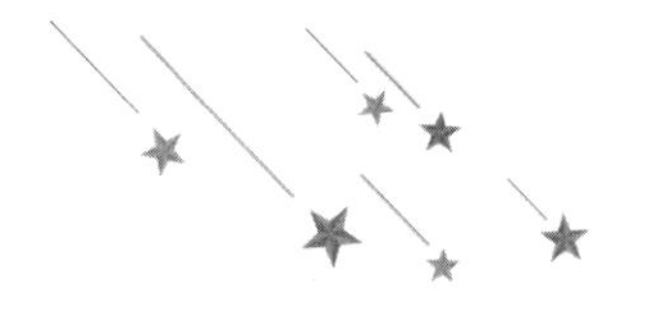

09.
누구에게나 비밀은 있다

조용한 병원 앞, 졸음이 쏟아질 것만 같아 진료실 문을 열고 이영과 승호가 있는 데스크로 다가가 기대어 서서 말했다.

"오늘 예약 환자 어때, 이영 씨?"

"그다지, 크게 많아지진 않았어요. 오후에 두 명 정도 예약되어 있고."

"후우……. 우리도 피부과를 같이 해야 하는 걸까? 수(秀) 피부, 비뇨기과 의원, 이렇게 하면 환자가 좀 늘지 않을까?"

"그렇긴 할 테지만……. 그래도 우리 영화 홍보가 남았잖아요! 조금만 더 으쌰으쌰해 보자고요. 그죠, 정쌤?"

"응."

오늘따라 유난히 조용한 승호를 의아하게 생각한 이영이 그의 팔뚝을 쿡쿡 찌르며 물었다.

"정쌤, 오늘 무슨 일 있어요?"

"아니."

원래 크게 감흥 없이 무뚝뚝한 사람이라 그러려니 했지만 오늘따라 잔뜩 무거워져 있는 승호가 의심스러워 찬찬히 살펴보았다. 흰 와이셔츠에 평소엔 잘 하지 않는 넥타이까지 매고 있는 그는 무척 불편한 듯 보였다. 그러고 보니 휴게실 옷걸이에 정장 재킷이 걸려 있는 것이, 아마도 승호의 것이었던 것 같았다. 그리고 순간 번뜩 떠올랐다.

"정쌤, 오늘 그날이구나?"

"흠."

"응? 그날? 그날이 뭔데요?"

승호는 대답 대신 헛기침을 했고 호기심이 발동한 이영이 궁금해 못 참겠다는 듯 발을 동동 구르고 있었다.

"정쌤의 연례행사 같은 게 있어."

"정쌤의 연례행사요?"

"비밀이야. 그렇지?"

"흠."

"뭐야, 나만 따돌리고. 치사해요!"

"하하하. 말해도 되나?"

슬쩍 승호를 바라보자 긍정도 부정도 아닌 무표정한 모습으로 모니터를 바라보고 있었다. 상관없나 보다 싶은 내가 이영에게 속삭였다.

"오늘 정쌤 어머님 생신이셔."

"네? 그게 뭐 어때서요?"

"정쌤 어머님 생신에 정쌤이 큰맘 먹고 일 년에 한 번씩 드리는 선물이 있지."

"선물?"

궁금한 듯 동그란 토끼 눈으로 내 입만 바라보고 있는 이영이 영 신경 쓰였는지 승호가 표정 변화도 없이 툭 한마디를 내뱉었다.

"선본다, 선. 됐지?"

뜨악한 이영의 표정이 모든 것을 말해 주는 것 같았다. 나도 처음엔 의외라고 생각했으니, 그녀의 반응이 무리인 것도 아니었다. 벌써 결혼 적령기를 훌쩍 지난 승호였다. 충분히 결혼의 압박이 들어올 나이였지만 정작 그는 결혼에 큰 관심이 없어 보였다. 하지만 노모(老母)의 소원이라 말씀하시니 이리저리 선 자리를 피해 가던 그도 생일 핑계만큼은 벗어나지 못해 그때만큼은 늘 그 자리를 지키는 것 같았다.

"그래도 오늘은 정장까지 갖춰 입고. 신경 썼는데?"

"옛날엔 어쨌는데요?"

"나도 직접 본 건 아닌데 정 실장님께 들은 말로는 운동복 입고 나간 적도 있고, 유니폼 입고 나간 적도 있었대."

"너무해!"

무안한지 승호는 살짝 얼굴을 붉히며 말했다.

"결혼 생각 없었으니까."

"그 말은, 지금은 관심이 생겼다는 거?"

"할 때도 됐지, 뭐."

무덤덤하게 말하는 승호의 목소리에 놀랐지만, 나보다 그의 건조한 대답에 이영이 더욱 놀란 것 같았다.

"오늘 보는 선은 그럼 정쌤도 마음에 들어서 나가는 거예요?"

"잘해 볼 생각은 하고 나가기로 했어."

"뭐 하시는 분인데?"

"초등학교 교사래."

"아이들 예뻐하겠다. 딱 정쌤 이상형이네."

"정쌤 이상형이요?"

"이영 씨는 모르나? 정쌤이 아이를 무척 좋아하거든. 아이들에게 좋은 엄마가 될 수 있는 사람이 이상형이래."

"아, 그렇구나……."

묘한 표정의 이영이 시선을 떨어뜨렸다. 알 수 없는 어색함이 우리를 감쌌다. 정확하게 말하자면 뻣뻣하게 굳어진 이영과 무덤덤한 승호 사이의 어색함일 것이다. 이 분위기를 파악해 보려 이리저리 눈을 굴려 보고 있을 때였다. 짤랑거리며 병원 유리문이 열리고, 곧이어 이영의 목소리가 퍼졌다.

"어서 오세요. 예약하시고 오셨어요?"

"아뇨. 원장님 좀 뵙고 싶어서요."

우리 병원에선 좀처럼 들어 볼 수 없는 중년 여성의 목소리가 들리자, 난 몸을 돌려 돌아보았다. 그리고 그곳엔 며칠 전 만났던 여성이 서 있었다.

"얘기 좀 할 수 있을까요?"

❖ ❖ ❖

이영이 종이컵에 커피 두 잔을 타 진료실 안으로 가져다주었다. 고맙다는 인사를 한 뒤 이영에게 받은 종이컵을 그녀에게 내밀었다.

"커피 드시겠어요?"

"네, 고마워요."

그녀는 종이컵을 두 손으로 받아 커피를 살짝 머금었다. 그녀의 손끝이 자잘하게 떨리고 있었다.

"저, 어떻게 오셨는지……."

며칠 전 민혁의 도시락을 준비해 주었던 미라였다. 나를 어떻게 찾았고, 왜 방문한 것인 걸까? 혹시 결제가 잘못되었나? 싶은 마음에 속으로 카드 한도를 계산해 보고 있었다.

"저번에 주문한 전화번호로 알아봤어요. 이 병원이 나와서, 혹시나 싶어서 실례를 무릅쓰고 찾아왔어요."

그녀의 말에 카드 한도를 계산하고 있던 나는 생각을 멈췄다. 살짝 떨리는 목소리로 최대한 또박또박 말하려 노력하는 그녀의 목소리에서 용건이 지난 도시락 때문이 아님을 눈치챘기 때문이었다.

"네, 말씀하세요."

"기사 봐서 알고는 있었어요. 이민혁과 관계있는 분, 맞으시죠?"

"제가, 대답해야 하나요?"

"여기까지 왔으니, 말해 줬으면 좋겠어요. 그래야 나도 말할 수 있으니."

그녀의 말에 나는 대답 대신 고개를 끄덕였다. 내 대답을 본 미라는 한숨을 쉬곤 말을 이어 나갔다.

"그 작자가 시켜서 그날 찾아온 건가요?"

"네?"

"날 알고 있나요? 왜, 왜 그날 나한테, 나한테 온 거죠?"

"저, 사장님……."

그녀는 몸을 떨며 겨우 말을 이어 나가고 있었다. 이미 눈엔 눈물이 그렁그렁 맺혀 있었고 감정에 앞선 말을 하고 있었다. 매우 흥분해 있었고 또 분노해 있었다.

"그 사람이 찾던가요? 그래서 왔나요? 그날 이후 제대로 눈을 감고 잠들지도 못했어! 왜, 도대체 왜 다시 나타나……!"

그녀는 목에 핏대를 세우며 말했다. 눈에 가득 맺혔던 눈물방울들은 비처럼 뚝뚝 떨어지기 시작했다. 그때, 풀썩하며 손에 쥐고 있던 종이컵을 떨어뜨렸다. 갈색 커피가 바닥을 흥건히 적셨고, 그녀는 그대로 쓰러졌다.

"저, 저기요! 정쌤, 이영 씨!"

처치실 침상 위에 여자를 눕히고 놀란 기색이 역력한 이영이 수액 바늘을 그녀의 왼쪽 손등에 꽂았다. 그 곁에 서 있던 승호는 단정하게 매어져 있던 넥타이를 느슨하게 풀었다.

"원장님, 무슨 일이에요?"

"나도 잘……."

"이분 아시는 분이세요?"

"안다고 해야 할지, 모른다고 해야 할지."

"보호자한테 연락해야 할 텐데, 주머니에서 휴대전화 찾아봐야 하나?"

승호의 목소리에 정신이 번뜩 든 나는 고개를 저으며 말했다.

"내가 알아, 보호자. 연락처도 알고. 괜찮으니까 다들 먼저 퇴근해."

"그래도 어떻게 그래요."

"괜찮아, 이영 씨. 오늘 정쌤 약속도 있고, 여긴 나 혼자 있어도 돼."

"괜찮겠어요?"

"그럼요! 괜찮아요. 그리고 개인적인 일이라, 다들 같이 있는 것도 신경 쓰이는걸."

그제야 이영도 고개를 끄덕이며 처치실을 나갔다. 승호는 뭔가 말을 할 듯 주춤거렸지만 이내 다시 입을 앙다물고 뒤돌아 나섰다. 고요해진 처치실 안, 여자의 손등으로 한 방울, 두 방울 수액이 떨어져 들어갔다. 톡톡 떨어지는 소리가 마치 눈물방울 소리처럼 들렸다.

도대체, 이민혁과 무슨 사연이 있길래 이 여자는 그토록 서럽게 울었을까.

물끄러미 바라본 그녀는 처음 본 그날처럼 고왔다. 둥근 호를 그린 눈매와 긴 속눈썹, 가녀린 몸. 중년의 여성임에도 불구하고 단아한 기품이 묻어나는 여성이었다.

"여기 어디 있었던 것 같은데……."

난 진료실 책상 위를 더듬으며 기억을 되돌렸다. 며칠 전, 도시락을 주문하며 그녀에게서 받은 명함을 찾던 손이 연필꽂이 밑에 깔려 삐죽 튀어나온 메모지를 찾았다. 그리고 뒤에 적힌 전화번호를 보며 수화기를 들었다. 몇 번의 통화음 끝에 남성의 목소리가 수화기 너머로 들려왔다.

—네, 해피 도시락입니다.

"아, 안녕하세요. 다름이 아니라……."

—네?

"저, 며칠 전에 단체 도시락 주문했던 사람인데요."

—단체 도시락이면 어디 말씀하실까요?

"그, 촬영장이요. 이민혁 씨……."

—아! 네. 어쩐 일이신지.

"여기 지금 병원인데, 저기, 유미라 씨께서……."

얼마 지나지 않아 병원 유리문이 거칠게 벌컥 열렸다. 선하고 푸근한 인상의 남자가 땀을 뻘뻘 흘리며 걱정스런 표정으로 나를 바라보았다.

"제 아내는 어디 있나요?"

"처치실에 계세요. 기절을 하셔서, 수액 맞고 계세요. 이쪽으로 잠시 앉으세요."

난 그를 진료 대기실 의자로 안내했고, 그는 안도의 한숨을 쉬며 소파에 내려앉았다.

"차 드시겠어요?"

"아니요, 죄송하지만 차가운 물 한 잔만 부탁드립니다. 너무 놀라서……."

"네."

난 정수기에서 종이컵에 물을 담아 내 그에게 내밀었다. 그는 단숨에 물 한 잔을 꿀꺽 삼키더니 그제야 조금 안정된 표정을 지어 보였다.

"죄송합니다. 이렇게 실례되는 일을."

"아닙니다. 괜찮습니다."

"뭐라 말씀을 드려야 할지……."

"사모님께서 몹시 흥분한 상태로 많이 우셨어요."

"네, 그랬군요."

성한은 크게 놀란 기색 없이 고개를 끄덕였다.

"이민혁 씨와 무슨 사연이 있으시길래……."

"당사자의 문제이니, 제가 뭐라 말할 수가 없겠군요."

점잖게 말하는 그에게 나 역시 덤덤하게 말을 이었다.

"병원으로 저를 찾아오셨으니 제 문제이기도 합니다. 그리고."

그러다 순간, 말을 잇지 못했다. 이 일에 내가 관여를 해도 될까, 하는 생각이 들었기 때문이었다. 분명 그녀와 민혁 사이에는 짐작할 수 없는 커다란 무언가가 존재했지만, 그 선을 내가 넘을 수 있는 자격이 있는가에 대해선 자신이 없었다.

"그리고 저, 이민혁 씨와 만나고 있는 사이입니다. 이 일, 알 권리 충분히 있다고 생각해요."

하지만 내 머릿속 생각과 다르게 난 그에게 이미 대답하고 있었다. 선을 넘은 것이다.

"하……."

성한은 크고 깊은 한숨을 쉬며 손바닥으로 얼굴을 벅벅 문질렀다. 쉽게 정리되지 않는 머릿속을 정리하는 것 같기도 하였고, 짧은 시간에 많은 고민을 하는 것으로 보이기도 했다. 그리고 그는 무거운 입을 작게 열었다.

"이민혁 씨 친모입니다. 제 안사람이."

"민혁 씨, 요즘 얼굴이 너무 좋아졌다?"

"하하. 그래요?"

"응. 연애해서 그런가 봐. 저번에 온 그분은 왜 안 와? 또 데려와."

"네, 원장님. 시간 봐서 또 올게요."

"그래요. 촬영 잘하고!"

"수고하세요."

머리 정리를 하고 숍을 나오는 길, 우연찮게 나온 연주의 말에 문득 기분이 좋아졌다. 얼마 되지 않은 시간인 것 같은데 그녀와 함께한 추억이 금세 많이 생겨서인지 아니면 그녀의 안부를 나에게 묻는 사람들의 질문 때문인지, 기분이 묘해졌다.

"타. 인터뷰 있어."

"인터뷰?"

성국은 시간에 조금 늦은 듯 재촉하며 운전석에 올라탔다. 나 역시 빠르게 움직여 타 안전벨트를 챙겨 맸다.

"무슨 인터뷰?"

"잡지사 인터뷰. 촬영 없는 날에 그런 거 몰아서 해야지. 한두 건 아니야."

"지면 인터뷰하기 싫다니깐."

"하기 싫어도 해. 네가 먹히는 대상층이 주로 이삼십 대 여성인데, 그런 여성한테 어필하려면 잡지만큼 많이 노출되는 자리도 없어, 인마."

"어디서 하는데. 나 야외 인터뷰는 이제 안 해."

"알았어, 알았어. 이번엔 실내 카페 섭외해 뒀으니까 잠자코 쉬고 계셔. 아마 다들 영화 관련 질문 위주로 할 거니까 했던 말 또 하고 계속해야 될 거야."

성국의 말을 끝으로 난 눈을 감았다. 쉴 수 있을 때 쉬는 게 남는 것이란 걸 알고 있었기 때문이었다.

십 분 정도 지났을까, 그리 멀지 않은 거리를 달린 차는 한적한 작은 카페 앞에 섰다. 성국의 말대로 인적이 드문 거리에 위치한 실내 카페였고, 몇 시간 동안 통째로 빌린 것 같았다.

그의 뒤를 따라 안으로 들어가 깔끔하게 준비된 테이블 앞에 앉자 성국이 이어 말했다.

"여기서 서너 군데 정도 인터뷰할 거야. 넌 그냥 거기 가만히 있으면 돼. 시간대 다르게 기자들하고 약속 잡았으니까."

"언제 끝나는데?"

"모르지. 해 봐야 알지."

"오늘 같은 날은 쉬게 좀 해 주지."

"쉴 틈이 어디 있냐. 불러 줄 때 감사해라. 열애설 났는데도 이 정도 유지되는 게 공짜로 된 줄 알아? 얼마나 공들인 건데. 빨리 시간 지나면 회복해야지."

"뭘?"

"뭐긴, 뭐야. 결별설 내고 너는 다시 네 자리로 돌아가야지. 타격이 적은 거지 없다는 건 아니니까. 다시 또 회복해야지."

휴대전화로 기자들의 목록을 살펴보고 있는 성국을 바라보며 나는 입을 움찔거렸다. '연주와 진지하게 만나고 있다. 적어도 나는 그렇다.' 라고 말을 해야 할 것 같았기 때문이었다. 하지만 그때 때마침 들어온 잡지사 기자와 카메라 감독 덕분에 난 다시 목구멍 밑으로 그 말을 쑥 삼킬 수밖에 없었다.

"기사 예쁘게 좀 뽑아 주십시오. 잘 부탁드립니다."

성국은 내 뒤에서 어깨를 꾹 누르며 기자를 향해서 웃음 지었다. 그런 그의 행동에 더더욱 나는 입을 꽉 다물 수밖에 없었다. 연예계에 발을 들인 것도, 그리고 이곳에서 계속 있을 수 있었던 것도 성국의 힘이 가장 컸다. 내가 믿을 수 있는 단 한 사람이고, 나의 모든 것을 이해해 주는 하나밖에 없는 친구이기도 하지만, 매니지먼트로 능력 있는 재원이고 사리분별이 남다른 CEO인 것도 부인할 수 없는 사실이었다. 그에게 지금 연주를 향한 내 마음을 말한다면 대답은 뻔할 것이다.

'미쳤냐? 너한테 투자한 게 얼만데. 지금 위치에서 무슨 연애야. 몰래 한다고 해도 할까 말깐데. 그것도 다 까발려진 공개연애를, 가짜가 아닌 실제로 쭉 하겠다고? 돌았냐? 너 상품이야, 인마. 투자했으니 이익을 얻어 내야 하는 상품. 누구나 살 수 있겠다 싶은 신상품이 이목을 끌지. 이미 팔린 상품, 누가 좋아하겠냐.'

겪지 않아도 그의 흥분한 목소리가 귓가를 맴도는 것 같았다. 당분간은 그가 알고 있는 공개연애를 그가 모르게 비밀연애로 해 보는 것도 나쁘지 않을 것 같다는 생각이 들었다.

"이민혁 씨, 인터뷰 시작해도 될까요?"

"아, 네!"

성국의 말대로 인터뷰는 쉼 없이 이루어졌다. 보통 한 시간에서 한 시간 반 남짓 인터뷰는 이어졌고, 인터뷰용 사진 포즈를 취하기 바빴다. 각 잡지사마다 질문의 내용은 비슷했고 연애에 관련된 민감한 질문은 일절 없었다. 아무래도 성국이 미리 손을 써 둔 것 같았다.

"수고했어. 마지막 한 군데 남았는데. 뭐라도 먹고 할래?"

"아니. 그냥 바로 하자."

"왜, 저녁 먹을 때 됐는데?"

"빨리 끝내고 저녁은 따로 먹을래."

"따로 어디서 먹게."

"뭘 그렇게 꼬치꼬치 캐묻냐."

"알아야지. 내가 알아야지 그럼 누가 알아야 되냐."

"집 가서 혼자 먹을 거다. 왜?"

뭔가 찜찜한 듯 바라보는 성국의 시선을 애써 외면하고 마지막 잡지사의 기자만 기다리고 있을 때였다. 마침 카페 문이 열렸고 남자 기자와 카메라 감독이 들어왔다. 그들이 눈에 들어온 순간, 난 미간을 찡그릴 수밖에 없었다.

"안녕하십니까. 엔클라인 잡지사 기자, 김찬형입니다."

그는 가증스럽게도 나에게 명함을 건넸다. 멀뚱히 앉아서 찬형의 행동을 삐딱하게 쳐다보자 뒤에 있던 성국이 달려 나와 그가 건넨 명함을 대신 받으며 인사했다.

“아이고, 먼 길 오시느라 수고 많으셨습니다. 앉으시죠. 커피 하시겠어요?”

성국은 티 나지 않게 팔꿈치로 내 어깨를 툭툭 쳤다. 그 의미가 ‘너 지금 뭐 하는 거냐.’ 라는 것쯤은 쉽게 알아차릴 수 있었지만 난 꼬고 있는 팔짱을 풀지 않았다.

“아뇨, 괜찮습니다. 이민혁 씨 많이 피곤하신 것 같은데, 빨리 진행하는 게 좋을 것 같네요.”

찬형의 목소리는 부드러웠다. 하지만 강단 있었다. 그는 차분히 자리에 앉으며 노트북을 꺼내 인터뷰 준비를 시작했다. 그 모습이 마음에 들지 않아 울컥울컥 성질이 올라왔지만 성국의 눈치를 보며 꾹 눌러 넣었다.

“그럼, 시작해 볼까요?”

“그러시죠.”

잔잔한 미소를 얼굴에 띠며 찬형이 물었다. 나의 대답과 함께 그의 옆에 있던 촬영기자가 셔터를 눌러 대기 시작했고, 나 역시 표정을 풀고 입꼬리를 말아 올렸다.

“크랭크 인 된 영화 소개 간단히 소개해 주시죠.”

“네. 이번 영화에서 최강호라는 캐릭터를 연기하게 됐습니다. 겉은 강하지만 속엔 많은 상처를 가진 캐릭터로 아내를 잃고…….”

서로 불편한 기색은 역력했지만, 인터뷰는 순조롭게 진행됐다.

그는 프로답게 질문했고, 나 역시 그의 질문에 사무적인 대답을 했다. 여타 인터뷰 업체들과 마찬가지로 질문은 거의 비슷했고 외우다시피 한 내용을 기계적으로 대답하고 있을 때였다.

"그렇군요. 감사합니다. 스틸 컷은 여기까지 찍으면 될 것 같군요."

그의 옆에 있던 촬영기자가 카메라를 챙겨 들고 자리에서 일어섰다. 다음번 인터뷰와 스케줄이 겹쳐 먼저 자리를 일어난다는 말과 함께 그는 카페를 나섰고, 나와 성국, 그리고 찬형만이 카페 안에 남았다.

"화제를 바꿔서, 좀 다른 부류의 질문을 하겠습니다."

"그러시죠."

"얼마 전 구독자들을 대상으로 설문 조사를 했었는데 이민혁 씨가 1위를 차지하셨거든요."

"그렇습니까?"

"네."

"무슨 설문이었습니까?"

"방송용 이미지와 사생활이 다를 것 같은 남자 연예인이요."

찬형의 대답에 표정이 구겨졌다. 우리의 인터뷰를 지켜보고 있던 성국도 고개를 갸우뚱하였지만 만류하진 않았고 상황을 좀 더 지켜보는 것 같았다.

"실제로 한 설문 조사인지 궁금하네요."

"그것보다 정말 방송용 이미지와 사생활이 다른가요?"

"물론 같을 수야 없겠죠. 저 역시 사람인데요. 흐트러진 모습도 있을 거고요."

"하긴, 방송 이미지가 워낙 바른 생활 사나이시니 불편한 점도 많겠습니다. 가령, 연애 같은 거?"

그의 말이 끝나자 지켜보고 있던 성국이 벌떡 자리에서 일어났다. 성국을 향해 눈짓을 주자 그는 더는 다가오진 않았지만, 자리에 선 채 찬형을 예의 주시했다. 난 팔짱을 낀 채 비스듬히 찬형을 노려보았다.

"비공식 인터뷰 원하십니까?"

"해 주신다면 영광이죠. 우리 셋만 있으니 좀 더 진솔한 인터뷰가 될 수 있겠는데요."

"뭐가 궁금하신 거죠?"

"이민혁 씨, 사생활이 궁금합니다."

"제 사생활을 궁금해하는 기자가 김찬형 씨만 있는 건 아닐 테죠. 근데 제가 왜 그쪽한테 말해야 하는지는 이해가 안 되는군요."

"항간에 이민혁 씨에 대해 떠도는 루머가, 사실 루머가 아님을 알고 있으니까요."

표정 관리에 굉장히 신경을 쓰고 있었지만, 찬형의 말에 절로 눈썹이 꿈틀거리고 속눈썹이 파르르 떨렸다. 안 되겠다 싶었는지 성국이 달려 나와 그를 제지했다.

"김 기자님, 이런 질문은 곤란합니다."

"알고 있습니다. 기사로 쓸 생각은 없습니다. 단지 정말 궁금해서요. 이민혁 씨에 관해."

"그래도 이건……."

"됐어. 놔둬."

말리는 성국을 바라보며 말했다.

"저 사람, 조연주 씨 알고 있어."

"뭐?"

"남자 친구였거든, 전 남자 친구."

✣ ❖ ✣

잠깐의 정적 후, 네모난 테이블에 성국과 나, 그리고 마주한 찬형이 둘러앉았다. 각자 앞에 마시지도 않을 커피잔이 덩그러니 놓여 있었다. 모르는 사람이 본다면 단란한 티타임 중이라 생각할지도 모를 일이었다. 먼저 침묵을 깬 건 성국이었다.

"김 기자님께서 조 선생님과 관계가 있으셨다는 부분은 알겠습니다. 하지만 사적인 질문에 대답할 의무는 저희에게 없습니다."

"제가 기자로서 묻는다면 당연히 그렇겠죠. 전 지금 기자로서 이민혁 씨에게 묻는 게 아닙니다."

"무슨 말씀이신지."

"남자 대 남자로 묻는 겁니다. 이민혁 씨, 지금 자신의 행동에 책임질 수 있는지요."

찬형의 말에 성국은 입을 다물었다. 지극히 사적인 문제로 그가 나에게 따지는 것을 느꼈기 때문이었다. 심기가 불편해진 난 절로 인상을 구긴 채 그에게 반문했다.

"내가 그걸 왜 그쪽한테 말해야 합니까? 김찬형 씨야말로, 지금 조연주 씨와 아무런 상관없는 사이 아닙니까? 전 남자 친구가 현 남자 친구를 붙잡고 이런 말 하는 거, 그렇게 좋게 보이는 짓은 아닌데요."

"그렇게 보일 수도 있겠죠."

"그렇게 보입니다만."

뭐가 그리도 당당한지 찬형은 미소 띤 얼굴을 조금도 구기지 않은 채 말했다. 처연하다고 해야 할지 당당하다고 해야 할지, 전 남자 친구의 구질구질한 행동이라고 보이지 않을 정도로 그는 당당해 보였다.

"전 남자 친구로 묻는 거 아닙니다. 연주의 오랜 친구로서 묻는 거니까요."

"뭐요?"

"솔직히 걱정됩니다. 이민혁 씨 옆에 있는 연주."

"오지랖이 넓으시군요."

내 말에 그는 피식 웃고는 말을 이어 나갔다.

"솔직히 연주가 이민혁 씨를 어떻게 만났는가도 의아하지만, 그럼에도 이민혁 씨를 만나고 있다는 사실이 더 의아합니다."

"왜 그렇게 생각하시죠?"

"이민혁 씨는, 연주 스타일이 아니니까요."

주먹이 불끈. 금방이라도 '이 자식이!' 라는 막말이 튀어 나갈 뻔했지만, 울컥 올라온 욱을 꾹 참았다.

"솔직히 이 세계에 있다 보면, 근거 없는 소문에 대해 알 만큼은 알게 되죠. 이민혁 씨 여성편력에 대한 루머, 그게 루머가 아니란 사실 이미 알고 있고요. 이민혁 씨를 조금만 조사해 본다면 대학 동창들의 이야기를 손쉽게 들을 수 있으니까요."

"그건 내가 여성편력이 있는 게 아니라!"

"민혁아."

가만히 있던 성국이 낮은 목소리로 내 이름을 부르며 무릎을 손바닥으로 꾹 눌렀다. 그의 행동에 난 잠시 흥분했던 마음을 가라앉히고 입을 다물었다.

"그럼에도 불구하고 이민혁 씨에 대한 사실이, 사실이 아닌 루머로 둔갑하여 돌아다니는 것 보면 소속사에서 참 많은 애를 썼겠다, 생각합니다."

"하고 싶은 말이 뭡니까."

"애쓰는 일환 중 하나로 연주를 이용하는 거라면, 그만두시라는 얘깁니다."

"무슨 근거로 그렇다고 생각하는 거죠?"

"사람을 만나는 데 신중한 친굽니다. 튀지 않고 무난한 연애를 하는 녀석이고, 자신의 마음을 확신하는 데 많은 시간을 두는 성격이고요. 이렇게 빨리 누군갈 만나고, 그리고 그 누군가가 절대 평범한 사람이 아니라는 것. 이것만 봐도 제가 걱정할 수 있는 요건은 충분하죠."

찬형의 말에 할 말이 없었다. 그저 입을 꾹 다물고 그를 한껏 노려보는 일밖에 할 수 없었다. 정확히 무슨 감정인지 설명할 수 없었지만, 이것만은 확실했다. 진 것 같은 기분. 나보다 그녀를 더 많이, 그리고 더 깊이 알고 있는 찬형에게 진 기분. 생각보다 훨씬 더러운 기분이었다.

"저는 그만둘 생각, 없습니다. 연주 씨도, 제 생각과 마찬가지일 겁니다."

"이민혁, 너……."

성국이 놀란 눈으로 나를 쳐다보았다. 진지한 나의 대답에 그 또한 지금 나의 마음을 눈치챈 것 같았다. 뜻하지 않게 당분간 말하지 않으려 했던 사실을 성국에게 들킨 꼴이 되었다.

"그리고 지금 연주 씨와 아무 사이도 아닌 그쪽한테 이런 말 듣는 거 불쾌하군요. 친구라니, 그것도 연주 씨와 상의가 된 관계 정립인지 의문스럽군요."

하지만 멈추지 않고 난 찬형에게 말했다. 무척 화가 나 금방이라도 그의 얼굴을 있는 힘껏 주먹으로 쳐도 모자랄 판이었지만 참아 냈다. 전 남자 친구와 친구라니. 똑 부러진 그녀가 그런 말도 안 되는 관계를 유지할 리 없다 생각했다. 하지만 남자 친구인 나보다 더 연주에 관해 꿰고 있는 찬형이 미치도록 짜증

났다.

"연주가, 더 이상의 상처는 그만 받았으면 좋겠습니다."

나의 말에 찬형이 고개를 작게 주억였다. 그리고 작은 미소를 지으며 말했다. 그의 진심 어린 대답에 놀란 건 나였다. 그리고 자신이 없어졌다.

이 남자, 어쩌면 그녀를 아직도 사랑하고 있는 걸까.

10.
아픈 손가락

“산부인과를 가려 했는데, 주변에 여자 선생님이 없어서…….”

“비뇨기과가 남자만 진료 보는 곳이라고 생각하시는 분들이 많으신데, 비뇨기에 관련된 질환이라면 누구든 상관없어요. 잘 오셨어요. 일단, 소변검사 결과를 보면요.”

잔뜩 긴장한 중년의 여자가 나를 초조하게 바라보았다. 환자가 편한 마음이 들 수 있도록 미소를 유지한 채 말을 이었다.

“심각한 건가요? 골반에 통증도 있고, 소변에 피도 섞이는 것 같고.”

“걱정 많이 되셨겠어요. 방광염입니다. 여자 같은 경우엔 감기처럼 흔히 걸리는 질병 중에 하나예요. 보통 항생제 처방으로 치료할 수 있고요. 처음이시면 소변배양검사 같이 해서 세균은 없는지 검사를 해 보면 더 좋을 것 같아요."

"네, 그럴게요. 감사합니다, 선생님."

여자는 연신 가슴을 쓸어내리고 다행이라며 웃어 보였다. 불편함을 가벼이 여기고 있다가 통증이 발생해 많이 놀란 모양이었다. 그녀는 진료실 밖으로 나가 데스크에서 이영에게 수납을 하면서도 연신 '의사 선생님이 친절하시다.' 라고 말을 했다. 괜한 쑥스러움에 뒷머리를 긁적이다 여자가 나가고 나는 슬쩍 진료실 밖으로 향했다.

"마지막 환자, 맞지?"

"네. 원장님이 아주 친절하시대요."

이영이 애살스럽게 여자 환자의 말을 전했다.

"에이, 뭘."

유난히 기분 좋은 진료 마무리에 절로 입꼬리가 살살 말아 올라갔다. 이영이 보더니 씩 웃고선 차트를 정리하며 진료 마무리를 시작했다. 데스크에 비스듬히 서서 그녀를 보던 중 승호의 부재를 눈치채곤 이영에게 물었다.

"정쌤은 어디 갔어, 이영 씨?"

"흠, 아까 전화 와서 받으러 나가더라고요."

"전화를?"

"네."

"밖에서?"

"네에."

이영은 심통이 났는지 뿌루퉁한 표정으로 병원 유리문 밖을 힐끔거렸다. 곧이어 휴대전화를 주머니에 넣으며 승호가 들어오자 그녀는 고개를 휙 돌리며 정리하던 차트를 쾅쾅 데스크에 소리 내어 올려 두었다.

"정쌤, 누구예요?"

궁금한 내가 묻자 승호는 슬쩍 눈치를 보는가 싶더니 이내 입을 열었다.

"저번에, 선본 여자."

"정말요?"

"응."

"웬일이야, 이번엔 잘 되나 보네?"

"아니 뭐, 그냥. 몇 번 더 만나 보려고."

"이야, 정쌤 이러다 장가가는 거 아니에요?"

승호는 헛기침을 하더니 시선을 돌렸다. 곧이어 정리를 끝냈는지 이영이 가방을 휙 챙기며 뒤도 돌아보지 않고 병원 밖으로 나섰다.

"먼저 퇴근할게요."

그녀답지 않게 찬바람이 쌩 부는 딱딱한 표정으로 나서자 승호도 덩달아 헐레벌떡 가방과 겉옷을 챙기더니 뛰어나갔다.

"나도, 먼저 가 볼게요!"

순식간에 조용해진 병원 안. 그들의 난 자리를 멍하게 바라보다 문득 정신을 차리고 어깨를 으쓱거렸다.

"나도 퇴근이나 해야겠다!"

해가 뉘엿뉘엿 져 가는 저녁 길. 기분도, 날씨도 아주 좋아 버스를 타는 대신 산책 겸 집까지 걸어가기로 했다.

붉고 노랗게 물들어 있던 나뭇잎들도 어느새 떨어지고 앙상한 가지를 내놓을 준비를 하고 있었다. 가만 보니 살갗을 스치는 바람도 조금은 쌀쌀해진 것 같았다.

오랜만에 주변을 구경하며 걷다 문득 카디건 주머니에 볼록 솟아오른 휴대전화로 손이 갔다.

병원에 있을 땐 진료 때문에 보통 휴대전화를 무음으로 해 놓거나 전원을 꺼 두는 편이었다. 퇴근길에 확인해도 별다른 연락이 없는 일이 많았었기에 휴대전화에 크게 신경을 쓰지 않는 편이었다.

하지만 민혁을 만난 후론 달랐다. 보통 이동 중과 대기 중일 때가 많은 그는 메시지든, 전화든 끊임없이 연락하는 편이었다.

'밥은 먹었느냐.', '지금 촬영 대기 중이다.', '환자는 많으냐.', '여기는 비가 오고 있다.' 등등 자신의 일상을 말하는 데 스스럼이 없었다.

"흐음……."

그런데 오늘은 무슨 일인지 액정 화면엔 아무런 메시지도 떠 있지 않았다. 많이 바쁜가? 아직 촬영 중인가? 라는 생각이 들

때쯤, 어느 순간 민혁의 사생활을 궁금해하는 나를 깨닫곤 깜짝 놀라 고개를 내저었다.

'이민혁 씨 친모입니다. 제 안사람이.'

하지만 놀람도 잠시, 문득 떠오른 얼마 전의 기억에 잠시 발걸음을 멈췄다.

'네? 그게 무슨 말씀이세요?'

'말 그대롭니다. 이민혁 씨에게 들은 내용 없나요?'

'아, 네. 전…….'

'진지하게 만나고 있는 관계라 하고, 또 이렇게 마주했으니 어쩔 수 없이 말하게 되었지만 자세한 건 본인에게 직접 듣는 게 좋을 것 같군요. 맞고 있는 수액 다 떨어지면 챙겨서 가겠습니다. 어찌 됐건, 오늘 신세 졌군요. 고맙습니다.'

당황스러웠던 그날의 그 일 이후 가장 먼저 든 생각은 '아무것도 아는 게 없구나.' 라는 것이었다.

'난, 나 자체가 상품인 사람입니다. 조연주 씨가 병원 청소하고, 마케팅하고, 환자 돌보고 하는 것과 마찬가지로 나는 나를 꾸미고, 마케팅하고, 돌보죠.'

그의 목소리가 귓가에 맴도는 것만 같았다. 내가 알고 있는 이민혁이라는 남자는 어떤 부분의 그일까. 연예인 이민혁일까, 아니면 남자 이민혁일까.

가던 길을 멈추고 멍하게 서 있다 요란스럽게 울리는 휴대전화에 깜짝 놀라 액정을 바라보았다. 텔레파시라도 통한 걸까, 액정 가득 '이민혁' 그의 이름이 담겨 있었다.

✣ ❖ ✣

연주의 집 앞에 주차한 후 시동을 껐다. 핸들에 손을 올려놓곤 손가락을 톡, 톡, 하고 굴려 보았다.

찬형과의 뜻하지 않은 만남이 상기되며 절로 인상이 찡그려졌다. 무엇 때문에 이리도 화가 나는지 모르겠다. 사실 여자 친구의 전 남자 친구를 만나는 일이 유쾌하지 않은 일임은 확실하지만 그 이상의 무언가가 더욱 화를 치밀게 했음은 분명했다.

'그녀에 대해 아는 것이 많지 않다.'

그와의 만남은 알 수 없는 조바심과 초조함을 짜증과 분노로 바뀌게 하였다.

"이민혁 씨!"

보조석 창문을 연주가 톡톡 두드렸다. 잠금을 열자 그녀가 차 문을 열고 보조석으로 올라탔다.

"많이 기다렸어요?"

"아닙니다."

"병원으로 오지 않고, 왜 집 앞에……."

"안전벨트 해요."

"네?"

"안전벨트요."

"어디 가요?"

"네."

"어디요?"

그녀의 말에 대답하지 않은 채 시동을 켰다. 화난 듯 으르렁거리는 엔진 소리와 함께 핸들을 꺾었다. 밀폐된 공간 안, 묘한 정적이 흘렀다. 서로 아무 말도 꺼내지 않은 채 한강으로 향했다.

해가 진 어둑어둑한 한강공원은 간간이 운동하는 사람만이 지나칠 뿐, 인적이 드물었다. 한강 물이 바로 보이는 둔치에 다다르자 속도를 서서히 줄였다. 그제야 연주는 안심한 듯 작게 한숨을 쉬어내었다.

"여긴 왜……."

그녀의 물음에 별다른 대답을 찾지 못했다. 왜 굳이 이 장소를 찾았는지 설명은 할 수 없지만 조용한 곳이 필요했다.

"이민혁 씨."

"조연주 씨."

잠시간의 침묵 후, 서로의 숨소리만 가득하던 차 안. 누가 먼저랄 것도 없이 동시에 우리는 입을 열었다.

"먼저 말하세요."

"아닙니다, 조연주 씨 먼저 말해요."

"아니, 이민혁 씨 먼저……."

"말해요. 먼저."

단호한 내 목소리에 연주는 잠시 머뭇거리는가 싶더니 입을 열었다.

“어디서 어떻게 말해야 할지 모르겠는데…….”

그녀는 말을 줄이며 뒷말을 쉬이 잇지 못했다. 그러다 결심이라도 한 것처럼 마른침을 꿀꺽 삼키더니 목소리를 냈다.

“나, 이민혁 씨 어머니 만났어요.”

순간 말문이 턱 하고 막혀 버렸다. 언제, 어디서, 어떻게, 왜. 목구멍 밖으로 많은 질문을 내뱉어야 했지만 아무런 말도 생각나지 않았다. 정신이 아찔해졌다.

“아무래도 이민혁 씨가 어머님을 만나 보는 게 좋을 것 같아요. 제가 연락처 알고 있는데 드릴…….”

“무슨 상관입니까?”

절대 들키고 싶지 않았던 것을 그녀가 건드리자 나도 모르게 날 선 목소리가 튀어나왔다.

“네?”

“조연주 씨가 무슨 상관이냐고 물었습니다.”

“저는 그게 아니라, 그게 어떻게 된 상황이었냐면.”

“듣고 싶지 않습니다.”

“이민혁 씨! 어머님을 왜 부정하는 건가요? 무슨 이유에서인진 모르겠지만 그래도 이민혁 씨 친어머님…….”

“다물어요, 그 입.”

싸늘하게 차가워진 내 목소리에 연주가 말을 멈췄다. 더는 듣고 싶지 않았다. 다른 생각 또한 생기지 않았다. 가능한 숨기고 싶었다. 그녀에게 알리고 싶지 않았다.

"이, 이민혁 씨!"

차에서 내려 운전석의 문을 쾅 닫았다. 곧이어 연주가 뒤따라 차에서 내려 나의 등 뒤로 달려와 팔목을 꽉 그러잡았다.

"무슨 사정이 있는 거예요?"

"조연주 씨가 신경 쓸 일 아닙니다."

"이민혁 씨."

그녀가 잡고 있는 팔을 빼내었다. 크게 힘을 주지 않아도 손쉽게 그녀의 손아귀에서 풀려날 수 있었다. 난 등을 돌린 채 연주를 돌아보지 못하고 겨우 입을 열어 말했다.

"지금은, 아무런 말도 하고 싶지 않네요. 차는 두고 가겠습니다."

그대로 곧장 앞으로 걸어 나갔다. 그녀의 발 구르는 소리가 들렸지만, 곧 잦아들었다. 한강 둔치를 지나 공원을 가로질러 걸었다. 그녀의 향이 코끝에서 사라지고, 시야에서도 멀어질 때쯤, 깊이를 알 수 없는 비참함과 서글픔이 가슴속에서 일렁였다.

앞이 보이지 않았다. 흐릿한 시야에 파노라마처럼 그날의 기억들이 불현듯 스쳤다. 아직도 잊지 못할 생생한 목소리까지.

✣ ✣ ✣

부모가 없는 것과 다름없는 어린 시절을 보냈다. 나의 유년시

절의 추억은 친척 집을 전전하며 천덕꾸러기 신세를 면치 못했던 것밖엔 없었다. 눈칫밥을 먹으면서도, 뭐가 되려고 밖으로 나돌기만 하느냐, 라는 타박을 들으면서도 부모라는 두 사람이 있는 집보다 마음만은 편했었다.

내가 아주 어렸을 때 잠시나마 기억이 나는 부모님에 대한 잔상은 말 한마디 하지 않았던 아버지란 사람과 나를 피하기만 했던 어머니란 존재뿐이었다. 그땐 그게 가족의 모습이라 생각했었다. 숨 막힐 듯이 답답한 그 공간이 '가정' 이라 어린 난 생각했었다. 하지만 그 생각이 산산이 조각나기까지 그리 오랜 시간이 걸리지 않았다.

어느 정도 말귀를 알아듣고, 대화가 가능해지고, 단어의 뜻을 알게 된 여섯 살의 나이. 조금 열린 안방 문틈에서 흘러나온, 아버지에게 소리치는 어머니의 악에 받친 목소리를 들었다.

'내가 원해서 낳은 자식 아니야! 나랑 상관없는 애라고. 그러니까 그 애를 나랑 엮을 생각 하지 마!'

그때 처음 알았다. 그들은 나를 사랑하지 않는다. 웃으며 종알종알 말을 해도 언제나 밀어내기만 했던 어머니의 행동을, 그 말을 듣고서야 난 이해할 수 있었다.

여섯 살 이후로 어머니에 대한 기억은 없다. 사실 잘 기억나지 않는다. 일곱 살이 지날 때까지 그녀가 내 곁에 있었는지, 없었는지. 있었더라도 기억에서 지워낸 것처럼 어머니에 대한 잔상은 아무것도 남아 있지 않았다.

그날의 그 싸움 이후, 아버진 내가 보는 앞에서도 종종 술을 드셨다. 한 병, 두 병 쌓여 가는 그것들을 보며 난 초조함을 느꼈고 의기소침해졌다. 하지만 그런 기분 나쁨도 내가 알지도 못하는 먼 친척 집으로 보내지면서 끝이 났다. 그해 아버지가 심근경색으로 인한 심장마비로 돌아가셨기 때문이었다.

과거의 기억은 늘 내 발목을 붙잡았다. 끝을 알 수 없는 어둠 속으로 아득히 떨어지는 기분을 느껴야 했다.

휘청거리며 쫓기듯 미로 같은 한강공원을 가로질러 빠져나왔다. 이미 식은땀으로 온몸은 흠뻑 젖어 있었다. 큰길가로 나오자 주위에 있던 사람들이 하나둘 나를 알아보기 시작했다. 눈이 부시도록 반짝거리는 조명, 쉴 틈 없이 주위를 파고드는 소음, 나를 보며 웅성대는 타인의 목소리.

정신이 점점 아득해져 갔다. 그리고 눈앞이 어둠으로 짙어졌다. 그렇게 정신을 잃었다.

✣ ❖ ✣

며칠이 지났다. 곁에 잘 두지 않는 휴대전화를 챙기며 늘 시선을 주었지만, 그날 이후 다시는 휴대전화의 액정에 '이민혁' 이란 세 글자가 채워지지 않았다. 진료실 의자에 깊게 기대어 앉아 손에 쥐어진 민혁의 차 키를 둥글게 말아 쥐었다.

"원장님, 촬영 팀 왔어요."

"아. 나갈게, 이영 씨."

이영이 진료실 문을 열며 말했다. 그녀의 말에 다급하게 일어나 밖으로 나서자, 저번보단 간소해진 사람들이 진료 대기실을 서성였다. 작은 카메라 몇 대와 조감독, 그리고 서너 명의 촬영 스태프와 여자 배우가 대기하고 있었다.

"아, 조 선생님."

"안녕하세요. 최 대표님."

복도에 서 있던 성국이 나를 발견하고 병원 유리문을 열고 들어왔다. 그는 뒷머리를 긁적이며 너무 급작스럽게 찾아와 미안하다며 양해를 구했다. 난 고개를 내저으며 민혁에 대해 물었다.

"이민혁 씨는요?"

"아. 미, 민혁이요? 스케줄 없어서 쉬고 있어요. 오늘 촬영 씬 그리 큰 씬 아니어서 조촐하게 진행될 겁니다. 오늘이 병원에서 찍는 마지막 씬이에요."

민혁을 찾는 나의 물음에 성국은 조금 당황하는듯하더니 금세 평온한 표정으로 그의 근황을 전해 주었다. 난 민혁의 차 키를 성국에게 건네려다 말고 다시 가운 주머니 깊숙이 넣었다.

"정쌤, 저 여배우 선화 맞죠? 와, 진짜 오랜만이다."

이영이 데스크에 서 승호에게 속삭였다. 하지만 승호는 그다지 관심 없는지 그녀를 쳐다보기보단 오히려 나를 유심하게 관찰하였다. 곧이어 진료 대기실에서의 촬영이 시작되었다. 선화가 종이컵에 담긴 커피를 마시며 기다리는 듯한 씬을 몇 컷에 나눠 찍었다. 하지만 조감독의 마음에 차지 않았던지 꽤 시간이 걸리는 것 같았다.

"원장님. 잠깐만."

데스크에 기대어 멀뚱히 선화를 바라보던 나를 뒤에서 승호가 쿡쿡 찌르며 불렀다. 놀라 쳐다보자 진료실로 손짓하는 그를 따라 조용히 발걸음을 옮겼다. 진료실 문을 꽉 닫고 뒤따라 선 승호가 나에게 사뭇 진지한 목소리로 물었다.

"이거 언제까지 해?"

"촬영이요?"

"촬영은 언제까진데."

"오늘까지만 하면 된대요. 진료실이나 복도 같은 건 첫 씬 하고 똑같이 세트 만들었다고 하더라고요. 그리고 밖에 전경은 찍어둔 컷으로 편집해서 쓸 거라고……."

"다 끝났네, 그럼?"

"네. 다 끝났어요."

"정말이지?"

"네?"

"내 말은, 이민혁하고도 끝난 거냐고."

"정, 정쌤?"

승호의 말에 화들짝 놀란 내가 눈을 동그랗게 뜨고 그를 올려다보았다. 그의 덩치가 위화감이 들 정도로 가까이 다가온 승호가 말을 이었다.

"알았어요? 언제부터 알고 있던 거예요?"

"처음부터 눈치는 채고 있었어."

"어, 어떻게……."

"그야, 닥터 조답지 않은 상황 정리였으니까."

민혁이 병원을 방문할 때마다 나를 보며 입을 앙다물고 멈칫하던 승호의 표정이 떠올랐다.

"이민혁이 진료 보고 간 후 모든 상황이 변했잖아. 병원 홍보에, 열애 기사에. 하필 그 시기를 기점으로 우리 병원도 점점 금전적인 기반이 잡혀 갔고."

"아…… 그게 사실 속이려고 속인 게 아니라……."

"됐어. 사정이 있었다 생각해. 그것보다 이제 다 깨끗하게 끝난 건지 그게 궁금해서 지금이라도 물어보는 거야. 걱정됐었거든."

걱정스러운 표정으로 묻는 승호의 얼굴을 바라보며 선뜻 대답하지 못했다. '끝났다.' 라니. 뭐라고 내가 대답할 수 있을까. 가운 주머니에 손을 꽂아 넣은 채, 손에 잡히는 민혁의 차 키를 더욱 세게 말아 쥐었다.

"사실 그게……."

톡. 승호와의 대화 도중 들린 인기척에 반사적으로 진료실 문을 바라보았다. 꽉 닫혀 있던 진료실 문틈으로 빛이 새어 들고 있었다. 놀란 난 승호를 지나쳐 문고리를 잡아 열었다. 밝은 촬영 스태프들이 어수선하게 지나다니고 있었다.

"잠깐 휴식한대요."

데스크에서 그들의 촬영을 지켜보고 있던 이영이 진료 대기실을 향해 꼿꼿이 서 있는 나를 향해 말했다. 진료실 주위로 사람은 없었지만 독하고 진한 향수 냄새가 근처를 서성였다.

❖ ❖ ❖

촬영이 끝난 후 뒷정리를 하고 퇴근을 했다. 길고 길었던 일주일이 끝나고, 드디어 주말을 하루 앞둔 금요일 저녁 시간이 밤으로 바뀌어 가고 있었다. 터벅터벅 골목을 걷는 발걸음에 힘이 빠졌다.

민혁과 그렇게 헤어진 이후, 하루하루 시간은 더디게 흘렀다. 여전히 소식 없는 휴대전화를 보며 작은 한숨을 내쉬었다. 몇 발자국 지나지 않아 집 앞에 도착했고, 무의식중에 비밀번호도 누르지 않은 채 현관문을 덜컥 잡아 들었다.

"어?"

하지만 예상외로 현관문은 쉽게 열렸다. 그리고 문 여는 소리가 들렸는지 집 안에서 부스럭거리는 인기척이 들렸다. 순간 도둑인가 싶어 바짝 긴장되어 몸이 빳빳하게 굳었지만, 곧 안도의 한숨과 함께 원망의 목소리도 쏟아졌다.

"김찬형! 네가 왜 여기 있는 거야?"

"비밀번호 안 바꿨더라. 칠칠하지 못하게. 이런 거 꼭 못 챙기지."

"야, 너!"

"미안. 일단 들어와, 찬바람 들어온다."

어이없는 상황에 난 단단히 화가 난 채로 그의 뒤를 따랐다. 청소라도 했는지 깔끔해진 방바닥과 설거지까지 된 싱크대를 바라본 난 식탁 의자에 앉아 날 바라보고 있는 찬형을 향해 소리쳤다.

"너 뭐 하는 짓이야?"

"미안해. 생각나는 사람이 너밖에 없더라."

"무슨 소리야?"

잔뜩 풀이 죽은 찬형의 말에 주위를 둘러보았다. 한눈에 들어오는 멀끔해진 원룸 안, 침대 밑에 숨겨 두었던 라면 상자가 버젓이 밖으로 꺼내져 있었다.

"야, 너 저거!"

"그냥 멍하게 앉아 있으니까 우울해져서, 청소라도 했어. 저거 왜 아직도 안 버리고 있어? 나 줘. 내가 들고 갈게."

"뭐 하자는 거야, 지금?"

"나 쫓겨났어."

애써 웃으면서 말하는 찬형을 바라보며 말했다.

"쫓겨나다니. 무슨 소리 하는 거야?"

"……부모님께서, 알게 되셨어."

"뭐?"

찬형이 머리를 감싸 안고 얼굴을 떨어뜨렸다. 작게 웅크린 그의 몸이 자잘하게 떨리고 있었다. 그리고 곧 그 떨림은 소리로 울려왔다.

"어떡하지, 연주야. 나, 이 죄를 어떻게 하냐……."

찬형의 눈에 맑은 눈물방울들이 맺혔다. 흐르고, 흐르고, 또 흐르고. 멈추지 않을 것 같은 눈물을 그는 한참이고 쏟아 냈다. 목을 울컥 채우는 눈물을 삼키는 소리가 쓰고도 아팠다. 그를 보는 나 역시 마음이 편치 못했다. 연인이었던 시간보다 길었던 친구였다. 서로의 시간을 누구보다 함께 가까이서 지켜본 가장 소중한 사람이 울고 있었다. 감히 상상도 못 할 아픔으로.

"얘기할 사람이 필요했어……. 툭 터놓고 말할 수 있는 사람. 너한테 오면 안 된다는 거 아는데, 이러는 게 너에게 어떤 상처를 주는지 알고 있는데. 너무 힘들다, 연주야. 미안하다."

커다란 한숨이 새어 나왔다. 연인, 친구 모든 걸 떠나 지금 몸을 잔뜩 웅크린 채 떨고 있는 그의 모습은 마음을 짠하고 속상하게 만들었다. 찬형의 앞으로 성큼성큼 다가가 쭈그리고 있는 그의 어깨를 두 손으로 감싸 안아 토닥거렸다.

"괜찮아. 울지 마. 네가 선택한 길이야. 이 정도 각오도 안 했어? 정신 차려. 너 지금 우는 거 아무 도움도 안 돼. 부모님 상처넌, 상상도 못 하니까."

나의 목소리에 그는 더욱 서럽게 울었다. 그리고 그의 감정은 한동안 진정되지 못했다. 그를 두드리는 나의 손길에 너무나 많은 무게가 실려 있었다. 찬형을 걱정하는 감정, 그리고 그런 그를 친구로서 받아들이고 있는 나 자신의 모습이.

얼마나 시간이 흘렀을까, 찬형의 눈물이 진정되고 그의 앞에 의자를 가져다 놓고 마주하고 앉았다. 아직은 어색하고 한쪽 가슴이 쿡쿡 쑤시지만, 그의 눈을 마주하고 서로의 고민을 털어놓았던 처음의 관계로 우리는 돌아가고 있었다.

"어쩌다 알게 되신 거야?"

"내가, 말했어."

"뭐? 그걸 그렇게 갑자기?"

"어쩔 수 없었어."

"뭐가 어쩔 수 없었는데."

"부모님이 아직도 내가 널 만나는 걸로 알고 계셨거든. 오랜만에 보고 싶다고 자꾸 부르라고 하는데, 너한테 그런 거짓말 부탁할 엄두도 안 나고……. 그리고 그 순간엔, 더는 숨기기도 싫었어."

"지금은, 숨길 걸 그랬다 싶어?"

"어느 한편으론 조금은. 하지만 오래 숨기진 못했을 거야."

찬형의 목소리를 들으며 나도 모르게 눈물이 뚝, 뚝, 떨어졌다. 그 모습을 본 찬형이 놀란 눈으로 날 바라보았지만 그런 그를 덩그러니 바라보는 내 눈은 쉬이 눈물을 멈출 생각이 없었다.

"바보야, 멍청아!"

"……고마워, 연주야."

말하지 않아도 알 수 있었다. 나의 말과 그의 말 뒤에 줄여진 '친구' 라는 단어를. 손바닥으로 눈을 슥슥 문질러 눈물을 닦아 냈다. 그 역시 조금은 안도하는 표정으로 입을 열었다.

"미련하긴. 부모님 마음 어떻게 보듬을 건지, 그거부터 걱정해."

내 말에 찬형은 고개를 주억이는 걸로 대신 답했다. 거울을 보지 않아도 부었겠구나 예상되는 무거워진 눈꺼풀을 만지며 화장실로 향하던 길이었다. 찌르르 울리는 초인종 소리에 가던 발걸음을 돌려 현관문으로 향했다.

"누구……. 이민혁 씨?"

모자를 푹 눌러쓴 검은 그림자의 남자가 서 있었다. 말을 채 잇기 전에 그 사람임을 짐작했다. 우리는 서로를 마주한 채 긴 시간을 침묵했다. 섣불리 말을 꺼낼 수도 그렇다고 말을 아예 하지 않을 수도 없는 무거운 침묵이 흘렀다.

침묵을 깬 건 한마디 말이 아닌 그의 눈빛이었다. 모자가 들린 사이로 보이는 민혁의 얼굴은 많이 야위어 있었다. 마른 입술, 힘없이 처진 어깨, 그리고 실핏줄이 터져 빨갛게 충혈된 눈은 설명할 수 없게 외로워 보였다.

그를 한참이고 마주하던 어느 순간, 그의 손이 나의 어깨로 뻗어 왔다. 금방이라도 나를 끌어당겨 안아 품 안에 쓰러질 듯했던 민혁은 더는 손길을 뻗지 못하고 우뚝 그 자리에 굳어져 가고 있었다.

"연주야, 안 들어오고 거기서 뭐 하는……."

내 어깨 너머로 서 있는 찬형을 민혁은 한참이고 노려보았다. 처음 본 그의 그 눈빛은 무척 차갑고 또 날 서 있었다. 찬형 역시 당황스러워하긴 마찬가지였다. 찬형이 말하려 입을 열기 전에 내가 먼저 민혁에게 말했다.

"이민혁 씨, 그게 아니라!"

하지만 민혁은 내 대답을 채 듣기 전에 발걸음을 돌렸다. 한 걸음, 한 걸음씩 멀어져 가는 그의 뒷모습을 바라보며 난 선뜻 그를 따라나서지 못했다. 하염없이 멀어져 가는 민혁의 뒷모습을 바라보며 그렇게 그 자리에서 우두커니 서 있을 뿐이었다.

"연주야……."

찬형이 나지막이 내 이름을 불렀지만 내가 할 수 있는 것은 없었다. 달려가 민혁을 잡을 수도, 그렇다고 지금의 상황을 그에게 설명할 수도 없었다. 우리는 연애 중이다. 우리는 가벼운 연애 중이다. 마음을 주지 않기로 다짐한 내가, 처음으로 쉽게 시작하고 쉽게 헤어질 수도 있는 가벼운 계약연애 중이었다.

"왜 가만히 있어. 말해야지."

멀뚱히 그가 있던 자리를 바라보고 있던 나의 어깨를 찬형이 지그시 누르며 말했다. 다 알겠다는 듯 차분히 말하는 그의 목소리가 자상하게 들려왔다. 뭘 어떻게 민혁에게 말할 수 있었을까. 찬형의 인생에서 가장 무겁고 큰 문제를 그에게 구구절절 설명하며 이 상황을 해명해야 했을까.

'무슨 상관입니까?'

'조연주 씨가 무슨 상관이냐고 물었습니다.'

'다물어요, 그 입.'

낯선 사람 같던 그의 목소리가 가슴에서 울렸다. 그 사람에게 내가 뭐라고. 마음이 텅 비어 버린 것처럼 큰 구멍이 난 것 같았다.

"너, 지금 울 것 같아."

"아냐, 그런 거. 들어가자."

❖ ❖ ❖

깨질 것 같은 머리를 부여잡으며 느지막한 저녁에 부스스 침대에서 일어났다. 바닥엔 며칠째 마시고 있던 와인 두어 병과 맥주 캔들이 너저분하게 깔려 있었다.

발로 슥슥 밀어 가며 빨간 램프가 켜진 유선 전화기의 버튼을 꾹 눌렀다. 일정한 기계음 소리가 들리고 그 소리를 알람 삼아 들으며 부엌으로 걸어가 냉장고 안에서 차가운 생수 한 통을 꺼내 벌컥벌컥 마셨다.

'너 스케줄 밀 수 있는 대로 최대로 밀었어. 더 이상은 안 돼. 빨리 기어 나와라.'

'야, 이민혁! 너 도대체 뭐야, 어디야? 당장 안 와?'

'촬영 펑크가 말이 되냐? 갑자기 왜 그래. 어디냐고!'

'걱정되니까, 인마. 연락이라도 해라.'

성국의 화남과 걱정스러움이 묻어 있는 묵직한 목소리를 뒤로 하고 거실로 걸어 나왔다. 유리 테이블 위 휴대전화의 분리된 배터리를 제대로 갈아 끼우자 곧 또로롱 하는 소리와 함께 전원이 들어왔다. 휴대전화는 쓸데없는 광고메시지와 안부메시지가 넘쳐났지만 정작 바라고 있던 연주의 연락은 닿아 있지 않았다. 이마를 쓸어 넘기며 침대에 기대어 바닥에 주저앉았다. 조용한 적막, 무거운 주변의 공기가 가슴을 콕콕 쑤시게 하였다.

사람의 마음이 참 간사한 일이었다. 흔한 변명이라도 하기 위해 연주를 찾아갔다. 그날 그렇게 그녀를 밀어낸 일을 사과하기 위해 찾아간 그곳에서 난 피해자가 되어 버려 그 골목길을 빠져나왔다.

변명이라도 좋았다. 변명이 없다면 미안하다 한마디라도 충분했다. 하지만 연주는 나를 잡지도, 그렇다고 밀어내지도 않은 채 그렇게 나를 보냈다. 어디서부터 꼬인 걸까. 알 수 없는 길이었다. 다른 무엇보다 가장 나의 가슴을 답답하게 만드는 일이었다.

주변에 있던 모자를 집어 들고 목까지 지퍼가 잠기는 점퍼를 꺼내 들어 밖으로 나섰다. 밤 시간대가 되자 줄지어 서 있는 주황 천막의 포장마차 중 한 군데에 들어가 소주를 시켰다.

며칠째 밤과 낮이 바뀐 생활을 하고 있는 터였다. 잘 마시지도 못하는 술에 속이 쓰렸고 기분은 점점 더 바닥임을 느끼고 있었지만 그러지 않으면 제대로 잠을 청할 수도 없어 또다시 술을 찾고 있었다.

휘청거리며 걷는 길 위, 세상의 모든 불빛이 나를 향하는 것만 같이 눈이 부셨다. 스산한 밤바람이 머리카락을 건드리자 몽롱한 들뜸과 가볍게 느껴지는 술기운에 눈을 감았다. 지금의 삶에 문득 회의가 드는 순간이었다.

무엇을 위해서 난 이렇게 사람들의 눈을 피해 가며 이 길을 걷고 있는 걸까. 잔뜩 몸을 움츠리고 얼굴까지 가렸음에도 무엇이 두려워 이렇게 구석으로 몸을 사리고 있을까. 비틀거리며 거리의 한 중앙으로 나섰다. 당당하게 걷고 싶었지만 어쩔 수 없이 휘청대는 다리를 겨우 옮겨 가며 앞을 걸어가던 중, 사람들의 어깨에 이리저리 부딪혔다.

"뭐야, 똑바로 안 보고 다녀?"

순간 울컥 올라온 서러움과 가슴을 꽉 막는 답답함이 말보다 행동으로 앞서고 말았다.

"어머. 이게 뭐야?"

"뭐가?"

"흠, 흠."

화들짝 놀란 이영이 소란스럽게 떠들자 승호가 관심을 보였다. 그의 물음에 새침한 얼굴로 툴툴거리던 그녀가 승호에게 今 아침에 병원으로 배달된 신문을 건넸다. 승호는 놀라서 두 배는 커진 눈을 뜨고선 기사를 읽어 내려갔다. 그리고 그는 후다닥 신문을 데스크 서랍에 넣어 버렸다.

“그걸 왜 거기다 넣어요? 테이블 위에 올려놔야죠.”

“원장님 보시잖아.”

“원장님도 알고 계시지 않겠어요? 남자 친구 일인데.”

“그냥 모른 척해.”

“뭐야, 또 나만 모르는 뭔가 있는 거죠? 그죠? 뭔데, 뭔데 그래요? 왜 나만 매일 따돌리고!”

씩씩거리는 이영의 목소리가 울렸지만 승호는 아랑곳하지 않고 진료 시작을 준비했다. 그녀 역시 그의 행동을 보며 입을 삐죽 내밀었지만 더는 보채지 않았다. 진료실 문틈 사이로 그들의 부산함이 느껴졌지만, 굳이 나가 그 신문을 뺏어 들지 않아도 충분히 알 수 있었다. 이미 인터넷의 실시간 검색을 ‘이민혁 폭행 시비’로 가득 채우고 있었기 때문이다.

진료실 책상 의자에 앉아 한참이고 모니터를 뚫어지게 쳐다보았다. 조금만 신경 쓰고 그의 이름을 검색해 보아도 그간 이슈가 되지 못했던 민혁과 관련된 기사들이 우수수 쏟아졌다.

「연예인 A씨, 촬영일 갑자기 펑크, 영화 촬영에 차질?」

「영화배우 이 모 씨, 한강변에서 쓰러진 채 발견. 시민들 증언 이어져.」

「이민혁 폭행 시비, 지난밤 사건의 전말과 과정」

「며칠 전, 이민혁 간밤의 응급실행. 촬영 펑크에 이어 폭행 시비. 그에게 무슨 일이?」

그의 소식을 기사로 접하는 일은 그리 유쾌하지 않았다. 기사 밑엔 민혁을 잘 알지 못하는 사람들의 댓글이 수도 없이 달려 있었다. 모두들 하나같이 그에게 실망감을 표하고 있었고 아무 이유 없는 온갖 욕설이 가득한 글도 있었다.

마음이 움틀거렸다. 지금 그에게 무슨 일이 일어나고 있는 걸까.

진료실 책상 한쪽에 우스꽝스럽게 혓바닥을 쭉 내밀고 있는 공룡 열쇠고리에 달린 그의 차 키를 우두커니 바라보았다. 무슨 이유에서인지 모를 울컥 올라오는 감정에, 눈물이 날 것만 같았다.

그때 가운 주머니 속 휴대전화가 요란하게도 울렸다. 간신히 마음을 진정시키고 통화 버튼을 누르니 상기된 찬형의 목소리가 들렸다.

—연주야.

"응. 왜?"

—너 괜찮나 싶어서.

"안 괜찮을 건 또 뭐 있겠어……."

—이민혁 씨, 어디 병원인지 알아봐 줄까?

"아냐, 됐어."

—되긴 뭐가 돼. 걱정하고 있는 게 눈에 뻔히 보이는데.

"필요 없다니깐. 그런 사이 아니야, 우리."

내 말을 끝으로 잠시간의 정적이 흘렀다. 그의 목소리에서 미안함을 느낄 수 있었지만, 찬형도 필요 없다는 나의 대답에 더 이상의 말은 없었다. 다만 조용한 정적을 뚫고 훌쩍이는 흐느낌만이 조금씩 울릴 뿐이었다.

—괜찮아, 연주야.

자상한 찬형의 목소리에 참고 있던 눈물이 뚝뚝 흘러내렸다. 무슨 이유에서인지 모를 일이었다. 어쩌면 알았지만 애써 외면하고 있던 이유에서일지도 몰랐다.

미안하고, 미안하고, 또 미안했다. 하지만 그것보다 더 큰 감정은, 그를 당장 보고 싶은 감정에 찌르르 울리는 마음이었다.

✣ ❈ ✣

소독약 냄새가 알싸하게 코끝을 감쌌다.

기분 나쁜 그 냄새에 눈을 떴지만 1인실 병실, 왼쪽 팔에 꽂힌 주삿바늘, 그리고 앉아서 나를 뚫어져라 쳐다보고 있는 성국이 눈에 들어오자 더욱 기분 나쁜 상황에 다시 지그시 미간을 누르며 눈을 감았다.

하지만 그 모습을 보았던지 성국이 불같이 화를 내며 자리에서 일어나 성큼 다가서며 말했다.

"야, 이 미친놈아! 너 제정신이냐?"

"머리 울려. 작게 말해."

"너나 조용히 하고 잠자코 들어, 이 자식아! 네가 지금 무슨 짓을 한 건지나 알아? 며칠 전 한강에서 쓰러져 응급실 실려 가 촬영 펑크 난 거 겨우 막아 놨더니 이제 술 먹고 폭행 시비까지냐?"

"그 남자가 먼저 시비 걸었어."

"그게 중요한 게 아니잖아! 사람들은 그런 사실관계 따윈 관심 없다고!"

성국은 큰 한숨을 내쉬며 머리를 쓸어 넘겼다. 나 못지않게 그 역시 며칠 꼬박 밤을 새운 것같이 얼굴이 매우 창백해져 있었다.

불 보듯 뻔한 일이었다. 이미 많은 기자에게 시달렸던지 그는 주머니에서 울리는 휴대전화를 거들떠보지도 않은 채 통화 종료를 누르고 있었다.

"사실대로 말해."

"뭘."

"너답지 않은 행동이잖아. 무슨 이유야."

"그런 거 없어."

"혹시……. 조연주 씨 때문이냐?"

성국의 말에 고개를 돌려 그를 바라보았다. 누워 있는 나를 내려다보는 성국의 표정이 복잡해 보였다.

"아냐."

"아니긴 뭐가 아냐. 내가 너 하루 이틀 보는 줄 알아?"

대답 없는 내 모습이 이미 성국에겐 대답이 되었다.

그는 뒤돌아 크게 한숨을 내쉬었다. 성국의 표정을 볼 수 없어 그의 기분을 알 길이 없었지만, 어깨 위로 커다란 짐을 옮긴 것 같아 마음이 불편했다.

"자라."

성국이 병실 문 쪽으로 걸음을 옮기며 말했다.

"어디 가게?"

"뭘 어디 가. 네 뒷수습하러 가야지."

"미안하다."

"됐어, 인마."

쾅 하고 문 닫히는 소리가 나고 난 등을 돌려 모로 누웠다. 순간 입술 부근이 따가워 손을 가져다 대 보니 생채기가 났는지 따끔거렸다. 문득 흉터가 남으려나, 걱정됐지만 그런 걱정을 하는 이 상황이 어이가 없어 그냥 눈을 꼭 감아 버렸다.

정리되지 않은 머리가 복잡하게 엉켜 가고 있었다. 답이 없는 문제, 출구 없는 미로와 같이 끊임없이 나를 괴롭혔다.

그리고 그렇게 술기운인지, 약 기운인지 모를 잠에 빠져들었다.

"정신이 좀 듭니까?"

얼마큼의 시간이 지났는지 모르겠다. 미성의 부드러운 목소리가 곁에서 들리자 몽롱한 정신에서 뜬 눈을 더욱 바짝 떴다.

순간 꿈을 꾸고 있는가 싶어 손바닥으로 눈을 쓱쓱 비벼 봤지만 변함없이 침대 옆 간이 의자에 그가 앉아 있었다.

"김찬형 씨?"

"네. 불쑥 찾아와 죄송합니다."

그는 고개를 꾸벅 숙이며 사과했다.

"외부인 면회 사절일 텐데요."

"알고 있습니다. 최성국 씨에게 연락해 들어왔습니다. 꼭 해야 할 말이 있어서요."

"그때 일이라면 듣고 싶지 않군요."

"그때 일을 말하려던 거 아닙니다."

"그럼 뭡니까."

"개인적으로, 사과하고 싶어서요."

사뭇 진지한 그의 목소리에 시선을 마주했다. 그는 날 서 있지도, 그렇다고 저번과 같이 흥분해 있지도 않았다. 다만 단정한 차림으로 무언가를 기다리는 사람처럼 매우 차분해 보였다.

나는 몸을 조금씩 움직여 침상에 기대어 앉았다. 약간의 어지러움에 휘청거리니 그가 벌떡 일어나 팔을 뻗어 나를 부축했다.

"됐습니다."

찬형의 팔을 뿌리치자 잠시 멈칫하더니 다시 의자에 앉았다. 눈높이가 같아진 위치에서 나는 그에게 입을 열었다.

"말씀하시죠."

"인터뷰 때의 일, 사과합니다. 오해했습니다."

"우리 사이에, 오해라 할 만한 일이 있나요?"

"연주 일이라, 제가 예민했고 경솔했습니다."

찬형의 입에서 그녀의 이름이 나오자 눈썹이 꿈틀거렸다. 거슬리는 그의 목소리에 짜증이 울컥 올라올 때였다.

"도대체 당신한테 조연주 씨, 뭡니까. 정리된 사이 아닌가요? 그리고 조연주 씨에게 당신은 또 뭡니까? 왜, 도대체 왜! 하."

그녀의 일에 또다시 울컥하는 나를 느끼며 작은 한숨을 쉬었다. 나의 말을 찬형은 차분히 듣기만 할 뿐 다른 말을 꺼내지는 않았다. 어느 정도 진정된 내가 다시 그에게 말했다.

"아닙니다. 김찬형 씨 말이 맞아요. 그쪽이 어디까지 알고 있는지 모르겠지만, 우리 아무 사이 아닐 겁니다. 더는 둘 사이에 제가 언급될 일은……."

"진심인 거 압니다."

가만히 듣고 있던 찬형이 담담한 목소리로 입을 열었다.

"무슨 소립니까?"

"이민혁 씨, 연주에 대한 마음이 진심이라는 거 안다고 말한 겁니다."

"얼마 전까지 조연주 씨 이용하지 말라고 말하던 분 아닙니까? 근데 인제 와서 믿는다고 말하는 겁니까?"

"이민혁 씨를 믿는 게 아니라, 연주를 믿으니까요."

그는 잠깐 입을 다물다 다시금 목소리를 내었다. 감정이 꽉 차 있어 갈라진 것 같은 목소리가 흘러나왔다.

"저, 연주 좋아한 적 없습니다."

"뭐라고요?"

"우리가 사랑하는 사이였던 적이 없다고 말하는 겁니다. 우린 서로에게 그저 아픈 손가락일 뿐입니다."

이해할 수 없는 말을 하는 그를 나는 멀뚱히 바라보았다. 둥글게 말아 쥔 그의 손이 자잘하게 떨렸다. 그 떨림을 찬형 역시 느꼈던지 두 손을 꼭 겹쳐 잡고 한참을 뜸 들이다 힘겹게 입을 열었다.

"지금 이민혁 씨에게 저, 커밍아웃하는 겁니다."

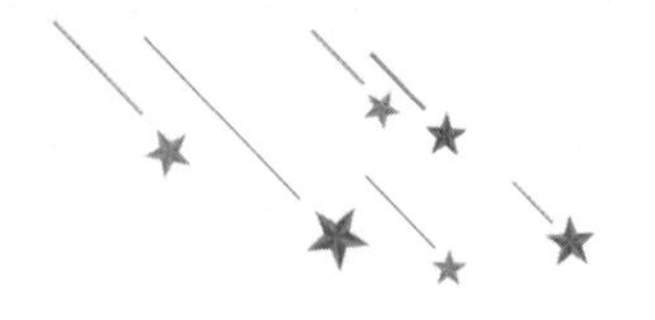

11.
대화가 필요해

방금까지만 해도 찬형이 앉아 있던 자리를 슬쩍 바라보았다. 그의 잔상이 아직도 뇌리에 콕 박혀 사라질 생각을 하지 않았다. 그는 말했다.

'지금 이민혁 씨에게, 저 커밍아웃하는 겁니다.'

그리고 말했다. 그의 흔들리는 눈동자가, 떨리는 어깨가, 긴장감에 바짝 얼어붙은 그의 몸짓이 진심이라고 말하고 있었다. 순간 모든 것이 짐작되기 시작했다.

찬형이 연주의 병원에 처음으로 나타난 그날, 내가 처음으로 그녀를 품으로 안아 어깨를 토닥여 줬었던 그날, 미친 듯 서럽게 울어 대던 그녀의 심정을 조금이나마 짐작해 볼 수 있었다.

'이유가 뭐 있나요. 사람 만나고 헤어지는 거 다 똑같죠.'

그리고 처음으로 대화다운 대화를 했던 경리단길의 그날, 덤덤하게도 자신의 이별을 읊어 내려가던 연주의 마음이 상상도 되지 않을 만큼 무겁게 느껴졌다.

참 대단한 여자였다, 조연주란 여자는. 그 여자를 어디서부터 어떻게 이해를 해야 할지 난 도무지 감이 잡히지 않았다. 하지만 분명한 것은 있었다.

'김찬형 씨.'

'네. 무슨 말이든, 하십시오.'

'……악수나 하죠.'

'네?'

'악수하자고요. 손잡고 가볍게 흔드는 행동.'

작은 미소를 보이며 웃음 짓던 찬형의 얼굴이 아직도 눈앞에 선하게 떠올랐다. 자신에게 가장 중요한 문제이자 죽어도 말하고 싶지 않았을 치부 아닌 치부를 말했던 찬형에게 그녀는, 얼마큼의 죄책감을 느끼게 하는 사람일까.

주삿바늘이 꽂혀 있는 건 손등이었지만, 왼쪽 가슴이 뜨끔거렸다. 그 느낌이 이상하리만치 아려 와 당장에라도 뜯어 버리고 싶을 정도였다.

손으로 가슴을 치는 대신 손등에 꽂혀 있던 링거 바늘을 뽑아 내었다. 그리고 옷장에서 성국의 것으로 보이는 두꺼운 패딩 점퍼를 꺼내 입고 모자를 깊숙이 눌러썼다.

✣ ❈ ✣

저녁은 입에 대지도 않았는데 속이 매스껍고 불편했다. 병원에서 시켜 먹은 점심이 얹혀 버린 건가, 싶다가도 입맛이 없어 마땅히 먹은 것도 없는데 더부룩하고 가슴이 꽉 막혀 있는 것 같은 이물감이 들었다.

눕지도, 서 있을 수도 없어 벽에 등을 딱 기대고 다리를 끌어안고 앉았다.

요 며칠, 정확히 말하자면 떠나는 민혁의 뒷모습을 문 앞에서 멍하게 본 그날 이후, 가슴이 답답해졌다. 가끔 먹먹한 감도 있었지만, 큰 돌덩이가 명치에 꽉 막힌 것처럼 무거웠다.

소화제를 먹어 보기도 했고 오죽하면 청진기를 귀에 꽂고 직접 들숨, 날숨 쉬어 가며 청진까지 해 봤다.

나도 사실 알고 있었다. 몸이 문제가 아니라 마음이 문제라는 걸.

근처에 있던 휴대전화로 손을 뻗어 집어 들었다. 편지봉투 모양의 메시지 함을 꾹 눌러 찬형이 보낸 문자 메시지를 뚫어지게 쳐다보았다.

「강남구 일원동 한국병원 808호」

가타부타 말이 없는 한 줄짜리 메시지였지만 그 주소의 목적지가 어디인지는 너무도 확실하게 알 수 있었다.

지금이라도 가 볼까 싶어 옷을 챙겨 입다가도 가서 내가 무슨 말을 하겠나 싶어 다시 내려놓기를 수도 없이 반복했다.

우리의 연애는 처음부터 가짜였고, 잠시 진짜가 되기도 했었지만 여전히 기한이 있는 연애였다. 약속했던 3개월째는 코앞이고, 그에 상응하는 대가로 받기로 했던 모종의 계약도 완료되었다. 내가 먼저 이민혁을 찾을 이유는 없는 것이었다.

중간에 내가 의도치 않게 그의 가족사에 끼어들게 되었고 오해도 생겨 버려 우리는 틀어지게 되었지만, 어차피 말끔하게 정리가 되어야 할 사이이니 풀어내고 자시고 할 게 없는 것이었다.

그런데도 불편했다. 가슴이 텅 빈 것같이 먹먹했고 매일 있었던 그의 연락이 없자 무시무시한 허전함이 온종일 따라다녔다.

"……말하고 싶어."

그럼에도 불구하고 말하고 싶었다. 이 말을 전할 수만 있다면 이 갑갑증도 풀릴 것 같다는 생각이 번뜩 들었다. 자리에서 벌떡 일어나 식탁 의자에 걸쳐져 있던 카디건을 꺼내 입었다. 눈에 보이는 아무 신발을 신고 뒤도 돌아보지 않고 밖으로 나섰다.

민혁이 두고 간 차를 운전한다든가, 택시를 탄다든가 하는 생각조차 하지 못했다. 머릿속엔 온통 그를 만나 해야 할 말이 있다, 라는 사실이 맴돌 뿐이었다.

무작정 뛰었다. 아무 생각도 없이 골목을 지나 큰길로 나가기 위해 직진을 했다.

얼마큼 뛰었을까? 발바닥 감각이 무뎌질 정도로 찡한 느낌에 시선을 아래로 향했다. 뭐가 그리 급했던지 짝이 맞지 않는 슬리퍼를 신고선 나는 가열 차게 뛰고 있었다. 뛰기 불편한 슬리퍼를 벗어 버릴까 생각도 잠시 했지만 걸음을 멈추진 않았다. 하지만 곧 나는 우뚝 그 자리에 서 있을 수밖에 없었다.

가로등 불빛에 희미하게 남자의 모습이 보였다. 그 골목의 끝에 서 있는 인영이 민혁임을 직감할 수 있었다.

거친 숨을 몰아쉬며 한 걸음, 한 걸음 디딜수록 그의 모습이 선명하게 보였다. 환자복 위에 두꺼운 점퍼를 입고 모자를 눌러 쓴 민혁은 어지러움을 느끼는지 휘청거리며 조금씩 다가오고 있었다.

"조연주 씨."

"이민혁 씨!"

서로의 숨결이 맞닿을 정도로 가까워진 거리, 누가 먼저라 할 것도 없이 우린 서로의 이름을 불렀다.

"제가 먼저 말하겠습니다."

"아니에요, 제가 말할래요."

"제가 한다고요."

"안 돼요, 저 먼저 해야 해요!"

한강에서와 다르게 우린 미루지 않았다. 조금이라도 먼저 말하고 싶어 안달이 난 상태로 옥신각신했다. 누구도 먼저 양보할 기세가 보이지 않는 이 다툼에서 난 절대 질 수 없었다.

난 그의 눈을 똑바로 바라보며 떨리는 목소리로 먼저 입을 열었다.

“이민혁 씨, 좋아해요.”

“……!”

“나, 이민혁 씨 많이 좋아하는 것 같아요.”

입 밖으로 내뱉은 말에 가슴을 꽉 막고 있던 돌덩어리가 쓱 하고 내려간 것만 같았다. 온종일 가슴을 조이던 갑갑증도 더는 옭아매지 않았다.

고요한 숨소리만 골목길을 가득 채우고 있는 이 밤, 민혁이 한 걸음 더 성큼 다가와 내 허리에 팔을 둘렀다.

“나도 할 말이…….”

“민혁 씨!”

귓가에 무언가 속삭이려는 듯 다가온 민혁의 입김이 스윽 하고 흩어져 내릴 찰나, 가까스로 그의 팔을 붙잡고 그를 일으켜 세웠다.

“정신 차려요! 이민혁 씨!”

✣ ❈ ✣

기절한 거구의 남자를 질질 끌고 겨우 집에 도착했다.

침대에 던져 놓다시피 민혁을 눕혀 놓고 추위도 잊은 채 땀이 송글송글 맺힌 이마를 닦아 내며 거울 속에 비친 내 모습을 마주했다. 그러다 피식 웃음이 새어 나와 입꼬리를 삐뚜름하게 말아 올렸다.

여자의 고백에 기절한 남자라. 너무하잖아!

침대 위 쓰러지듯 누워 있는 민혁을 바라보았다. 환자복을 입고 있는 그의 모습을 보니 또 짠해져 다가가 쓰고 있던 모자를 벗기고, 입고 있던 점퍼를 벗겨 내었다.

새하얀 환자복과 분홍빛 레이스가 달린 나의 침대보가 어울리지 않았지만, 새근새근 숨을 쉬고 있는 민혁을 정수리부터 발끝까지 찬찬히 살펴보았다.

"손등은 왜 이런 거예요?"

물어도 대답할 리 만무했지만, 손등에 바늘 자국과 함께 새파랗게 멍든 그 모습에 속상해졌다.

그가 누워 있는 침대 위로 조심히 올라갔다. 그리고 그를 마주하며 모로 누워 멍든 민혁의 손등 위로 내 손을 올려 포근하게 감쌌다.

마주 보며 누워 있는 우리 사이, 두 개의 손이 포개어져 마치 이어져 있는 것 같았다.

"정신없는 사람 막 만지는 거 아닙니다. 그것도 연예인을."

"엄마야!"

여전히 눈은 감은 채 쉰 목소리로 하는 민혁의 말에 화들짝 놀란 내가 황급히 손을 치우려 했지만 커다란 민혁의 손이 내 손을 꽉 그러잡았다. 두 사람의 온기가 맞잡고 있는 그의 오른손과 나의 왼손에 집중된 것만 같았다.

"나도 말할 게 있어요."

"네?"

"나도 연주 씨한테 말하지 못한 게 있다고요."

"말해요. 들을게요."

그는 여전히 눈을 감고 있었다. 회복도 안 된 상태에서 차가운 바깥 공기를 마시며 뛰어서인지 어지럼증이 가시지 않는 모양이었다.

미간을 꿈틀거리며 애써 참는 그 모습에 다음에 말하라고 하고 싶었지만 그럴 수 없었다. 나만큼 그 역시 가슴에 커다란 돌덩어리를 품고 답답해하고 있다고 느꼈기 때문이었다.

우리에겐 그 무엇보다 진솔한 대화가 필요했다.

"나에게 부모란 존재는 없어요. 내가 어렸을 적에……."

그렇게 한참이고 우린 잡은 손을 놓지 않았다.

눈을 꼭 감고 꽉 잠긴 목소리로 말을 이어 가는 민혁을 바라보며 그가 담고 있었던 아픈 이야기를 들을 수 있었다. 덩달아 마음이 무거워졌다. 한 마디, 한 마디 내뱉을수록 그의 목소리는 더욱더 잠겼고 내 마음 또한 더 짙어졌다.

"아직도, 가끔은 악몽을 꾸곤 해요. 내가 원해서 낳은 자식이 아니다. 어머니가 울부짖었던 그 외침이 아직도 여기, 여기에 남아 있어요."

민혁은 내 손을 꼭 잡은 채 자신의 가슴으로 가져다 대었다.

"그때의 외로움과 충격, 그 공포가 무서웠는지도 모르죠. 난 좋은 부모가 될 자신이 없어요. 어떤 사랑이 부모가 자식에게 주는 내리사랑인지, 잘 몰라요. 또 버림받게 될까 봐 무섭기도 하고, 나 역시 그 아이에게 원치 않은 부모가 될까 봐 그게 가장 두려워요."

"그래서인가 봐요."

민혁이 감았던 속눈썹을 천천히 들어 올렸다. 난 덤덤한 목소리로 말을 이었다.

"그 트라우마가 그렇게 민혁 씨를 힘들게 하나 봐요."

그의 동공이 흐릿해졌다. 건조했던 그의 눈빛이 물기를 머금었다. 떨어뜨리지 않으려 애쓰는 그의 어깨를 나는 토닥였다. 민혁은 잠시 뜸을 들이곤 미처 하지 못한 말을 다시 이어 하기 시작했다.

"아버지는 여덟 살 때 돌아가셨어요. 심근경색으로 인한 심장마비로."

"아……."

"그리고 어머니도 돌아가셨어요. 내가 일곱 살 되던 해."

"네?"

나는 놀라 눈을 동그랗게 뜨고 반문했다. 하지만 그는 당황하지 않고 덤덤하게 말을 이었다.

"아버지가 돌아가시기 전, 말씀하셨어요. 어머니는 죽어서 이미 이 세상 사람이 아니라고. 생각하지도, 그리워하지도 말라고요."

"하지만!"

"연주 씨가, 잘못 알고 있는 거예요. 두 분 다 돌아가셨어요. 나에게 부모님은 없어요. 설령 살아 계신다 해도 나에게 어머니란 존재, 없는 것과 마찬가지예요."

그 말을 끝으로 민혁은 다시 눈을 감았다. 머리가 아픈지 인상을 찡그렸다. 그런 그가 안타까워 그의 머릿결을 쓰다듬었다.

"자꾸 만지는 이유는, 덮쳐 달라. 뭐, 이런 겁니까?"

"이민혁 씨의 주치의로서 그 부분은 하나도 겁 안 나는데요?"

끙, 민혁이 앓는 소리를 냈다.

"많이 아파요?"

"아파서 내는 소리 아닙니다."

"에?"

"키스하고 싶은데."

나는 민혁을 쓰다듬던 손을 거두고 재빨리 입을 꽉 막았다.

"너무 티 나게 거부하는 거 아닙니까? 방금까지 좋아한다고 고백한 여자치곤, 방어력이 상당하네요."

"방어력 좋은 캐릭터가, 전투력까지 좋은 법이죠."

"치사하긴. 처음도 아니고, 우리 꽤 여러 번 했었잖……."

"으악! 쉿!"

제 입을 막던 손바닥을 민혁의 입술에 눌러 붙였다. 끙끙대는 민혁이 발버둥 쳤지만 기운이 없긴 없는지 힘 한 번 쓰지 못하고 맥없이 저항을 멈추곤 몸을 축 늘어뜨렸다.

"그럼 연인 사이에 뽀뽀도 못 합니까? 이러면 뭐, 말하나 마나 달라진 것도 없구먼."

"달라진 게 없긴요. 가능성은 있죠."

"가능성?"

"민혁 씨가 내 부탁 하나 들어주면, 나도 민혁 씨 부탁 하나 들어줄게요."

"내가 무슨 부탁을 할 줄 알고 그런 제안을 하실까."

"무슨 부탁이든 들어줄 준비가 되어 있으니까요."

내 말이 끝나자 민혁의 얼굴이 붉어졌다. 괜한 헛기침을 해 대더니 절로 올라가는 입꼬리를 감추지 못하고 피식피식 웃고는 이내 입을 열었다.

"뭡니까? 부탁이."

"말해도 되죠?"

"네. 해요."

"그분, 한 번만 만나 봐 줘요."

차분한 어조로 민혁에게 말했다. 그는 당황한 기색이 역력한 표정으로 대답했다.

"연주 씨가 오해한 거라니까요."

"그럴 리가 없어요. 그 여자분……."

조용한 방 안, 두 사람의 숨소리가 가득 차올랐다. 깊어지는 밤, 우리는 그렇게 서로의 손을 꼭 붙잡은 채 잠이 들었다.

"그 여자분, 웃는 모습이 이민혁 씨와 너무 닮았던걸요."

따뜻한 온기에 문득 정신이 들어 눈을 떴다. 바로 코앞에서 엎드려 새근새근 잠들어 있는 연주의 얼굴을 바라보며 나도 모르게 미소를 짓고 있었다. 자면서도 놓기 싫었던지 나의 손은 그녀의 손을 둥글게 꽉 말아 쥐고 있었다.

언제 아팠냐는 듯이 정신은 말끔해졌고 가슴을 꾹 누르고 있던 답답증도 내려갔다. 그 어떤 날보다 편한 아침을 맞이하고 있었다.

그렇게 멍하니 그녀의 얼굴을 한참이고 바라보았다. 무슨 좋은 꿈을 꾸는지 생글생글 예쁜 표정을 짓고 있는 그 모습을 바라보다 보니 작은 한숨이 새어 나왔다. 이제 현실로 돌아갈 시간이었다.

연주가 깨지 않도록 조심히 침대에서 빠져나왔다. 테이블 위에 있던 차 키를 집어 들었다. 짧은 글의 메모를 남기고 도둑고양이처럼 발꿈치를 들고 현관을 나섰다.

어스름한 새벽빛이 차가운 바람으로 온몸을 감싸 왔지만 쓸쓸하진 않았다. 오히려 뭉근해지는 마음이 따뜻해져 왔다.

"심려를 끼쳐 죄송합니다."

촬영장에 도착한 나와 성국은 허리를 90도로 숙이고 촬영 스태프와 감독, 배우들을 향해 고개를 숙였다. 촬영장에 있는 모든 관계자들을 일일이 찾아가 깊게 고개를 숙이고 인사를 전했다.

누구도 몸은 괜찮냐는 말을 먼저 건넨 이는 없었다. 따뜻한 환영 인사를 바란 건 아니었지만 냉랭해진 현장 분위기에 움츠러들 수밖에 없었다.

성국이 미리 연락을 취해 놓은 기자들은 깊게 허리를 숙이고 있는 나를 향해 플래시를 터뜨리기 시작했다.

성국은 따로 기자회견이나 입장 표명은 하지 않겠다고 잘라 말했다. 결국, 사진만 건진 기자들은 '이민혁 촬영장 복귀' 식의 기사를 써 내려갈 일이었다.

"표명은 안 하고?"

"응. 당분간 안 하려고."

"그래도 돼?"

"지금은 딱히. 할 변명도 없고."

"나중 되면 변명거리가 생기나, 솔직하게 말하는 게 좋지 않겠어?"

"어디서부터 어디까지 솔직하게 말할 건데?"

"그야, 뭐……. 백배사죄해야 할 일이니까. 변명의 여지도 없고. 공인으로서 책임져야 할 부분이 있다면 책임져야지."

"알긴 아냐? 어쨌든 그건 내 일이니까, 넌 네 일이나 신경 쓰고 해. 밀린 촬영 스케줄 소화하려면 너 적어도 일주일은 밤샘

이야."

성국은 미간에 잔뜩 주름을 잡고선 말을 이었다. 그의 의중이 무엇인지 전혀 감을 잡지 못한 채 촬영장으로 들어선 나는 곧바로 카메라 앞에 섰다.

한동안 바쁜 날의 연속이 될 것 같았다. 천근만근 무거운 발걸음을 옮겨야 했지만 유난히, 마음은 가벼웠다.

✣ ❖ ✣

한동안 '이민혁'의 이름 석 자가 가득했던 매스컴은 잠잠해졌다.

물론 여론 역시 조용해진 건 아니었다. 올곧고 바른 이미지를 가지고 있던 민혁은 순식간에 백만 안티를 양성하며 방송계 안팎으로 미움을 산 것 같았다.

간혹 열악한 촬영장의 현실을 대변하며 그를 옹호하는 팬들의 여론도 보이긴 하였다. 하지만 잠적했다 나타난 그는 정확한 입장 표명 없이 영화 촬영을 진행했고, 그 덕에 더욱 무성한 소문만 들끓는 것 같았다.

거기엔 이민혁이 시한부 판정을 받고 충격에 그렇다더라, 이민혁이 외압을 받고 있다더라는 둥 말도 안 되는 헛소리가 대부분을 차지하고 있었다.

"원장님 진료 시작하셔도 될까요?"

"네, 이영 씨."

민혁의 시간이 흐르고 있듯이 나의 시간 역시 일상적으로 흘렀다. 그리고 다행스럽게도 요즘 눈에 띄게 부쩍 환자가 늘어 있었다.

"아이고, 선생님. 안녕하셨어요?"

"네, 어머님. 증상은 많이 괜찮아지셨어요?"

"선생님 말씀대로 약 먹고 푹 쉬니까 괜찮아졌어요. 조 선생님 너무 친절하고 좋아서 제가 아는 지인한테 추천했는데, 여기 여성 요실금도 진료 보고 그러나요?"

"그럼요. 비뇨기 관련 질환인걸요."

아직 영화 개봉 전임에도 불구하고 그와 관련된 홍보와는 상관없이 알음알음 소문을 듣고 많이들 찾아와 주신 것 같았다. 남자들만 올 수 있는 곳이라는 의식이 강했던 비뇨기과가 아닌 비뇨기 질환을 보는 병원이라는 점과 여의사라는 점에 부담감을 덜은 중년층의 여성 환자도 꽤 많이 내원 중이었다.

"요즘만 같으면 참 좋겠어요. 그죠, 원장님?"

휴게실에서 점심 도시락을 꺼내 먹으며 이영이 웃으며 물었다. 난 그녀를 향해 대답 대신 싱긋 웃어 보였다. 승호 역시 말은 없었지만 다행스러운 표정이 대신 말하고 있었다.

"지금도 상승세인데, 영화 개봉하면 우리 병원 진짜 난리 나는 거 아니에요?"

"흠."

이영이 들뜬 목소리로 말하자 그녀의 옆에 앉아 있는 승호가 그녀의 구두코를 발로 콕콕 건드렸다. '내가, 뭐.' 라며 입을 둥글게 벌리고 있는 그녀를 향해 승호는 인상을 쓰며 눈을 흘겼지만 이영은 아랑곳하지 않고 말을 이었다.

"원장님, 요즘 이민혁 씨는 왜 안 와요?"

뭐라고 대답해야 할까, 순간 고민이 되었다. 우리의 연애가 여전히 진행 중임을 모르는 승호와, 우리의 연애가 애초에 가짜임을 모르는 이영에게 무슨 변명을 해야 하나 눈을 굴리다 문득 생각이 났다. 그와의 계약연애를 시작할 때 그에게 요구했던 나의 조건이 있었다.

'그래도, 나한텐 정말 소중한 사람들이에요. 단순히 고용주와 고용인의 관계 아니라, 그 이상의 사람들입니다. 나중에 거짓말한 거, 다 사과해 주세요.'

나에게 가장 소중한 이 사람들에게 끝이 온다면, 꼭 사과해 달라 말했었다. 추후에 민혁과 함께 사과해야겠지만, 지금 이 순간 이들에게 더는 거짓말을 하고 싶지 않았다. 어디서부터 시작해야 할까 난감했지만, 숨기지 않고 말하기로 마음먹었다.

난 크게 한숨을 들었다 내쉬고 입을 열었다.

"음. 정쌤, 이영 씨. 사실 말이야……."

며칠째 밤낮 없는 촬영 강행군이 이어졌다.

잠을 제대로 자지 못해 눈이 빨갛게 충혈되고 입술은 터서 멀건 피가 자주 나긴 했지만 그럼에도 버텨 낼 수 있는 이유는 있었다. 물론 곁을 늘 지키고 있는 성국의 날 선 눈초리도 도움이 됐지만, 틈틈이 짬을 내서 듣는 연주의 목소리 덕분이었다.

—오늘도 밤샘 촬영인 거예요?

"거의 막바지라, 아무래도 시간에 쫓기네요."

—민혁 씨는 이곳 촬영 안 와요? 추가 촬영 있다고 오후에 몇몇 오셔서 찍고 있는데. 그분 오셨어요, 영화배우 박선화 씨.

"그래요? 전 병원 촬영은 더 없는 걸로 알고 있어요. 어수선하겠네요. 지금 어디예요?"

—병원 밖이에요. 추가 촬영 온다고 갑자기 연락을 받아서. 이영 씨랑 정쌤도 오늘 약속 있다고 했거든요. 퇴근하고 저만 남아 있어요.

사소한 일상의 대화였지만 그녀와 통화를 하고 있을 때면 나도 모르게 입꼬리가 둥글게 말아 올랐다.

그렇게 티가 나서일까. 성국은 내가 연주와 통화를 하고 있을 때면 늘 못마땅한 눈초리로 다가와 내 곁을 이리저리 맴돌았다. 그를 향해 발길질해 댔지만 성국은 아랑곳하지 않았다.

—무슨 소리예요?

"아, 아닙니다."

—민혁 씨, 그런데 내 부탁은 언제 들어줄래요?

"부탁이라뇨?"

—어허, 모르쇠 작전은 진부해요.

연주의 말에 성국과의 보이지 않는 신경전을 잠시 멈췄다.

불편한 그녀의 부탁 아닌 부탁은 여러 가지 생각을 하게 만들었다. 삼십삼 년간 돌아가셨다고 알고 있던 어머니라는 사람이 나타났다. 그 사람이 진짜건, 가짜건 그리 유쾌한 일은 아니었다.

"연주 씨, 촬영 시작한대요. 그만 끊겠습니다."

서둘러 통화를 끝마치고 몸을 돌렸다.

나의 복잡 미묘한 표정을 읽은 성국이 의문스럽게 쳐다보았지만 별다른 대답을 하는 대신 주먹을 둥글게 말아 그의 어깨를 장난스럽게 툭 하고 쳤다. 어깨를 손으로 문지르며 잔뜩 인상을 찡그린 성국이 툴툴거렸고 난 다시 촬영장을 향해 걸어 들어갔다.

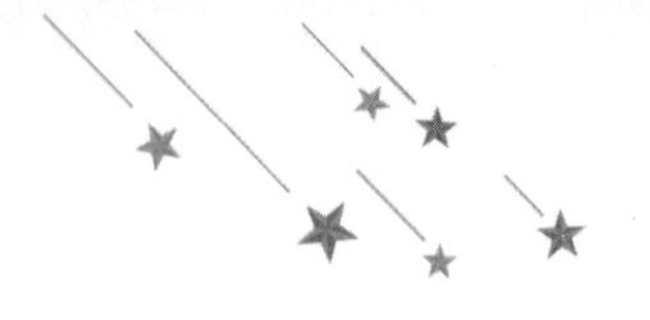

12.
그들의 이야기

데스크에 자리하고 있는 이영과 승호 사이에 묘한 어색함이 들었다. 이영이 차트를 꺼내려 뒤쪽 서랍장으로 일어서자 승호는 티 나게 자리에서 엉거주춤 일어나 그녀의 뒤를 따랐고, 이영이 다시 자리에 앉자 승호 역시 따라 앉았다.

"오늘은 둘이 사이가 좋으네?"

"어머, 원장님도. 저희가 사이 안 좋았던 적이 있나요, 뭐."

"서로 티격태격했었던 것 같은데?"

"기분 탓이겠죠."

딱 잘라 말하는 승호를 의뭉스런 표정으로 바라보자 귀까지 새빨개진 그가 헛기침하며 시선을 피했다.

"저번에 선봤던 건 어떻게 돼 가고 있는 거예요?"

"쉿, 쉿!"

물어보는 나의 대답에 다급하게 승호가 손을 입으로 가져다 대며 속삭였다. 이영의 눈치를 슬금슬금 보고 있는 승호의 모습을 볼 수 있었다.

이영은 입을 삐죽거리며 중얼거렸다. 자세를 납작 엎드리고 그녀가 정리하고 있던 차트를 대신 받아 든 승호의 표정이 몹시 곤란하면서도 귀여워 죽겠다는 모양이었다.

"둘이 수상하다?"

"뭐, 뭐가요? 어머, 원장님도 참."

후다닥거리며 이영은 자리를 피했다. 그녀의 뒤꽁무니를 바라보다 승호를 쳐다보니 그는 허허 웃으며 뒷머리를 긁적일 뿐이었다.

풋풋한 그들의 모습에 나도 모르게 입가에 슬며시 미소가 지어졌다. 그러다 문득 민혁이 떠오른 나는 벽에 붙어진 시계를 바라보았다.

"정쌤, 나 차 좀 빌려줄래요? 점심시간 동안 잠깐만 나갔다 올게요."

빠르게 병원 밖으로 나가 승강기 버튼을 성급하게 눌러 댔다. 곧이어 문이 열리고 재빠르게 올라타 지하주차장에 주차된 승호의 승용차에 시동을 걸었다.

전원이 켜진 내비게이션에 '해피 도시락'의 상호명을 또박또박 누르자 최단거리가 설정되었다. 멀지 않은 거리의 그곳엔 금방 도착할 수 있었다.

"실례합니다."

가게 문 앞에서 잠시 주춤했지만 크게 심호흡을 하고 문을 열었다. 짤랑 하는 방울 소리와 함께 부부의 시선이 집중되었다.

"무슨 일이죠?"

달갑지 않아 하는 미라의 표정을 바라보며 깊게 허리를 숙여 인사했다.

"안녕하세요, 조연주라고 합니다. 드릴 말씀이 있어 왔습니다."

"저는 듣고 싶은 말이 없군요."

"여보, 그래도 그렇지……."

"이민혁 씨, 이야기입니다."

민혁의 이름을 듣자 미라의 표정이 긴장한 듯 굳어졌다. 당황하는 그녀의 어깨를 성한이 둘러 안아 테이블 의자로 안내했다. 그들을 따라 나 역시 마주한 의자에 내려앉았다.

"부탁드릴 게 있어서 왔습니다."

"말씀하시죠."

굳게 입을 다문 미라를 대신해 성한이 답했다.

"이민혁 씨와 만나 주셨으면 좋겠습니다."

"그건 조연주 씨가 관여할 일이 아닌 것 같습니다. 당사자 간의 문제이니, 제 안사람과……."

“물론 이민혁 씨와 개인적으로 특별한 사이임은 맞지만, 제가 여기 와 이런 부탁드리는 이유는 의사로서 부탁드리는 겁니다.”

“무슨 뜻이신지.”

“민혁 씨, 어린 시절에 버림받았다는 상처로 지금 정신적인 트라우마를 겪고 있어요. 자세히는 말씀드릴 수 없지만, 일상적인 생활에 영향을 미칠 정도입니다. 트라우마엔 약물적인 치료보다 직접적인 원인을 찾는 게 더 효과적인데, 아무래도 친어머니와 연관이 있는 것…….”

그녀의 눈치를 살피며 조심스럽게 말했다. 불안한 것처럼 인상을 찡그리며 듣던 그녀는 버림받았다는 말을 듣고선 표정이 묘하게 바뀌더니 곧 내 말을 채 듣기도 전에 되물었다.

“그 작자가 그리 말했답니까? 내가 자기를 버렸다고?”

“네?”

“민혁이 아버지란 작자 말입니다. 어떻게, 어떻게 끝까지!”

“그게 아니라……. 민혁 씨 아버님은 돌아가셨습니다.”

“하, 언제죠, 최근인가요?”

“그게, 민혁 씨가 여덟 살 되던 해라고 들었습니다.”

“……!”

미라의 눈이 동그랗게 커졌다. 그녀의 동공이 쉼 없이 흔들리고 있었다. 그런 그녀를 곁에서 바라보던 성한 역시 적잖이 당황한 표정이었다.

무거운 침묵 속, 그녀의 얼굴에서 투명한 눈물이 한 방울씩 뚝

뚝 떨어지기 시작했다. 그리고 곧이어 두 손으로 얼굴을 가리며 펑펑 울기 시작했다.

✣ ❖ ✣

"수고하셨습니다."

"다들 고생하셨습니다!"

마지막 촬영씬이 감독의 경쾌한 컷 소리와 함께 끝났다. 삼 개월간 강행군으로 이어졌던 이번 영화 촬영은 다행스럽게도 예정했던 날짜에 모든 일정을 끝낼 수 있었다.

제작진들이 커다란 테이블에 준비한 피자와 분식 등등의 간식과 성국이 준비한 2단 케이크 주위로 출연진들이 모여들었다. 곧이어 메가폰을 든 감독의 목소리가 들렸다.

"말도 많고 탈도 많았지만 사고 없이 무사히 촬영이 끝났습니다. 모든 제작진과 출연진들에게 감사의 말을 전합니다. 모두들 충무로의 대박을 위하여!"

"위하여!"

종이컵에 맥주나 오렌지 주스를 가득 담은 사람들이 함박웃음을 지으며 그의 말을 함께 외쳤다. 나 역시 종이컵에 주스를 따라 마시며 자리를 지켰다.

한 사람씩 얼굴을 마주하며 수고했다는 인사와 함께 기분 좋은 쫑파티가 진행되고 있었다.

마주하고 있던 선화와 눈을 마주친 건 옆자리에 있던 조연출과 막 마지막 인사를 했을 때였다. 그녀는 눈이 마주치길 기다렸다는 듯 성큼 다가와 앞에 섰다.

“수고 많으셨어요, 이민혁 씨.”

“아닙니다. 송구할 뿐이죠. 수고하셨습니다.”

“뭘요. 그 정도 일로 송구할 필요 있나.”

충분히 비아냥거리는 그녀의 어조를 느꼈지만, 짐짓 아무렇지 않게 대답했다.

“다음번 작품에서도 좋은 모습으로 만나 뵙길 바랍니다.”

“차기작이 있겠어요?”

“무슨 말씀이시죠?”

“아니요, 뭐.”

그녀는 말 뒤끝을 흐리더니 시선을 피했다. 이내 길게 웨이브 진 머릿결을 손으로 스윽 빗어 내리며 고개를 돌렸다.

“사생활 관리, 잘하시라고요.”

돌아서는 그녀의 입꼬리가 삐뚜름하게 웃고 있었다. 기분 나쁜 조소를 남긴 그녀는 휴대전화를 들고 어딘가로 통화하면서 촬영장을 빠져나갔다.

“뭐야, 왜 그래?”

“아냐.”

이상한 낌새를 눈치채곤 성국이 다가와 물었다.

별것 아니라는 대답과 함께 방금의 상황을 잊으려 고개를 저을 때였다. 주머니 속에서 휴대전화가 요란한 진동과 함께 울리고 있었다.

액정에 '조연주' 란 이름이 떠 있자 슬그머니 표정이 풀어졌다. 그 모습을 놓칠 리 없는 성국의 눈초리가 가느다래졌다.

—잠깐 볼 수 있어요?

휴대전화 너머로 연주의 낭랑한 목소리가 울렸다. 입보다 고개가 먼저 주억이며 말하고 있었다.

"갈게요."

신기한 일이었다. 매번 느끼지만, 연주의 목소리만 들으면 주변의 모든 상황은 아무런 신경이 쓰이지 않았다.

방금 전까지 무슨 일이 있었든지 그녀의 목소리만 들으면 다 잊게 되는 묘함을 느끼며 시끌벅적 정신없는 촬영장을 몰래 빠져나갔다.

✣ ❖ ✣

근처 카페에 있다는 연주의 말을 기억하며 조용한 거리 위의 작은 카페 유리문을 열었다.

짤랑 하는 방울 소리와 함께 들어서자 좁지만 아늑한 느낌이 물씬 나는 곳에 익숙한 그녀의 모습이 보였다. 환하게 웃으며 손을 드는 연주를 바라보며 나 역시 따라 손을 들 때였다.

그녀와 마주한 여자가 움찔 놀라며 서서히 고개를 돌렸고, 눈을 마주치자 난 굳어질 수밖에 없었다.

민혁과 미라가 함께한 이 테이블엔 다른 테이블과 달리 건조한 숨소리만 들렸다. 괜한 자리를 마련했나 싶은 후회가 들 때쯤 먼저 침묵을 깬 건 민혁이었다.

"이민혁입니다."

정말 간단명료한 인사였다.

살짝 고개를 숙인 그는 자신의 이름을 말하곤 제 앞에 있는 물잔으로 손을 뻗었다. 따각따각, 네모난 각 얼음이 움직이는 소리가 유리컵을 울리고 있었다.

물을 한 입 마시고 다시 테이블 위로 올려두는 그의 표정은 덤덤했다. 놀라거나, 그렇다고 슬퍼 보이지도 않았다. 마치 처음 보는 사람을 보는 것처럼 그는 차분했고 무표정했다.

민혁을 바라보는 미라 역시 의연했다. 흥분하지도 당황하지도 않았다. 그렇다고 감정에 복받치는 모습도 아니었다. 눈엔 눈물이 가득 차올라 금방이라도 떨어뜨릴 것 같았지만, 그녀는 꾹 참아 내고 담담함을 유지했다.

"나…… 기억나니?"

미라가 크게 숨을 들이쉬고 꽉 잠긴 목소리로 처음 내뱉은 말이었다.

민혁은 그녀의 질문에 시선을 물 잔에 고정시킨 채 고개를 내저었다. 그 모습에 더는 미라가 눈물을 참지 못했다. 기어코 떨어진 눈물방울은 그녀의 뺨 전체를 흥건히 적셔 가고 있었다.

"미안하구나……. 내가, 내가 다 미안하구나."

울먹이는 미라의 목소리가 말에 묻혀 들었다. 한 마디 내뱉기도 힘겨워 보이는 그녀의 어깨가 심하게 떨렸다. 그렇게 한참을 흐느끼고 있다 눈물이 잦아들 때쯤 미라는 눈물을 훔치며 입을 열었다. 고개를 들어 그녀의 모습을 민혁은 바라보았다.

"어미이길 포기한 사람이니 너에게 무슨 말을 한들 변명이 될 거라는 걸 안다. 하지만 이 변명은 꼭 하고 싶구나."

난 근처에 있던 티슈를 미라에게 건넸다. 그녀는 살짝 고개를 숙인 뒤 받고선 눈을 슥슥 닦아 내었다.

목소리는 여전히 떨렸지만, 그녀는 최대한 또박또박 말을 잇기 위해 스스로 감정을 조절하는 것 같아 보였다.

"네 아버지와 난, 사랑하는 사이가 아니었다."

미라의 말에 오히려 놀란 건 나였다. 동그랗게 커진 눈을 어찌 손쓸 도리도 없이 그녀는 무거운 이야기를 꺼내 놓기 시작했다.

"난 당시에 사랑하는 사람이 있었고, 그 사람과 결혼까지 약속했었어."

그렇게 미라는 그 남자와 자연스레 결혼까지 할 것으로 생각했다고 했다. 하지만 그들에게 문제가 생겼다. 그녀의 집안이 크게 기울기 시작한 것이었다. 그녀의 아버지가 하던 사업이 부도를 맞게 되었고, 짐을 싸들고 야반도주를 할 만큼 빚에 쫓기고 사람에게 쫓기게 되었다고 했다.

"그때 도움을 주신 분이 네 친할아버지다. 아마 너의 기억엔 없을 거야, 네가 태어나고 몇 해 지나지 않아 돌아가셨거든."

지역의 유지(有志)였던 민혁의 조부는 미라의 집안이 다시 일어설 수 있는 기반을 주는 대신, 자신의 며느리가 되길 원하였다고 했다. 집안의 대를 이을 수 있는 유일한 독자의 부인이 되어 주길 원했다. 그 사람이 민혁의 아버지였다.

"싫었지, 죽을 만큼 싫어서 도망도 쳐 보고 울고불고 까무러치기도 했지. 하지만 부모를 버리고 나 혼자 살자고 그 사람과 떠날 순 없었다. 당장 아버지가 경찰에 잡히고, 입 하나 덜자고 하나밖에 없는 남동생은 알지도 못하는 먼 친척 집으로 팔려 가다시피 보내졌다. 어머니는 시장 바닥에서 생선을 팔며 장사하면서 삶에 찌든 드센 여자가 되어 가고 있었어."

미라는 눈을 질끈 감았다. 그녀의 표정은 무척 괴로워 보였다.

"나 하나만 희생하면 우리 가족, 예전 같진 않더라도 다시 다 같이 모여 살 수 있으니 그거 하나면 충분하다 생각했다. 그래서 그 제안을 받아들였지. 그때 내 나이 갓 성인이 된 스무 살이었구나. 나에게 그 혼사 자리를 무릎 꿇고 서럽게 울면서 말하던 내 어머니의 모습이 아직도 잊히지 않아."

처음 듣는 부모의 이야기에 민혁은 마른침만 삼켰다.

물 잔을 쥐고 있던 손이 떨리던 걸 느꼈는지 그는 손을 무릎 위로 내렸다. 나는 테이블 밑으로 떨리는 그의 손을 꽉 그러잡았다.

"……네 아버지는, 정신적인 문제가 있던 사람이었어. 언제 어떻게 될지 몰라 베개 밑에 항상 부엌칼을 두고 잤었지. 그 사람 옆에서 한 번도 깊은 잠을 잘 수 없었다. 갑자기 목을 조르기도 했고, 미친 사람처럼 욕도 했지. 술을 먹곤 어디 한번 당해 보라고 하듯 온 방 안에 게워 내기도 해 밤새 울면서 방바닥을 닦아 내기도 했어."

그녀는 말을 채 잇지 못하고 고개를 떨어뜨렸다. 그때의 그 시간이 악몽처럼 다시 되살아난 것처럼 보였다.

민혁은 재촉하지도, 되묻지도 않았다. 내 손을 말없이 더욱 꽉 잡을 뿐이었다.

"너를 가지고, 그 절망감에 난 목숨을 끊을까 생각했어. 하지만 그것도 여의치 않았다. 네 할아버지가 그토록 원했던 손주였으니까. 그렇게 너를 낳았고, 네 어미가 되었지. 너를 안아 들던 네 아버지의 표정이 아직도 생생하구나. 난 그렇게 편안한 표정의 그의 모습을 본 적이 없었어. 그 사람은 너에게 무척이나 자상했어. 그래서 어쩌면 변할 수 있겠구나 생각했지."

덤덤하게 이어졌던 미라는 주먹을 말아 쥐며 격양된 목소리로 말했다.

"그런데 그게 아니었다. 너를 안고 있는 그는 자상했지만, 내가 너를 안을 때면 그 사람은 다시 짐승이 되어 버렸어. 더욱 미친 듯이 욕을 했고 폭력도 서슴지 않았지. 나와 네가 엮이는 걸 그 사람은 마치 증오하는 것처럼 보였어."

그녀는 울컥 오른 감정을 주체하지 못하고 말을 이었다.

"네 할아버지가 돌아가시고, 그렇게 너를 버리고 난 도망쳤다. 살고 싶었어. 그때라도 그 지옥 같은 현실에서 살아 보고 싶었어. 그래서 네 어미가 되는 걸 포기했다. 미안하고, 또 미안하고……. 면목이 없구나."

그렇게 미라는 서럽게 울었다. 한동안 우리는 아무런 말도 할 수 없었고, 그녀의 서러운 울음소리와 민혁의 소리 없이 흐르는 눈물을 묵묵히 지켜볼 수밖에 없었다.

✣ ❖ ✣

구슬프게 짤랑 울리는 카페의 유리문을 열고 우리는 나왔다. 아까부터 기다리고 있던 성한이 우리를 보고선 차에서 후다닥 내려 미라의 어깨를 감싸 안았다.

다리에 힘이 풀린 듯 휘청거리던 그녀가 성한의 품에서 안정을 되찾고 있었다. 성한은 나와 민혁을 향해 살짝 고개를 숙였고 나와 민혁 역시 고개를 숙였다.

그렇게 성한의 부축을 받으며 미라는 뒤돌아섰다. 한두 걸음을 옮겼을 때 그녀가 뒤돌아서며 작게 말했다.

"네 아버지를 원망하지 말아라. 지금 와서 생각해 보면 내가 그를 진심으로 대하지 않았음을 그 역시 알고 있었을 테야. 다른 사람을 마음에 품고 있는 여자를 어찌 안을 수 있었겠나, 난 그렇게 생각하고 있어."

"……."

"미안하구나."

대답 없는 민혁을 지그시 바라보던 미라가 고개를 돌렸다. 성한은 그녀의 어깨를 토닥이며 길가에 세워 둔 그의 차로 발걸음을 옮겼다. 그리고 그때, 인사 이후 아무런 말도 하지 않았던 민혁이 처음으로 입을 열었다.

"미안하실 것 없습니다. 저에게 어머니란 존재, 죽었어요. 그렇게 알고 살아왔고 그 사실이 바뀌진 않을 것 같습니다. 그래도, 살아 계셔서……. 감사합니다."

민혁의 목소리를 미라가 들었는지는 알 수 없었다. 하지만 그녀는 민혁의 말이 끝나자 다시 발걸음을 옮겼고, 차에 올라타 한참이고 어깨를 들썩이며 얼굴을 파묻고 울고 있었다.

그렇게 그들이 탄 자동차가 골목 끝을 나가 점이 되어 보이지 않을 때까지 우린 그 모습을 바라보았다.

"민혁 씨……."

"나 좀 안아 줘요."

까치발을 들어 그의 어깨에 손을 둘렀다. 민혁은 내 허리를 꽉 둘러 잡고 얼굴을 목덜미에 파묻었다. 손바닥을 들어 그의 등을 토닥토닥 두드려 주었다.

그는 그제야 참고 있던 울분을 토해 내듯 울었다. 남자의 울음소리가 서럽고, 또 서럽게 이어졌다.

✣ ❈ ✣

환자가 뜸해진 시각, 진료실 의자에 앉아 휴대전화의 메시지 창을 뚫어지게 바라보고 있었다.

「연주 씨, 보고 싶네요.」

「저도 그래요. 오늘 스케줄은 뭐예요?」

「조연주 생각하기.」

「악. 닭살이야!」

「내가 달리 멜로 왕이겠습니까?」

영화홍보로 바쁜 민혁과 진료 중인 내가 한 시간에 걸쳐 몇 안 되는 말풍선으로 나눈 대화였지만 입에서 미소가 그치지 않았다.

그날 이후, 우리는 자주 만났고 많은 시간을 함께 보냈다. 민혁이 스케줄 중 잠깐 틈이라도 날 때면 5분이라도 얼굴을 보고 헤어지는 아쉬운 데이트가 주를 이루었지만, 그것만으로도 충분했다.

「이번 달 중에 일주일간 스케줄 빼 달라고 하려고요. 연주 씨랑 쉬고 싶어서.」

「정말요? 흐흐. 나는 진료 못 빼는데?」

「그러지 말고 연주 씨도 시간 내줘요. 가까운 곳으로 여행 가요, 우리.」

「추운데요?」

「겨울은 원래 추워요.」

「추울 때 나가면 감기 걸려요.」

「나가서 꽉 안고 있으면 안 걸려요.」

「누가 안아 준대요?」

「나, 영화배우 이민혁인데?」

장난스러운 그의 말에 한껏 약 올리는 이모티콘을 찍어 보낸 후 책상 위의 탁상달력을 들어 바라보았다.

12월 중의 빨간 날을 살펴보며 겨울 휴가가 가능한 날짜를 가늠해 보았다. 나도 모르는 사이 히죽 입꼬리가 말아 올라가 있었다.

"원장님!"

진료실 문을 연 이영 때문에 소스라치게 놀란 내가 탁상달력을 던지다시피 제자리에 올려 두자 그녀는 궁금했는지 고개를 갸웃했다.

"응, 이영 씨. 왜?"

내가 되묻자 그제야 그녀는 '맞다!' 라며 진료실 문을 연 이유에 대해서 입을 열었다.

"최성국 씨 오셨어요, 원장님 뵈러 오셨다는데요?"

"최 대표님?"

"네. 대기실에 앉아 계신데, 들어오시라고 할까요?"

"응, 부탁할게요."

항상 연락을 먼저 주고 방문을 했던 성국이기에 갑작스러운 그의 방문은 의아했다.

곧이어 이영에게 고맙다며 눈인사를 하던 성국이 진료실 문을 꼭 닫고 들어섰다. 난 자리에서 일어나 그에게 인사를 건넸다.

"안녕하세요, 최 대표님?"

"조 선생님, 오랜만입니다. 잘 지내셨죠?"

"네, 덕분에요. 차 드시겠어요?"

"아닙니다. 금방 일어날 겁니다."

의례적인 안부를 물은 후 성국은 의자에 내려앉았다. 그가 자리에 앉는 것을 확인한 후, 나 역시 진료 책상에 팔을 기대며 앉았다.

"덕분에 촬영도 무사히 끝났네요. 감사해요."

"저희가 감사하죠. 조 선생님 덕분에 민혁이 일도 덮어졌으니까요. 안 그래도 그 일 때문에 온 겁니다."

성국의 표정이 자못 심각했다.

"그 일 때문이라면……."

"내일 중으로 결별 기사 내려 합니다. 미리 말씀드리려고요."

"네?"

"처음 부탁드렸던 3개월의 기간도 지났고, 이 정도면 민혁이

루머도 잠잠해졌고요. 그리고 말씀드렸던 홍보 촬영도 끝났으니 이제 정리를 해야 하지 않겠습니까?"

"아, 그게, 최 대표님. 사실 저와 이민혁 씨……."

"알고 있습니다."

그의 목소리는 덤덤했다. 그 단호한 목소리에 놀란 내가 눈을 치켜뜨며 성국을 바라보자 그는 손가락 끝으로 입술을 매만지다 작은 한숨을 쉬고 입을 열었다.

"열애 기사는 가짜였지만, 결별 기사는 진짜였으면 합니다."

"그 말씀은……."

"네. 솔직히 말하면 부탁하러 온 겁니다. 민혁이랑 정리해 주셨으면 좋겠습니다."

"저기요, 최 대표님."

"민혁이 안 좋은 일로 도피하다시피 간 군대였고 제대 후 겨우 복귀한 겁니다. 이제 자리 잡은 이미지로 활동을 시작해야 하는데, 또다시 안 좋은 일로 엮이게 되어 여기까지 오게 됐네요. 조 선생님께서 도와주신 건 감사합니다만, 아시는지 모르겠지만, 이쪽 세계가 그렇습니다."

성국은 말을 하며 약간 흥분했는지 목에 핏줄이 불끈 올라왔다.

"남자배우에게 연애, 거의 치명타예요. 그것도 서른세 살의 이민혁에게 연애는 더 이상의 멜로, 없다는 것과 같아요. 스캔들 있는 배우, 거기다 실제 연애 중인 결혼 적령기 남자배우를 누가 연애 드라마와 멜로 영화에 캐스팅하겠습니까."

그의 진심 어린 표정과 말투에서 민혁을 걱정하는 마음이 충분히 느껴졌다. 그래서 난 더욱 성국의 말을 듣고 있을 수만은 없었다. 그 못지않게 나에게도 민혁은 이미 큰 부분을 차지하고 있었으니까.

"싫은데요."

"네, 네?"

쉽게 수긍하며 인정할 거란 예상과 달리 싫다는 나의 대답에 성국은 놀란 듯 말을 더듬으며 말했다.

"무엇을 걱정하시는지 충분히 알겠습니다. 하지만 이건 사적인 부분입니다. 이민혁 씨와 저의 개인적인 부분이고요. 생각해 보세요, 최 대표님이 누군가를 진지하게 만나고 있는데 제가 나타나서 '죄송한데, 헤어져 주세요.' 라고 하면 뭐라고 하시겠어요?"

"그, 그야!"

"똑같은 상황이에요, 물론 민혁 씨가 일반인이 아닌 특별한 직업을 가지고 있지만. 저에게 이민혁 씨는 영화배우가 아니라, 그냥…… 그냥, 남자 이민혁이에요."

성국은 머리가 지끈거리는지 미간을 엄지손가락으로 꾹 눌렀다. 그의 미간의 주름이 더욱 깊게 팬 것 같았다.

"어느 정도 알고는 있었지만, 이렇게까지 사이가 깊어진지는 몰랐군요."

"어떤 식으로든 돕겠습니다. 민혁 씨에게 폐가 되지 않도록 최대한 노력할게요. 그러니까……."

"그 녀석한테는 이게 전부입니다."

"네?"

내 말을 자른 성국의 목소리가 아까와는 다르게 차분해져 있었다. 그의 표정 역시 한결 편안해진 모습이었다.

"민혁이에 대해 어디까지 알고 계신지는 모르겠지만, 그 녀석에게 연기는 전부라고요. 삶이었고, 인생이었고, 때론 연인이었고, 가족이었고. 민혁이가 집중할 수 있는, 그래서 세상에서 주눅들지 않고 당당하게 목소리를 낼 수 있는 유일한 통로였고요."

그의 눈동자가 깊어져 있었다. 친구이자 동료로 많은 시간을 민혁과 함께했던 그였다. 민혁이 힘들 때, 또 외로웠을 때 그의 고통을 함께 나눴던 사람이 성국이었다. 그랬기에 민혁에게 있어 연예계의 일이, 연기가, 배우로서의 길이 얼마나 절실했던 것 인지 누구보다 잘 알고 있을 터였다.

성국이 잠시 뜸을 들이더니 고개를 들고 나와 시선을 똑바로 마주하며 마저 말을 이었다.

"민혁이에게 애인이 생긴 거, 좋은 마음이 생긴 거, 저 역시 친구로서 축하해 주고 싶습니다. 하지만 조연주 씨가 민혁이와 끝까지 갈 수 있는 인연인지에 대해선 솔직히 말해 전 확신하지 못하고 있어요."

성국의 말에 말문이 막힌 난 아무런 대답도 하지 못했다.

그와의 연애, 그와의 사랑, 모두 현재만을 위한 만남임은 분명했다. 지금은 그의 곁이 좋았다. 그의 곁에 서서 힘든 그에게 어깨를 빌려주고 싶었다. 외로운 그에게 내가 작은 위로가 될 수 있다면 좋았다. 연예인 이민혁이 아닌 장난기 많지만 자상하고 화려한 것 같지만, 지독히 쓸쓸한 그가 지금은 좋았다.

하지만 그 이후는? 사실, 생각해 본 적 없는 일이었다.

처음엔 철저한 계약으로 시작했던 연애가, 가벼운 사랑이 하고 싶어, 연애를 하고 싶어 이유 있는 계약연애로 이어졌다. 그리고 지금은 좋아하는 마음이 섞인 연애가 되었다.

그다음은 뭘까. 성국이 말하는 끝까지 갈 수 있는 인연이란 무엇을 말하는 걸까.

연애의 끝이 결혼이라면 난 성국의 말에 확실한 대답을 내놓을 수 없었다. 민혁과의 연애는 생각했지만, 그와의 결혼은 생각하지 못한 변수였다.

선뜻 대답하지 못하는 나를 보며 성국은 목소리에 힘을 주어 말했다.

“연주 씨와 더 깊어지기 전에 그 녀석이 제자리로 돌아오길 바랍니다. 그의 연예계 영역이 보장받길 원해요. 연주 씨는 민혁이 옆에 없을 수 있지만, 배우 이민혁이란 타이틀은 그의 곁을 항상 지킬 테니까요.”

정신없는 하루를 마감하고 퇴근 후, 집으로 돌아온 나는 욕조에 따뜻한 물부터 받았다. 찰랑거리며 넘실대는 물속에 코끝까지 몸을 잠근 후 쉽게 정리되지 않는 머릿속을 비워 내기 시작했다.

'그렇지 않아도 저번에 촬영 펑크와 폭행 시비 사건으로 민혁이의 이미지가 많이 안 좋아졌어요. 아시겠지만 안티도 많이 생겨났고요. 이번 결별 기사를 내면서 빡빡한 촬영 스케줄과 개인적인 상황이 겹쳐 힘들었던 시기였음을 말하려고 합니다. 그게 이번 결별 기사의 핵심이기도 하고요.'

성국의 목소리가 생생하게 떠오를수록 답 없는 어려운 문제에 머리는 더욱 지끈거렸다. 손가락 끝이 쪼글쪼글해지도록 욕조 안에서 숨을 죽이고 있었다.

식탁 위에 올려 둔 휴대전화의 진동 소리가 들리는 것 같았지만, 신경 쓰지 않았다. 눈을 꼭 감고 첨벙거리는 물속으로 점점 더 깊게 몸을 눕혔다.

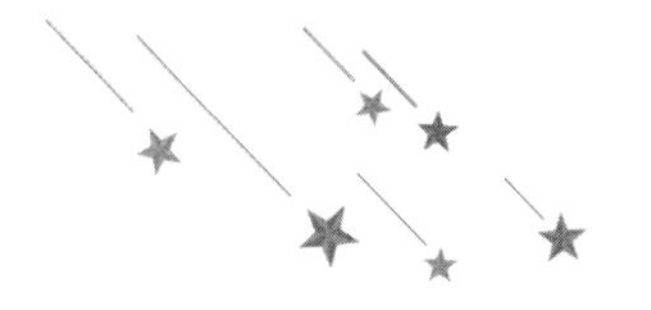

13.

내려놓다

화보 촬영 틈틈이 연주에게 전화를 걸었지만 연결되지 못했다. '내일 쉬는 날인데 뭐 할 것인지.' 또는 '오늘 하루는 어땠는지.' 묻고 싶은 말은 잔뜩이었지만, 그녀의 목소리 대신 전화기가 꺼져 있다는 기계음만 듣고 있었다.

'일주일 동안 많이 피곤했나.'

나는 연주에게 더는 전화를 걸지 않았다.

최대한 빨리 촬영을 마무리하고 오랜만에 집에서 편안한 휴식을 취할 수 있었다. 하지만 그 평온함은 오래가지 못했다.

새벽녘에 들어가 겨우 눈을 붙이고 몇 시간이 채 지나지 않은 것 같은데 휴대전화에 불이 난 것처럼 시끄러운 벨소리가 요동쳤다.

침대 위에 비스듬히 누워 한쪽 눈만 겨우 뜬 채 환하게 밝힌 액정을 무심결에 바라보았다. 발신인은 성국이었다.

전화를 받으려는 찰나, 때마침 끊겼는지 휴대전화는 조용해졌다. 대신 짤막한 메시지가 소란스러웠던 이유를 말해 주고 있었다.

「기사 떴어. 메시지 보면 휴대전화 꺼 놓고 있어. 기자들 전화 받지 말고.」

무슨 소린가 잠결에 한참을 바라보다 결국 몸을 일으켜 세웠다. 창문엔 아직 어스름한 새벽빛이 문틈으로 새어 들어오고 있었다.

「영화배우 이민혁, 최근 결별.」

「영화 촬영 도중 이별 겪어, 심적 고통이 큰 상태.」

「배우 이민혁, 미모의 여의사와 얼마 전 결별. 공개 데이트를 하던 모습이 많이 노출되어 팬들의 안타까움이 더욱 커.」

휴대전화로 확인한 인터넷 실시간 검색어엔 온통 '이민혁 결별설' 로 가득 채워져 있었다. 몽롱했던 정신이 아찔하게 맑아졌다.

"연주 씨……!"

스프링처럼 침대 위에서 튕겨 나왔다. 재빨리 겉옷과 차 키를 챙겨 들고 집 밖으로 나섰다. 다른 어떤 것도 생각나지 않았다. 오로지 연주만이 머릿속을 맴돌고 있었다. 연락을 받지 않았던 그녀의 행동도 지금 생각하니 문득 불안해지기 시작했다.

토요일 새벽, 다행히 도로엔 움직이는 차가 많이 없었다. 조급한 마음에 그녀에게 향하는 나의 속도는 점점 빨라지고 있었다.

✣ ❖ ✣

귓가에 들리는 희미한 소리에 눈을 떴다.

잘못 들었나 싶어 다시 자세를 고쳐 모로 누웠다. 하지만 그 순간 뚜렷하게 들리는 초인종 소리와 민혁의 목소리에 후다닥 침대 위에서 내려왔다.

의자에 걸려 있던 카디건을 챙겨 들고 나서자 현관문 밖에서 빨개진 얼굴로 입김을 내고 있는 민혁이 보였다.

"민혁 씨! 이 시간에 어떻게……."

놀란 내가 동그랗게 눈을 치켜뜨고 입을 열었다. 하지만 내 말을 다 듣기도 전 그는 나의 팔을 억세게 끌어당겨 품에 안고선 속삭였다.

"다행입니다."

뭐가 다행이라는 건지 그의 말을 도통 알아들을 수 없었다. 하지만 충분히 느낄 수 있었다. 빠르게 뛰고 있는 심장의 울림이, 차갑게 얼어붙은 체온이. 민혁은 내가 사라져 버렸을까, 그걸 불안해하고 있었다.

익숙한 둥근 좌식 테이블에 손을 괴고 앉아 있는 그에게 따뜻한 유자차를 머그잔에 담아 내밀었다. 그는 살짝 미소 지으며 컵에 얼어붙은 손을 녹이고 있었다.

"이 시간엔 어쩐 일이에요?"

"아, 그게……."

초조한지 입술을 깨물며 쉽사리 말을 꺼내지 못하는 그에게 내가 먼저 입을 열었다.

"왜요, 우리 결별이라도 했대요?"

"연주 씨, 알고 있었습니까?"

"네."

"언제요, 어떻게요? 왜 말 안 했습니까?"

"하나씩만 물어봐요."

뭔가 마음에 들지 않았는지 민혁은 눈썹을 꿈틀거리며 나를 바라보았다. 머그잔을 꼭 쥐고 있는 민혁의 손끝을 바라보며 말했다.

"어제 최 대표님 만났어요. 오늘 기사 낼 거라고 말씀해 주셨어요."

"왜 연락 안 했습니까? 그런 일 있었으면 나랑 얘기했어야죠. 그랬다면 기사 막았을 겁니다."

"그럴까 봐, 연락 안 받은 거예요."

"무슨 소리예요?"

"이민혁 씨가, 결별 기사 막을까 봐 연락 안 받았다고요."

고개를 들어 민혁의 눈을 마주했다. 몹시 언짢아 보였지만 나의 대답을 듣기 위해 그는 기다려 주고 있었다.

성국의 말에 대해 많은 생각을 했었다. 어떤 것이 정답일까, 복잡한 머릿속을 정리하기 위해 많은 노력을 했지만, 정답은 없었다.

"하고 싶은 대로 하기로 했어요."

"그게 무슨 말이에요?"

"나, 이민혁 씨랑 하고 싶은 대로 하려고요."

의아하게 바라보는 민혁의 시선을 똑바로 마주한 후 말을 이었다.

"그 결별 기사가 나가지 않으면 민혁 씨 이미지에 안 좋은 영향을 끼칠 테니까. 난 민혁 씨에게 폐가 되는 건 싫어요. 그리고 원래 약속했던 사항이기도 했고, 그래서 그 기사 막고 싶지 않았어요. 연애가 민혁 씨에게 미치는 영향이 크니까요. 그리고……."

"그리고?"

"그래서, 이대로 진짜 이민혁 씨하고 헤어지면 어떨까 생각도 해 봤어요."

민혁이 움찔했다. 그의 동공이 쉼 없이 흔들리고 있었다.

"그래서 말인데요, 우리……."

"말하지 마요."

"아뇨, 할래요."

"하지 말라고!"

버럭 소리친 민혁이 테이블을 밀어냈다. 테이블 위에 있던 머그잔이 둔탁한 소리를 내며 카펫 위로 쏟아졌다.

민혁은 거칠게 나를 잡아끌어 눕혔다. 그의 두 팔 안에 갇힌 채 올려다본 민혁의 눈빛은 많이 불안해 보였다.

"미, 민혁 씨."

"헤어지잔 말 하지 마."

"……."

"절대로, 절대로 날 위해 떠나겠다는 말도 안 되는 소리도 하지 마."

그의 표정은 딱딱했고, 눈빛은 무서웠다. 민혁이 내 몸 위로 포개었다. 거칠게 아랫입술을 깨물며 덮어 오는 그의 향기가 자잘하게 떨리고 있었다. 달랐다. 저번 그와의 첫 키스와 많이 달랐다. 그는 지금 불안해하고 있었고, 두려워하고 있었다.

"미, 민혁 씨……."

내 목소리는 다시 그의 입속으로 말려들어 갔다. 한참을 거친 그의 혀를 받아 내며 있을 때였다. 그의 입술이 내 목선을 따라 훑어 내려갔다. 작은 키스를 여기저기 남기며 마치 '놓아주지 않겠다.' 라고 말하는 것처럼 보였다.

민혁의 어깨를 밀어내는 내 손을 거칠게 잡아 내렸다. 목에서

쇄골로 이어지는 그의 입술에 온 신경이 곤두서기 시작했다. 민혁이 왼손으로 나의 오른손을 꽉 그러잡았다. 단단하게 잡아 쥔 그 악력이 묘한 안정감을 주었다.

헐렁한 박스 티셔츠 안으로 차가운 그의 손이 불쑥 들어왔다. 어색한 이물감에 화들짝 놀란 내가 움찔거리자 그 역시 잠시 멈칫했지만, 곧 허리선을 손끝으로 조심스레 훑으며 위로 올라왔다.

그의 손이 나의 속옷 끈을 내리자 난 솜털이 오소소 일어나는 아찔함에 눈을 질끈 감았다. 그리고 내가 눈을 감은 순간, 그의 손길 또한 우뚝 멈췄다.

"민혁 씨……."

눈을 떠 민혁을 바라보았다. 초점 없이 흐트러진 동공에 눈물이 차오르고 있었다. 처음엔 손끝이 조금씩 떨리더니 이내 사시나무 떨듯이 온몸을 가누지 못하고 있었다.

"빌어먹을!"

그의 울분이 결국 입술 사이를 뚫고 터져 나왔다. 그는 아래에 누워 있는 나의 눈을 겨우 바라보며 소리치고 있었다. 그의 표정은 슬펐다.

난 손을 들어 그의 목덜미를 끌어안았다. 민혁은 몸을 축 늘어뜨리며 나에게 온몸을 기대 포개었다. 그리고 그의 귓가에 속삭였다.

"난, 민혁 씨를 떠나지 않아요."

우리의 끝이 어딘지, 알 수는 없다. 이 연애의 끝이 어떤 결과로 이어질지 알 수 없었다. 그래서 확실한 한 가지를 따르기로 나는 생각했다.

"이민혁 씨 옆이 좋아요. 당신하고 함께하는 이 시간이 행복해요. 난 민혁 씨와 헤어지지 않을 거예요."

"……."

"지금 난, 민혁 씨를 원해요. 아주 많이."

그의 눈물이 내 목을 타고 흘러내렸다. 몸은 섞지 않았지만, 마음만은 충분히 섞인 것처럼 그는 환희에 찬 표정을 하고 있었다. 그리고 그는 다시 부드럽게 일어나 나의 입술을 덮어 왔다.

따뜻한 온기를 되찾은 민혁의 손길이 온몸을 누비며 탐하기 시작했다. 그의 손길이 지나간 곳곳이 가슴 터지는 떨림으로 차오르고 있었다.

사부작거리며 옷깃이 스치는 소리와 달콤한 입맞춤 소리만이 온 방 안을 가득 채웠다.

❖ ❖ ❖

창문으로 뜨거운 햇볕이 쏟아져 들어왔다. 눈부심에 부스스 눈을 뜬 난 연주의 향기가 배어 있는 침대에서 아침을 시작했다.

내 품 안에 고이 잠들어 있는 그녀를 바라보았다. 숨을 쉴 때마다 움직이는 그녀의 맨살결이 몸에 닿았다. 생소한 그 촉감이 아래를 다시 뻐근하게 만들었다.

"으음……. 배고파요."

"풉."

손으로 눈을 비비며 연주가 말했다. 그 모습이 너무 귀여워 웃음이 나왔다. 부끄러웠는지 주먹을 둥글게 말아 가슴팍을 콩 하고 치는 연주의 손을 그대로 꼭 잡고 안아 이마에 입을 맞추었다.

"난 안 먹어도 배부른데."

"거짓말."

"진짠데?"

"근데, 왜 말이 짧아졌어요?"

"응? 글쎄."

절로 말려 올라가는 입꼬리를 애써 눌렀다. 눈을 가느다랗게 뜨며 치켜보는 그녀를 다시 꼭 품 안으로 안았다. 이대로 시간이 멈추면 좋겠다. 그렇게 생각했다.

마치 신혼부부처럼 부엌에서 웃고 떠들며 토스트로 허기를 채운 뒤 나는 집 밖으로 나왔다. 겨울바람이 차가워 집 안에 있으래도 연주는 끝까지 따라나서며 배웅했다.

그녀를 내려다보며 머리를 쓰다듬었다. 머리가 헝클어지자 찡긋 인상을 쓰던 연주였지만 그 모습마저 귀여워 쓰다듬던 손을 내려 뺨을 살며시 덮어 잡고 입을 맞췄다.

"다녀올게."

연주는 대답 대신 고개를 끄덕였다.

자동차가 골목길을 빠져나가 완전히 사라질 때까지 그렇게 그녀는 서 있다 집으로 들어갔다.

✣ ✣ ✣

운전하는 내내 웃음이 입가를 떠나지 않았다. 마치 구름 위를 걷는 것처럼 둥둥 떠 있는 마음을 진정시키지 못한 채 집에 도착했다. 샤워를 하고 간단하게 옷을 갈아입고 난 사무실을 찾았다.

건물 안으로 들어서자 분주한 사무실 사람들의 움직임이 심상치 않았다. 그리고 여기저기서 울리는 전화 벨소리에 굉장히 부산스러웠다.

곧장 대표실로 향했지만 성국의 모습은 보이지 않았다. 난 근처에 있던 직원에게 성국의 위치를 물었다.

"최 대표 어디 있습니까?"

"아, 지금 기자들……. 어! 이민혁 씨?"

되레 되묻는 그를 바라보며 작게 고개를 끄덕인 후 쓰고 있던 선글라스를 벗었다. 그는 소스라치게 놀라며 수화기를 들어 어디론가 전화를 걸었다.

"대표님, 이민혁 씨 지금 사무실로 오셨습니다!"

그의 수화기 너머로 큰소리치는 성국의 목소리가 들렸고, 그는 전화를 끊고 나에게 말했다.

"곧 오신다고, 어디 가지 말고 꼼짝 말고 있으랍니다."

"무슨 일 있습니까?"

"모르셨어요? 지금 이민혁 씨 기사 떴어요!"

"알아요, 저도 보고 왔습니다. 결별설 말하는 거 아닙니까?"

"아뇨, 지금 이민혁 씨 사생활 폭로 기사 떴다고요!"

❖ ❖ ❖

민혁을 보내고 다시 집으로 들어온 나는 아직 그의 향기가 남아 있는 침대로 올라가 나른한 몸을 다시 눕혔다. 마치 옆에 있는 것처럼 포근한 이불 감촉이 꼭 그와 같았다.

잠깐 눈을 감았다가 뜬 것 같았는데 다시 눈을 떴을 땐 이미 정오를 훌쩍 넘기고 있었다. 새벽녘부터 무리한 게 피곤하긴 했나 보다 싶어 피식 웃음이 나왔다.

크게 팔을 쭉 뻗어 기지개를 피고 침대에서 내려왔다. 허기를 채우기 위해 부엌으로 향하며 식탁 위에 있던 리모컨을 들어 텔레비전을 켰다.

"뭐 먹을까……."

냉장고 문을 열어 반찬을 확인했다. 장을 못 본 지 꽤 되어 음식을 만들 만한 재료가 턱없이 부족했다. 그러고 보니 아침에 밥 한 끼 해 주지 못하고 토스트만 먹이고 보낸 민혁이 영 신경 쓰였다.

—어제, 영화배우 이민혁 씨의 결별 소식에 많은 팬이 안타까워했는데요.

문득 민혁이 떠올라 생각하던 중, 텔레비전 속 연예 리포터가 민혁의 이름을 말하고 있었다. 귀를 쫑긋 세우고 냉장고에서 찬물을 꺼냈다. 유리컵에 물을 담으며 난 그녀의 목소리에 집중했다.

—바로 오늘, 이민혁 씨의 사생활 폭로에 논란이 일고 있습니다. 자세한 상황은 화면으로 함께하시죠.

쨍그랑, 손에 들고 있는 컵을 놓쳐 버렸다. 순식간에 발이 물에 흥건히 젖었지만 아무런 느낌이 들지 않았다.

황급히 텔레비전 앞으로 발을 옮겼다. 작은 유리 조각이 발끝에 닿아 피가 났지만, 전혀 아픔을 느낄 수 없었다. 화면 속 영상에선 '연예부 기자 박기대' 라는 글귀와 함께 남자 기자의 인터뷰 영상이 이어졌다.

—관련 업계 익명의 제보자로부터 이민혁 씨 사생활에 대한 제보를 받았습니다. 이에 확인을 위해 이민혁 씨를 밀착 취재를 하였는데요. 결별설 이후 그의 행방은 다소 뜻밖이었습니다.

남자의 목소리가 지나자 멀리서 찍은 사진들이 긴박한 배경음과 함께 화면을 가득 채웠다. 사진 속 인물은 모자이크 처리가 된 나와 이민혁, 그리고 미라와 성한이었다.

며칠 전, 카페에서 그들과 만났던 날 찍힌 사진 같았다. 나의 손을 꼭 잡고 있는 민혁은 차를 타는 미라와 그녀를 부축하는 성한을 바라보는 모습이었다. 영상과 함께 남자의 목소리가 함께 들렸다.

—결별의 시기는 약 몇 주 전 성격 차이로 인한 결별이라고 소속사에선 밝혔는데요, 사진에서와 같이 며칠 전 영화 마지막 촬영 일에도 연인과 함께한 것으로 확인됐습니다. 그리고 오늘…….

또 다른 사진이 화면을 가득 메웠다. 아침 무렵, 행복한 표정으로 입맞춤하고 있는 민혁의 모습. 바로, 오늘 아침이었다. 순간 다리가 풀려 털썩 자리에 주저앉고 말았다. 덜덜 떨리는 손을 꼭 맞잡고 화면을 응시했다. 남자 기자의 모습이 비치며 그가 입을 열었다.

—결국, 결별설은 거짓이었다는 이야긴데요. 사실 제보에 따르면 이민혁 씨의 열애설 및 사생활 자체가 모두 거짓이었다고 말하고 있습니다. 제보자의 말에 따르면 이민혁 씨의 매니저이자 소속사 대표인 최 모 씨의 이름으로 비뇨기 진료 기록이 있다고 하는데요, 그 진료일이 이민혁 씨의 열애 인정 기사가 났을 때와 시기가 일치한다는 겁니다. 그즈음 이민혁 씨는 문란한 성생활로 비뇨기 질환이 생겼다는 곤혹스런 루머에 휩싸였었죠.

휴대전화 카메라로 모니터를 찍은 사진이 보였다.

"내 컴퓨터잖아……!"

환자에 대한 진료 내역이 차팅된 병원 프로그램 모습이었지만 분명 알 수 있었다. 내가 기록했던, 그날 민혁의 진료 기록이었다. 사진 위로 음성 변조된 여자의 목소리가 이어졌다.

—이민혁 씨, 대학 시절엔 장난 아닌 플레이보이였다는 건 그 동기들 사이엔 유명해요. 갑자기 연기에 집중하면서 이미지 관리에 들어간 거 보

고 혀를 내두른다고 하더라고요. 사실 이민혁 사생활에 대한 노출이 없어도 그동안 너무 없었잖아요. 석연치 않은 부분들이 있으니까 그런 거 아닐까요? 이번 결별설도 저번 폭행 시비 건을 수습하기 위한 일종의 언론 플레이 아닌가 생각돼요.

다급히 휴대전화를 들어 그의 전화번호를 눌렀다. 하나, 둘 신호음이 울리는가 싶더니 곧 '전화기가 꺼져 있다.'는 기계음으로 연결됐다. 온몸에 힘이 빠지고 손발이 후들후들 떨렸다.

화면을 그저 멍하게 바라보며 소리 없는 휴대전화만 손에 꼭 붙잡고 있을 뿐이었다.

"어떡해……. 민혁 씨……."

목이 꽉 잠겨 버릴 만큼 눈물이 차올랐다. 무릎을 세워 꼭 안고 얼굴을 묻었다. 알 수 없는 미안함과 걱정됨이 밀려왔다.

민혁에게 연기와 연예계 생활은 자신의 인생 전부였음을 알고 있다. 성국의 말처럼 어쩌면 내가 그에게 짐이 되는 건 아닐까, 하는 생각이 들었다.

물 한 모금 제대로 삼킬 수 없는 날들이 지났다. 나뿐만 아니라 민혁 역시 마찬가지였을 것이다.

그에게선 주말 내내 연락이 오지 않았다. 휴대전화는 월요일 아침, 번호가 바뀌었다는 기계음이 흐르고 있었다.

"하아."

성국의 깊은 한숨이 퍼졌다. 사무실 안, 며칠째 밥 한 톨도 넘어가지 않아 초췌해진 몰골의 나를 바라보는 그의 눈이 더욱 가느다래졌다.

"뭐라도 먹어, 인마."

"생각 없어."

"안 먹는다고 답이 나오는 것도 아냐. 빼도 박도 못 하게 됐어. 계약해 놓은 광고 촬영도 그렇고, 영화 개봉도 지금 무기한 연기고. 당장 입장 표명이 없으면 더 논란이 될 것 같아 기자회견 잡아 놓긴 했는데……. 뭐라고 해야 할지, 나도 모르겠다."

성국이 고개를 푹 숙였다. 손으로 머리를 벅벅 긁어내리며 그는 살짝 맺힌 눈물을 훔쳐 냈다.

"성국아."

"어."

"기자회견, 오늘 저녁으로 시간 당겨 줘."

"뭐? 왜, 뭐 하려고."

"그동안 고생했다. 나 때문에 생기는 피해액은 내가 어떻게든 보상할게."

"야, 너 무슨 말 하는 거야?"

"……내 자리, 찾으려고."

✣ ❖ ✣

사무실에서 나와 곧장 연주에게로 향했다. 병원에 들어서자 놀란 눈으로 나를 바라보는 이영과 승호가 보였다. 그들은 아무 말도 묻지 않았고, 이영이 쏜살같이 진료실로 들어갔다. 의자가 튕겨져 나갈 정도로 급히 연주가 뛰어나왔다.

"민혁 씨! 괜찮아요? 어디 아픈 데 없어요?"

며칠 새 말라 버린 그녀가 안쓰러워 얼굴을 쓰다듬었다. 그러다 문득 그녀의 발에 묶인 붕대가 눈에 들어왔다.

"발은 왜 그래요?"

"별거 아니에요, 그냥 유리에 찔려서."

"별거 아니긴."

난 몸을 내려 붕대가 감긴 그녀의 발 위로 손을 감쌌다. 고개를 들 수 없었다. 그녀의 몸이 떨리는 것을 느낄 수 있었다. 나 역시 흘러나오는 눈물을 주체할 수 없었다.

그렇게 그대로 그녀에게 몸을 낮추고 한쪽 무릎을 꿇은 채, 난 입을 열었다.

"연주 씨."

"네, 민혁 씨."

"내 옆에 있어 주겠다는 말, 유효하죠?"

"네. 유효해요."

"아주 긴 시간, 그 말이 유효했으면 좋겠네요."

"민혁 씨……?"

"나, 진짜 내 자리를 찾으려고 합니다. 만들어진 연예인 이민혁 아니라, 그냥 남자 이민혁으로."

연주의 몸이 스르륵 내려앉았다. 한껏 웅크리고 있는 나의 어깨를 그녀가 팔로 감싸 안았다. 토닥거리는 그녀의 손길이, 따뜻한 그녀의 체온이 말해 주고 있었다.

"말했잖아요, 민혁 씨 옆에 항상 있을게요."

진료 대기실 안, 훌쩍이는 눈물 소리가 가득했다. 지켜보던 이영도 애써 못 본 척하는 승호도 모두 한 마음으로 지금의 우리를 응원하고 있었다.

✣ ✣ ✣

늦지 않게 성국이 준비한 기자회견장에 도착했다. 이미 많은 기자들이 브리핑 룸을 가득 채우고 있었고, 자리를 잡지 못해 서서 카메라와 메모지를 챙기고 있는 기자들도 여럿 보였다.

그 가운데 안타까움이 가득한 표정으로 날 바라보고 있는 찬형도 볼 수 있었다. 난 그에게 눈인사를 건넸다.

그리고 기자들 앞에서 허리를 깊게 숙였다. 여기저기서 플래시가 쏟아졌다. 마치 대낮과 같이 번쩍이는 밝음에 눈도 제대로 뜨지 못할 정도였다. 마이크를 정돈한 후 그들과 마주한 자리에 앉았다. 자리에 앉자마자 수많은 기자의 질문이 쏟아져 나왔다.

"이민혁 씨, 현재 심경이 어떠십니까?"

"많은 루머와 억측이 난무하고 있는데요, 사실은 무엇인가요?"

"연이은 열애설과 결별설이 이민혁 씨 루머와 관련이 있나요?"

여기저기 카메라의 셔터 소리와 키보드 소리가 요란하게 들렸다. 아득해지는 정신을 붙잡고 꽉 잠긴 목을 열어 소리를 냈다.

"저는……."

고개를 들어 성국을 바라보았다. 이미 알고 있다는 표정으로 그가 편안하게 미소 지어 주었다. 그를 향해 고개를 끄덕인 후 정면을 바라본 난 다시 말을 이었다.

"저 영화배우 이민혁은 현 상황에 대한 모든 책임을 지고, 잠정적 은퇴를 선언합니다."

말이 끝난 후, 그곳을 채우고 있는 수많은 기자의 웅성거림이 커졌다. 질문조차 제대로 알아들을 수 없는 외침과 플래시 세례가 터져 나왔다.

나는 자리에서 일어나 방금과 같이 깊게 고개를 숙인 후 브리핑 룸을 빠져나왔다.

가타부타 설명하지 않았다. 변명도 필요하지 않았다. 내 모든 삶의 전부였지만 늘 한쪽으로 얽매어 왔던 배우 이민혁을 내려놓았다. 더 이상 연기만이 내 인생의 모든 것이지 않았다.

기자회견장 밖으로 빠져나가자 많은 사람이 바삐 걸어 다니고 있었다. 도로의 한복판에 서서 뭔지 모를 해방감을 느끼며 휴대전화를 들어 연주에게 전화를 걸었다. 전화 너머로 그녀의 떨리는 목소리가 낭랑하게 들렸다.

"접니다."

—네, 민혁 씨.

"나 우리 연애 정식으로 계약 연장하고 싶은데, 괜찮죠?"

—그건 곤란하겠는데요?

"왜, 나 백수라서 안 됩니까?"

—네, 그건 영화배우 이민혁이랑 한 연애라서요.

"나 이제 배우 이민혁 아닌데?"

—그럼, 뭐.

"그럼?"

—조연주의 남자로 다시 계약하면 되죠.

한 여자와 끝을 알 수 없는 연애를 하고 있다. 배우 이민혁이 아닌, 남자 이민혁으로 하는 처음이자 마지막 연애이다. 이 연애의 끝이 결국 사랑임을 난 확신하고 있었다.

"그거, 좋네."

여느 때보다 편한 미소와 떨리는 설렘이 나의 가슴을 뛰게 하고 있었다.

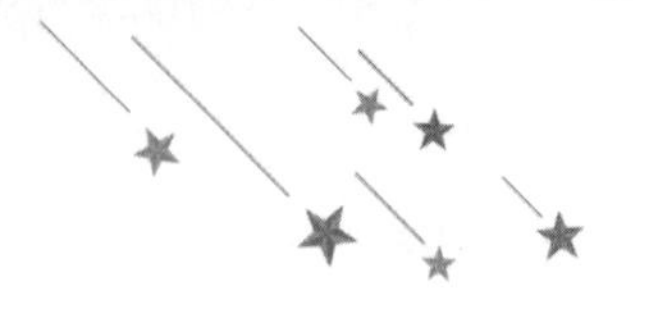

14.
돌아가는 길

이른 새벽 여행용 캐리어에 여러 옷가지와 간식거리, 작게 접히는 3단 우산을 넣었다. '무조건 직진'을 외치고 있는 대만 여행 책자와 여권을 오른손에 야무지게 들고선 집을 나섰다.

삼 주 전, 돌연 은퇴를 선언하며 민혁은 칩거에 들어갔다. 바뀐 전화번호와 성국이 마련해 준 오피스텔로 거주지 또한 옮긴 상태였다.

여론은 뜨거웠다. 그 흔한 변명 하나 없이 그는 잠정적 은퇴를 택했고 기자들은 바로 '이민혁 파파라치' 상태로 들어갔다. 하지만 어디에서도 그의 흔적을 찾아볼 수 없었다. 완벽하게 숨어 버린 것이었다.

'시간이 지나면 잠잠해질 테니까, 그때 말한 휴가 갑시다.'

물론 나에겐 예외였다. 하루에도 몇 번씩 전화해 목소리를 확인하던 그는 지금 자신이 처한 상황과는 다르게 몹시 들떠 있었다.

'민혁 씨, 여행은 힘들지 않아요? 아직 보는 눈이 많은데.'

'국내가 힘들면, 해외로 가면 되죠.'

의외로 간단한 그의 대답에 나는 멍했지만 민혁은 확고했다. 나와 민혁에게 머리를 식힐 수 있는 '휴가'가 필요함은 동의했다. 병원 사상 최초로(개업한 지도 얼마 되지 않았지만) '동계 휴가'를 명목으로 12월 마지막 주부터 휴진을 결정했다. 그리고 지금, 인천공항으로 향하고 있는 공항리무진에 몸을 실었다.

아직 동이 트지 않은 바깥 전경을 바라보며 얼떨떨한 웃음이 입꼬리를 비죽 올리고 있었다.

"어디 있지?"

한 시간여를 달려 공항에 도착했다. 드넓은 공항은 새벽이라 많은 사람들이 있는 편은 아니었지만 그래도 간간이 여행을 계획하고 캐리어를 끌며 지나다니는 사람들이 여럿 보였다.

일단 먼저 입국 수속을 시작했다. 창구로 다가가 예약번호와 여권을 내밀자 미리 예약된 비행 티켓으로 바꿔 주며 입장 게이트를 안내해 주었다. 한창 수화물에 대한 설명을 안내원에게 받고 있을 때, 짤랑거리는 휴대전화 메시지를 받을 수 있었다.

「늦지 않게 들어가요.」

「어디예요?」

「비밀. 비행기 안에서 봐요.」

짧은 대화 후 나는 짐을 챙겨 출국장으로 들어섰다. 짐 검사와 몸수색을 한 뒤 곧이어 여권에 파랗고 동그란 대한민국 도장이 찍히고, 면세점이 쭉 들어서 있는 긴 길이 눈앞에 드러났다.

주머니를 뒤적거려 꾸깃꾸깃하게 접힌 메모지를 집어 들었다.

'원장님! 저 이거 좀 사다 주시면 안 돼요? 네?'

'김간, 지갑 얼마 전에 샀으면서 뭘 또 산다고.'

'면세잖아요, 면세. 면세는 언제나 진리라고요.'

'뭐라는 거야? 안 돼요. 원장님.'

'아, 왜 그래요. 정쌤!'

이영과 정쌤에게 해외여행 휴가 계획을 말하자마자 이영은 면세 타령을 했었다.

결국, 이영과 승호는 투닥거렸고 그들의 절충안을 나에게 내밀었다. 왜 그녀의 쇼핑목록을 승호가 검사를 해야 하나, 의아했지만 굳이 묻지는 않았다.

여행 책자에 있던 면세쿠폰을 챙겨 화장품 코너로 들어갔다. 파운데이션, 향수, 립스틱 등등 이영에게 부탁받은 물품을 사고 나오던 길, 주류 코너에서 우뚝 걸음이 멈췄다. 잔뿌리가 풍성하게 뻗어 있는 실한 인삼이 병에 담긴 인삼주였다.

"남자분들 원기보충에 좋답니다."

"원기보충……."

순간 그날의 기억이 떠오른 건 왜일까. 민혁과의 거사가 좋지 않았던 건 아니었다. 그는 충분히 섬세하고 부드러웠다. 보는 것 자체로도 흥분을 불러일으키는 조각 같은 몸의 민혁이었다. 떡 벌어진 어깨 날렵한 허리 탄탄한 다리근육, 게다가 트라우마를 극복하고 처음이지 않은가!

"한 병 주세요, 비자카드 결제되죠?"

나는 슬금슬금 그것을 결제하고 있었다.

✣ ❖ ✣

선글라스를 깊게 눌러쓰고 목도리를 칭칭 감고 잔뜩 고개를 숙이며 비행기에 올랐다. 항공사 직원들이 여권의 '이민혁' 이란 이름을 보고 흠칫 놀라 하는 표정을 보였지만, 그들은 프로답게 어떠한 개인적인 말은 꺼내지 않았다.

안내를 받고 들어선 비행기의 일등석은 총 8개의 좌석이 있었고, 평일 새벽이라 그런지 다행히 좌석은 채워지지 않았다. 승무원에게 받은 신문을 잠시 보고 있자 곧 익숙한 낭랑한 목소리가 들렸다.

"일등석이라고요?"

"네, 고객님. 예약하신 좌석 이쪽이십니다."

"그럴 리가 없는데……. 어머, 정말이네."

승무원의 안내로 좌석을 안내받은 연주가 내 옆자리에 내려 앉았다. 보던 신문을 스윽 내리고 그녀를 그윽하게 바라보니 시선을 느낀 연주가 고개를 돌렸고 화들짝 놀라며 몸을 움찔거렸다.

"이민혁 씨?"

"그럼 누구일까요."

"수, 수염 뭐예요?"

"어울립니까?"

난 겸연쩍게 검지로 콧수염을 만지작거렸다. 그 모습에 연주는 재빠르게 손가락을 들어 콧수염을 잡고 만져 보더니 경악했다.

"이거 이민혁 씨 거예요?"

"네."

"진짜?"

"나 아닌 것 같지 않아요?"

"보급형 이민혁 같아요."

보급형 이민혁은 대체 뭘 말하고 있는 건가 싶으면서도 그리 좋지 않은 어감은 확실하다 느낀 나는 슬며시 붙인 가짜 콧수염을 떼어 냈다. 비행기는 이륙 중이었고 3시간 후면 한국이 아닌 다른 나라일 테니 수염은 어차피 필요 없을 것이었다.

선글라스도 벗으니 그제야 연주가 환하게 웃으며 눈을 마주했다.

"삼 주일 동안 잘 지냈어요? 얼굴이 야윈 것 같아요."

"연주 씨 못 봐서 그런가 봅니다."

"피이, 거짓말. 그렇게 통화를 자주 했는걸요?"

"목소리 백 번 듣는 것보다 한 번 보는 게 좋으니까."

호를 그리며 웃는 그녀의 눈꼬리를 바라보니 기분 좋은 두근거림이 울리고 있었다.

"많이 보고 싶었어요."

연주의 손을 꽉 그러잡았다. 그녀의 뺨이 붉게 물들었다. 창밖의 풍경은 아름다웠다. 이제 막 새벽을 깨우는 태양이 구름 위로 떠올랐는지 노을처럼 하늘을 물들이고 있었다.

기내에서 준비해 준 기내식과 음료를 챙겨 먹으며 연주가 가져온 여행 책자를 함께 읽다 보니 벌써 타오위안 공항에 도착해 있었다.

나는 그녀의 손목을 잡고 일으키며 말했다.

"오늘 엄청나게 힘들 거니까, 각오 단단히 하는 게 좋을 겁니다."

✣ ❖ ✣

민혁의 말대로 비행기에서 내리자마자 우리의 강행군은 시작되었다.

공항을 빠져나간 그의 얼굴은 무척이나 들떠 보였다. 알아보는 사람이 없는 다른 나라에서의 자유스러움이 민혁의 표정을 한결 부드럽게 만들고 있는 것 같았다.

공항리무진을 타고 빠져나온 우리는 대만의 수도인 타이베이 시내로 나섰다. 한국의 지하철과 같은 MRT는 웬만한 관광지는 전부 연결된 것 같았다.

제일 처음 방문한 곳은 중정 박물관이었다. 드넓은 광장과 탁 트인 전경이 인상적인 그곳은 대만의 초대 총통 장제스를 기념하기 위해 설립되었다 말했다. 물론, 민혁이 말했다.

"그래서 여기 정각마다 교대식 하는 게 있는데 그걸 봐야 한다고요. 얼른 가죠?"

"대단하다, 민혁 씨. 다 알아온 거예요?"

"미리 공부 좀 했죠."

"정말요?"

"제 여행 스타일이 그래요. 무조건 많이 돌아다니고, 무조건 많이 먹기."

손목을 제 가슴팍으로 끌어당겨 품 안에 감싸 안고 어깨에 손을 두른 민혁이 눈을 찡긋거렸다.

그는 정말 지금 이 시간을 휴가로서 즐기고 있는 것 같았다. 그의 복잡한 상황들이 걱정됐는데 한결 편한 그의 표정을 보니 조금이나마 안심이 되는 것 같았다.

"네, 가요. 나도 그런 여행 완전 좋아해요."

그의 미소에 답하듯 입꼬리를 말아 올리며 답했다. 하지만 이 대답의 후회를 하는 데 그리 많은 시간이 걸리진 않았다.

스케줄 걱정 없는 휴가는 대학 졸업 후 처음이라 말하는 그는 여행조차 스케줄로 만들어 버리는 신기한 능력이 있는 것만 같았다.

동선에 따라 잘 짜인 그의 관광 계획은 빠듯하게 이뤄졌다. 식사는 꼭 여기서 해야 한다는 민혁의 말에 따라 한국에서도 꽤 유명한 딤섬 프랜차이즈의 본점을 찾아 꼬불꼬불 길게 이어진 줄을 기다려 밥을 먹고 곧바로 101타워로 향했다.

삐죽 높게 솟아 있지만, 그 멋이 제대로 웅장하게 발하고 있는 고층 빌딩은 꼭대기의 전망대가 인상 깊었다. 고층 건물의 균형을 유지하기 위해 가운데 어마어마한 크기로 중심을 잡고 있는 중심추 역시 신기했다.

여느 관광객과 마찬가지로 그 앞에서 사진을 찍었다. 이미 한국에서 히트 상품이 된 셀카봉을 타이베이에서도 쉽게 구입하여 요긴하게 쓰면서 다녔다.

❖ ❖ ❖

낮 시간이 지나고 오후가 될수록 사람들은 점점 많아졌다. 그리고 민혁을 알아보는 이 또한 종종 발생하였다.

한국어로 수군대는 소리도 들렸고 그의 드라마나 영화를 본 현지 주민들의 미심쩍은 쑥덕거림도 들렸지만, 민혁은 대수로워하지 않았다. 지도를 펼쳐 들고 여기저기 거리를 가늠하느라 바쁜 그를 향해 입을 열었다.

"민혁 씨, 사람 많아졌는데 괜찮아요?"

내 말이 끝나자 그는 하던 행동을 멈추고 나를 빤히 쳐다보았다. 어색하게 웃자 그는 내 머리에 커다란 손바닥을 올리고선 쓰다듬었다.

"신경 쓰여요?"

"네?"

"사람들 시선, 신경 쓰이느냐고요."

"조금이요."

"이런 시선 받게 해서 미안해요. 그리고 이런 상황이 익숙해져야 해서 더 미안하고요."

민혁의 눈빛이 깊어져 있었다. 그저 씨익 웃으며 그의 손을 꽉 잡고 말했다.

"그럼 나 펑리수 사 줘요. 대만에서 꼭 먹어야 되는 간식이라고 그러던데."

힘든 시간을 보내고 있을 민혁이었다. 그 역시 사람들의 수군거림이 그리 좋은 내용은 아닐 거라 알고 있었다.

돌연 은퇴를 선언한 그는 자신의 평생이라고 여겨 왔던 연기를 버렸고 스스로를 지탱해 왔던 연예계를 떠나야 했다. 나는 민혁에게 있는 그대로를 말하고 변명이라도 해 보자고 말했지만, 그는 그저 웃고 말았었다.

삼 주일 만에 만난 그는 많이 지쳐 보였지만 확실히 여행은 사람의 마음을 망각하게 하는 신기한 능력이 있는 일이었다.

우리의 발걸음은 피곤함도 모른 채 밤늦게까지 움직였다. 타이베이의 시내를 오늘 하루 안에 정복하리란 마음이었던지 우린 여행 책에 나와 있는 주요 장소들을 섭렵하고 밤이 되자 숙소로 들어가는 대신 이미 큰 규모로 소문이 자자하다는 스린 야시장을 찾았다.

그곳은 밤이 아닌 또 다른 하루의 시작이었다. 길고 넓게 뻗어진 천막 시장 골목 사이 번쩍번쩍한 불빛들이 마치 대낮처럼 밝아 있었다. 야시장답게 먹거리는 넘쳐났다.

여행 책자에서 강력 추천하던 취두부집에 들러 취두부를 구입했다. 서로 근원을 알 수 없는 비닐 속 두부의 냄새를 킁킁 맡다 묘한 발효의 냄새에 킥킥댔다.

"어, 민혁 씨. 이거!"

"내 열쇠고리 공룡이네. 우리 이태원 경리단길에서 샀던 거랑 똑같은 거네요."

"우와, 얘 출세했네."

"거봐요, 내가 한류스타라 물건 보는 안목이 있다니까."

"그거랑은 전혀 상관없는 것 같은데."

"이거 사죠. 이태원산 공룡, 타이베이산 공룡. 커플 아이템이네."

초록 얼굴에 혓바닥을 삐죽 내밀고 있는 공룡 열쇠고리를 산

민혁의 표정이 뿌듯해져 있었다. 그의 것과 같은 모양이지만 내 건 왠지 중국산 공룡 같단 생각은 착각이겠지.

✣ ❖ ✣

새벽 1시가 넘어서야 타이베이 메인스테이션 근처의 호텔에 도착했다. 풀썩 쓰러지듯 침대 위에 누운 우리는 한동안 오늘 하루를 돌아보며 웃으며 말했다.

"민혁 씨, 늙었나 봐요. 너무 힘들다."

"그럴 리가 없는데."

서로를 바라보며 내던 웃음소리가 잦아지자 어색한 침묵이 흘렀다. 새하얀 침대 위 단둘이 누워 연주의 눈을 마주하고 있는 내 모습이 자못 긴장될 수밖에 없었다.

"아하하. 먼저 씻을게요."

어색함을 이기지 못하고 내가 먼저 일어나 화장실로 달려갔다. 샤워기의 물을 틀자 알맞은 온도의 물줄기가 시원하게 쏟아졌다. 하루의 노곤함을 씻어 내고 한껏 열이 오른 머리를 물로 식혀 내려갔다.

연주와의 '여행'은 계획했지만 '여행' 이후의 시간을 계획하진 못했다.

사실 요즘은 연주와 손을 잡기만 해도 사춘기 소년처럼 열이 확 올랐다. 두근대는 심장을 주체할 수 없었다. 너무 크게 울려

소리가 들릴까 봐 조마조마하기까지 했다.

샤워기의 물을 잠그고 마른침을 꿀꺽 삼켰다. 대강의 물을 닦고 편한 옷으로 갈아입고 밖으로 나섰다.

기다리고 있었다는 듯 연주가 쪼르르 달려와 화장실로 들어갔다. 곧이어 물소리가 들렸고 나의 긴장감은 극에 달아 있었다.

"후아, 후아."

마치 화보 촬영 전처럼 어깨 운동을 시작했다. 곧이어 팔굽혀 펴기로 이어졌고 하나둘 몸을 내렸다 일으키는 행동의 반복에 팔과 가슴근육이 딱딱하게 부풀어 오름이 느껴졌다.

하지만 생각보다 연주의 샤워는 길어졌다. 10분이 지나고 20분이 지나도 나올 생각이 없는 그녀를 기다리며 잔뜩 긴장한 팔과 다리는 점점 힘이 풀리기 시작했다.

침대 위 멍하게 앉아 텔레비전을 켰지만 알 수 없는 외국의 프로그램은 그다지 흥미를 끌지 못했다.

"저건, 뭐야."

시선을 돌리던 중, 연주의 짐 가방이 들어왔다. 정리하려 가방에 있던 물건들을 차곡차곡 예쁘게도 모아 둔 그녀였다. 평범한 세면도구와 하루 종일 들고 다녔던 카메라 등등 익숙한 물건들이었지만 커다란 인삼이 보기 좋게 잠겨 있는 술은 어울리지 않는 조합임은 분명했다.

침대에서 몸을 일으켜 술병을 들고 냄새를 맡아 보았다. 꽉 밀봉되어 있는 상태를 보아하니 아무래도 공항에서 구매한 것 같았다. 비닐을 뜯은 걸로 보아 오늘 나와 먹을 생각으로 산 모양이었다.

"맛이나 볼까."

술을 좋아하지도, 그렇다고 잘 마시지도 못하는 편이었다. 주량이라고 해 봐야 맥주가 고작이었고 무리하면 소주 정도였는데, 인삼주라. 인삼의 잔뿌리가 넓게 너풀거리는 그것은 보기에는 고급스럽고 무엇보다 몸에 좋아 보였다.

냉장고 옆 테이블에 올려져 있던 유리잔에 따르니, 노오란 빛깔이 먹음직스러웠다.

목줄기를 타고 내려가는 그것은 술이긴 술이었다. 특유의 알싸하고 시큰한 술맛이 났지만 강하지 않았고 인삼 특유의 맛이 톡톡히 배어 있었다.

"시원하네."

끝 맛이 달달한 인삼주는 마치 건강 주스를 마시는 기분이었다. 나오지 않는 연주를 기다리며 한 잔, 두 잔 마시던 인삼주를 다섯 잔째 비워 내던 중이었다.

무거운 눈꺼풀이 스륵 감기려던 찰나, 끼익 문소리가 들리더니 어느새 젖은 머리를 수건으로 털며 서 있는 연주가 민혁의 눈앞에 있었다.

"민혁 씨, 그거 마신 거예요?"

"달달하니 맛이 좋으네……."

"민혁 씨?"

따뜻한 방 안 온기, 달달한 인삼주, 온종일 움직여 피곤한 몸과 다리, 폭신한 침대 위.

"뭐야, 자는 거예요? 이민혁 씨!"

스르륵 눈이 감겼다. 곧 피부에 닿는 이불의 폭신한 촉감을 연주의 품이라 생각하며 고대로 잠이 들었다.

❖ ❖ ❖

인삼주의 효력이 발동한 건 동틀 무렵이었다. 보일러 온도가 높아졌던지 후끈거리는 열기에 못 이겨 눈을 떴다.

연주가 나를 눕혔던 모양인지 앉아 있던 내 몸이 올곧게 침대 위에 누워 있었다. 손에 쥐고 잠들었던 유리잔도 테이블 위에 가지런히 놓여 있었다.

가만히 몸을 돌려 팔을 괴고 연주를 향해 누웠다. 쌔근쌔근 규칙적인 숨소리가 가슴팍을 간질였다. 뽀얀 얼굴과 빨간 입술이 씰룩거렸다.

무슨 꿈을 꾸고 있는 걸까. 나도 모르게 입매가 호를 그리며 웃고 있었다.

처음이었다. 연주와 함께한 모든 순간이 처음이었다. 당황스럽고 엉뚱한 첫 만남이었던 내진조차 처음이었고, 누군가를 진짜 좋아하게 된 것 역시 처음이었다. 그리고 있는 그대로의 내 모습을 보여준 사람 역시 그녀가 처음이었다.

그녀의 뺨 위로 손을 올렸다. 바로 앞에서 바라만 보고 있는 이 순간에도 심장이 터질 듯이 두근거리기 시작했다.

사부작거리는 인기척과 따뜻한 열기에 눈을 떴다.

"으음, 깼어요? 더 자요."

언제 깼는지 민혁이 멀건 눈빛으로 나를 바라보고 누워 있었다. 그의 손이 나의 뺨을 쓰다듬었다. 그의 손길이 지난 자리가 뜨겁게 달아오르는 것 같았다.

"왜, 왜 그래요?"

"잠이 깼어."

뺨에 머물던 민혁의 손가락이 입술선을 따라 흘러갔다. 민감한 그 느낌에 정신이 바짝 들어 버렸다.

"말은 왜 또 짧아졌어요?"

"글쎄."

이 상황, 낯설지가 않다.

아니나 다를까 그는 씩 입을 비틀더니 성큼 얼굴을 당겨 따뜻한 입김을 입술 사이사이로 스며 넣었다. 그의 따뜻한 손길이 척추를 따라 올라와 머리를 다정하게 쓰다듬었다.

한참을 엉켜 있던 혀를 풀고 민혁은 말했다.

"나 열나."

멀뚱히 바라보자 민혁은 가장 장난스런 표정으로, 하지만 확고한 눈빛으로 답했다.

"네가 생각하는 거기가."

"으힉!"

몸을 바투 끌어당겨 민혁의 품속으로 들어갔다. 어스름하게 들어오던 햇살이 뜨겁게 느껴질 때까지 그의 품을 빠져나올 수 없었다.

인삼주의 탓일까, 아니면 잠자고 있던 그의 본능이 깨어난 것일까.

난, 짐승을 보았다.

✣ ❖ ✣

그렇게 날이 밝아 올 때까지 우린 한 덩어리처럼 붙어 침대 위를 벗어나지 않았다.

사실 오늘 민혁이 계획한 일정 역시 빡빡했다. 택시를 이용해 대만의 북부 지역을 둘러볼 요량이었다. 한두 군데를 본다면 넉넉한 일정이었지만 그는 하루 안에 북부의 모든 관광지를 훑을 요량이었다.

하지만 민혁은 침대 위에서 꼼짝하지 않았다. 정확하게 말하자면 나를 제 품에 꽉 안고 움직일 생각조차 없었다.

"민혁 씨, 안 나가요?"

"지금이 딱, 좋아."

"그래도 여행은 원래 눈코 뜰 새 없이 돌아다녀야 하는 거라면서요."

"그럴 리가."

민혁은 내 허리를 더욱 바투 끌어당겨 안았다. 서로의 맨살결이 그대로 닿는 그 촉감에 얼굴이 붉어졌다.

그래, 이것도 나쁘지 않을 것 같다. 종일 호텔에서 뒹구는 것도.

언제나 예상을 빗나가던 민혁이었다. 처음 만남을 시작하게 된 계기도, 툴툴거리면서도 따뜻함을 머금은 눈빛도, 단단해 보이지만 무딜 만큼 여렸던 속마음도.

그 사람의 곁에 있어 좋았다. 어쩌면 우리의 만남으로 인해 힘든 시간을 보내고 있는지도 모를 그에게 고마우면서 미안했지만 지금 이 순간 서로의 곁에 있다는 사실이 행복했다.

"민혁 씨."

"응."

난 조용히 그의 목덜미에 팔을 둘러 그를 꼭 품에 안은 채 입을 열었다.

"괜찮죠? 연예인 이민혁 아니라, 평범한 조연주의 이민혁으로 있는 거."

그는 내 어깨에 그대로 입술을 내렸다. 쪽쪽 달콤한 소리가 조용한 방 안을 가득 채웠다. 그리고 곧 낮게 깔린 그의 목소리가 흘러나왔다.

"아니."

"에?"

역시나 예상을 빗나가는 그의 말에 입술을 삐죽거리며 몸을 떼어 내었다. 아쉬운 듯 떨어지기 싫어 딸려 오는 그의 이마를 힘껏 누른 채 뿌루퉁하게 바라보자 민혁은 어깨를 으쓱였다.

"너무해요. 내 옆자리가 좋아서 은퇴까지 했으면서! 말 좀 예쁘게 하지."

"틀린 말은 아니지만, 나 은퇴한 거 아닌데?"

"에에?"

당당하게 말하는 민혁의 모습에 오히려 당황한 내가 되물었다.

"그럼 지금 뭐 하고 있는 건데요?"

"나? 쉬고 있지. 휴가라고 말했잖아."

"무슨 말이에요, 그게?"

"말 그대로."

진지한 민혁의 표정이 진심임을 말하고 있었다. 온갖 미디어가 출동해 있는 기자회견장에서 잠정적 은퇴를 선언하고 한 달 가까이 칩거해 있던 그가 할 수 있는 대답은 아니었다.

'잠시 쉬다가 사업을 할까 해.' 정도의 대답을 기대하고 있던 나는 눈앞이 번쩍였다.

"다시 복귀하겠다는 말이에요?"

"아예 은퇴를 한 적이 없는 거지."

"기자회견까지 했으면서 무슨 소리에요."

"가끔은 쇼 타임이 필요한 경우가 있거든, 그리고 그건 내 전공이기도 하고."

눈만 깜박이고 있는 내 이마에 입술을 눌렀다 뗐다. 민혁은 기분 좋은 미소를 걸치고 말했다.

"둘 다 놓칠 수 없지. 내가 어떻게 얻은 가장 소중한 두 가지인데. 지금쯤 성국이가 알아서 하고 있을 거야."

15.
제2의 전성기

하루 동안 호텔 안에서 보내느라 일정에 차질은 생겼지만, 결국 연주와 난 계획했던 대만의 북부 지역까지 둘러보았다.

멋들어진 기암괴석이 우후죽순처럼 펼쳐져 있고 끝이 보이지 않는 넓은 바다가 뻗어 있는 지질공원부터 시작해 오밀조밀한 상점들 처마 위 붉은 홍등으로 이미 방송으로 유명세를 탄 지우편까지.

일주일간 함께한 그녀와의 시간이 마치 꿈같이 느껴졌다.

귀국 후 집으로 돌아와 며칠은 인삼주의 여운인지 후끈 달아오르는 열기 때문에 잠자리에 쉽사리 들지 못했고, 옆자리의 허전함 덕분에 자주 깨곤 했다. 그럴 때마다 머리맡 창문에 걸어 둔 작은 천등 고리를 바라보며 히죽 웃었다.

'스펀 거리에선 천등 날려야 한다면서요. 색깔별로 다른 면에 소원을 적으면 이루어진대요. 우리 이거 날리고 저기서 기념품도 사요.'

들뜬 표정으로 천등 기념품을 고르던 연주의 손이 빨간 천등을 골라내어 나에게 건넸다. 작은 천등 위 각각의 다른 소원 글귀가 빼곡히 적혀 있는 것 중 연주는 나에게 '꿈은 이루어진다.'라는 뜻의 천등을 건넸고, 난 그녀에게 푸른 천등을 건넸다.

'이거 무슨 뜻이에요?'

'비밀.'

그녀에게 건넨 푸른 천등의 뜻이 '좋은 배우자를 만나게 해주세요.'라고 적혀 있단 말은 구태여 하지 않았다. 색깔이 예쁘다며 좋아하던 연주의 표정이 눈에 선하자 배실배실 웃음이 새어 나왔다.

몸을 일으켜 세워 침대 위를 빠져나왔다. 냉장고에서 우유와 식빵을 꺼내 간단히 아침을 챙겨 먹고 나왔다. 선글라스를 깊게 걸치고 주변을 살피며 조심스럽게 주차장으로 향했다.

기자들의 성화를 걱정해 성국이 임시로 마련한 오피스텔이었지만 몇몇 기자들은 어떻게 알고 그 앞에 진을 치고 있었다. 그런데 오늘은 언제 그랬냐는 듯 조용했다.

자동차에 올라타 사무실로 향하는 길, 혹시나 싶어 슬쩍 내 집 앞을 지나쳤는데 빼곡하게 골목을 막고 있던 기자들은 어느새 한 명도 보이지 않았다.

한 달 정도 지나니 역시 언론은 잠잠해진 모양이었다. 안도의 한숨이 나왔다.

“잘 다녀왔어?”

“응. 덕분에 잘 쉬었다.”

대표실에 들어가자 자리에서 일어난 성국이 성큼 다가와 어깨를 툭 치며 안부를 물었다.

난 그대로 그를 지나쳐 소파에 내려앉으며 답했다. 그는 맞은편으로 다가와 앉으며 테이블 위 서류들을 정리해 가며 펼쳐 놓기 시작했다.

‘성국아.’

‘어.’

‘기자회견, 오늘 저녁으로 시간 당겨 줘.’

‘뭐? 왜, 뭐 하려고.’

‘그동안 고생했다. 나 때문에 생기는 피해액은 내가 어떻게든 보상할게.’

‘야, 너 무슨 말 하는 거야?’

‘……내 자리, 찾으려고.’

‘어떻게 찾을 건데.’

‘일보 후퇴, 이보 전진.’

한 달 전 이곳에서 그와 나눴던 그날의 이야기가 떠오르자 미간에 주름이 잡혔다.

'모 아니면 도야. 계속 숨기면서 연예계 생활을 할 순 없었어. 언젠간 다 밝혀질 일이었으니까. 어차피 풀어야 할 일이었는데 그 시기가 빨랐다고 생각하면 돼. 문제는 자의적이 아니라 타의로 되어 버렸단 거지만.'

정리가 끝났는지 성국이 몸을 깊게 소파에 뉘며 입을 열었다.

"네 말대로 돌연 은퇴 선언으로 온갖 언론들이 들끓더니만 한 달 정도 지나니 잠잠해지더라. 여러 억측이 제기되긴 했는데 결국 미궁 속으로, 은퇴 이유를 결론짓지 못하고 기사들도 하나둘씩 사라졌어."

"이 유에스비는 뭐야?"

"씨씨티비 촬영본. 정승호 씨 도움으로 병원에서 따 왔지. 병원 밖 복도에 하나 있고 병원 대기실에서 수납하는 데스크 쪽을 바라보게 하나 있는데 맞은편이 진료실이라 잘 보이더라고. 다행이었어."

"잘 찍혔고?"

"응."

"누구야, 대체? 박 기자야?"

"아니."

"그럼?"

성국은 고개를 절레절레 흔들더니 직접 보란 듯이 테이블 끝에 있던 노트북을 끌어와 유에스비를 꽂았다. 곧 동영상 파일이 실행되고 익숙한 연주의 병원 내부가 보였다.

어수선한 분위기와 촬영 장비를 든 몇몇 스태프들이 왔다 갔다 하는 모습을 본 나는 불현듯 연주와의 통화가 생각났다.

'오늘도 밤샘 촬영인 거예요?'

'거의 막바지라, 아무래도 시간에 쫓기네요.'

'민혁 씨는 이곳 촬영 안 와요? 추가 촬영 있다고 오후에 몇몇 오셔서 찍고 있는데. 그분 오셨어요, 영화배우 박선화 씨.'

그리고 얼마 지나지 않아 내 생각은 확신으로 바뀔 수 있었다. 나와 통화를 하기 위해 휴대전화를 쥐고 밖으로 나서는 연주의 모습이 보이고, 얼마 지나지 않아 눈치를 보며 진료실로 들어가는 선화의 모습이 찍혀 있기 때문이었다.

5분 남짓한 그 시간 동안 진료실에 들어간 선화는 다시 진료실 문을 닫고 나왔고 그녀의 손엔 휴대전화가 쥐어져 있었는데, 액정을 확대해 보니 컴퓨터의 모니터를 찍은 것 같은 모습이 희미하게나마 확인되었다.

'차기작이 있겠어요?'

'사생활 관리, 잘하시라고요.'

거들먹거리던 선화의 목소리가 떠올랐다. 그제야 모든 퍼즐이 맞춰지는 것같이 그녀의 경멸 어린 눈빛이 이해되기 시작했다.

"이미 변호사 선임했어. 무단 침입, 절도죄, 명예훼손, 허위사실 유포. 할 수 있는 거 전부 청구할 거야. 결국, 최측근이라면서 인터뷰했던 그 여자도 박선화였다는 건데. 이해할 수가 없다. 대체 왜 그랬는지."

"무리도 아니지, 뭐."

"설마 영화 가을? 그것 때문에 이렇게까지 할 필요가 있어?"

"나한테 이곳이 전부인 것처럼. 연예인 모두는 아마 목숨보다 중요한 것이 이쪽 일이니까. 게다가 이미 대중들의 무관심을 톡톡히 경험한 그 사람이라면, 앙금이 심하면 심했지, 덜하진 않을 거야."

"흠, 아무튼 그래서 생각해 봤는데."

"응."

"우선 기자를 한 명 섭외를 해야 할 것 같은데. 무조건 우호적인 기사를 써 줄 수 있는 우리 편."

뒷말을 흐리며 성국은 머리를 긁적였다.

"김 기자면 안심될 것 같아서."

"누구?"

"김찬형 기자 말이야. 조연주 씨와의 관계도 있고 너랑도 인연이 있고 하니까. 확실히 우리 편이 되어 줄 것 같은데. 네 생각은 어때?"

✣ ❈ ✣

오랜만에 제시간에 출근하여 도착한 병원엔 승호도, 이영도 도착해 있지 않았다.

일주일 휴가의 여운이 길게 남는 탓인가, 지각하는 사람들이 아님에도 조금 늦어지는 출근 시간을 바라보며 무슨 일이 있나 걱정을 하고 있을 때쯤 새초롬한 얼굴로 삐죽삐죽 걸어 들어오는 이영과 그 뒤를 따르고 있는 승호를 발견했다.

"정쌤, 이영 씨! 휴가 잘 보냈어요?"

반가운 마음에 들뜬 목소리를 냈지만 돌아오는 반응은 씩씩대는 이영의 몸짓과 덤덤한 승호의 표정이었다.

"뭐야, 둘 다. 무슨 일 있었어?"

"원장님, 원장님은 어떻게 생각하세요?"

"으응? 뭘?"

이영은 도끼눈을 하고선 허리에 양손을 척하니 걸치곤 말했다. 마치 누구는 꼭 들으라는 것처럼.

"36살이나 먹은 남자가 12살 어린 여자를 만나고 있는데, 결혼 생각은 없대요. 그걸 곧이곧대로 듣기 좋은 수식어 하나 안 붙이고 결혼할 생각 없다고 말하는 남자, 대체 뭐예요?"

"으응?"

순간 주춤거리며 발걸음을 뒤로 물렸다. 이거 분명, 내가 아는 사람들의 이야기인 것 같아.

불길한 기운이 스멀스멀 올라왔지만 정작 당사자로 예상되는 승호는 아무렇지 않게 진료 시작 준비를 하고 있었다. 물론 그렇다고 그가 우리의 이야기에 집중하지 않고 있는 건 아니겠지만.

"왜? 누가 이영 씨한테 그래?"

"네."

"그래? 지금 만나고 있는 사람이?"

"네!"

얼굴에 감정을 그대로 드러내 놓고 열불을 내고 있는 이영을 보자니 픕, 하고 실웃음이 터졌다.

데스크에 삐딱하게 기대서서 그들을 바라보았다. 어리고 귀여운 이영과 듬직하고 다정한 승호의 모습은 크게 나이 차이가 느껴지지 않을 만큼, 꽤 괜찮은 모습이었다.

나는 짐짓 아무렇지 않게 툭 말을 뱉어냈다.

"원래 정쌤이 독신주의자잖아."

"오빠가 독신주의…… 앗!"

순간 튀어나온 자신의 애칭에 재빨리 입을 손으로 틀어막는 이영을 보며 씩 웃어 보였다.

"누굴 바보로 아나. 말 안 해도 둘이 뒤로 만나고 있는 거 알고 있었거든?"

민망한 듯 얼굴을 붉히면서도 궁금한 표정이 역력한 이영의 뒤에서 여전히 덤덤한 표정으로 차트를 정리하고 있는 승호의 뒷모습이 보였다.

가끔 사석에서 맥주를 한잔하며 했던 말이 있었다. 승호는 결혼 생각이 전혀 없는 건 물론이거니와 연애 또한 생각이 없던 남자였다.

연례행사처럼 제 어머니의 생신 때 성화에 못 이겨 한 번씩 나가는 선 자리를 제외하곤 따로 여자를 만나는 일을 본 적도 없었고, 그의 누나였던 정 실장에게도 들었던 적이 없는 일이었다.

그런 승호가 연애를 하고 있다. 누군가를 만나고 있다는 사실만으로도 이미 그는 가슴에 커다란 그린라이트가 켜진 것과 다름없었다.

"이영 씨, 뭐가 아까워서 저런 아저씨를 만나?"

"네?"

"결혼도 안 하고 연애만 하자는 남자 뭐 하러 만나냐고. 차라리 최 대표가 훨씬 낫다."

성국의 이야기가 나오자 차트를 정리하다 말고 승호가 획 뒤돌아 나를 바라보았다. 미간에 잔뜩 주름이 잡힌 걸 보아하니 지금 그의 심리 상태가 어떠한지 충분히 알 수 있었다.

그래도, 곰 같은 승호가 토끼 같은 이영을 놓치지 않게 하려면 여우 같은 푸시맨도 필요한 법이다.

"아니 뭐, 그렇다고. 예전에 보니 최 대표는 이영 씨 관심 있어 하는 것 같아서. 진료 준비나 해야겠다, 나도."

그들을 뒤로하고 진료실로 들어와 자리에 앉았다. 그러다 문득 고개를 갸우뚱하다 내 코가 석 자구나 싶었다.

결혼적령기로 볼 때 승호는 지났고 이영은 이르니 천천히 맞춰 갈 수 있을 테지. 나와 민혁을 생각하니 뭔가 가슴이 덜컹하고 내려앉았다.

승호와 다르게 난 독신주의자까지는 아니었지만, 결혼을 생각해 본 일은 없었다. 그것도 만약 하게 된다면 찬형과 하게 되겠

거니, 하는 막연한 생각만 있었을 뿐.

짧았던 시간 안에 누군가를 만나 다시 사랑에 빠지게 되고 옆에 있고 싶고, 없으면 외로워지게 될 줄 누가 알았을까. 그것도 톱스타 이민혁을.

"모르겠다, 나도."

의자 위에 앉아 뺑그르르 돌아보았다. 그리고 순간 진료실 문 밖에서 똑똑, 하는 노크 소리가 들렸고 난 돌아가는 의자를 다리로 우뚝 세워 앉았다.

"원장님."

승호가 문을 빠끔히 열며 말했다.

"엊그저께 최 대표가 와서 병원 씨씨티비 녹화분 복사해 갔어요."

"씨씨티비요?"

무슨 일이 있는 걸까 하는 생각도 잠시, 곧 승호의 목소리에 내 궁금증은 쏙 들어가 버렸다.

"그리고 지금, 대기실에 김찬형 씨 와 있는데……."

✣ ❈ ✣

찬형은 점심시간이 될 때까지 대기실에서 기다렸다. 볼일 있으면 잠깐 들어오라고 했지만, 그는 꽤 길어질 것 같으니 시간이 될 때까지 기다린다는 말을 덧붙였다. 오전 환자의 진료를 끝내고 점심시간이 되어 찬형과 근처 카페로 자리를 옮겼다.

"아메리카노랑 캐러멜 마키아토 아이스로 주세요."

"네."

찬형은 늘 그렇듯 굳이 내가 말하지 않아도 적당한 메뉴를 주문하고 나를 빤히 바라보았다. 난 턱을 괸 채 그의 눈빛을 피하지 않고 쳐다보며 말했다.

"왜, 또. 무슨 얘기를 하려고. 이제 결혼이라도 한다고 말하려고?"

"너무 몰아세우는 거 아니야?"

"여기서 너랑 안 좋은 추억이 많아 그래."

"참나. 너 이민혁 씨랑 잘 만나고 있는 게 지금 누구 공인지도 몰라보고."

"무슨 소리야?"

"더럽고 치사해서 말 안 할란다."

"뭐야, 뭔데?"

"됐어."

찬형은 입술을 샐쭉거리며 말을 피했다. 곧이어 주문한 커피가 나왔고 둘 앞에 나란히 놓이자 그는 가방에서 얇은 노트북과 디지털카메라를 꺼내 테이블 위에 정리하기 시작했다.

이상한 찬형의 행동에 나는 커피잔에 있던 빨대를 쪽쪽 빨며 말했다.

"무슨 할 말 있어서 온 건데?"

"인터뷰."

"누구?"

"너."

"나? 나를 왜?"

날 인터뷰하겠단 찬형의 말에 눈을 동그랗게 치켜뜨고 되물었다. 그는 그런 나를 향해 카메라를 들어 셔터를 찰칵 누르더니 살짝 미소 지으며 답했다.

"이민혁 씨, 복귀 인터뷰."

찬형의 말에 의아한 표정을 짓자 그는 노트북을 켜 키보드를 누르며 나에게 질문을 시작했다.

"너의 기본 프로필은 내가 아니까, 물어보진 않을게. 이민혁 씨를 처음 만나게 된 때는 언제고, 어떻게 만나게 되었는지. 그냥 친한 친구에게 네 연애 스토리 말하듯이 말해 주면 돼. 쓰는 건 내가 알아서 쓸 테니까."

뜨악한 표정으로 찬형을 바라보며 입만 뻐끔거리고 있자 그는 침착하고 올곧은 목소리로 천천히 말해 주었다.

"이민혁 씨, 이렇게 은퇴하기엔 너무 안타까운 점이 많잖아. 오해 풀고 당당히 복귀할 수 있도록 내가 돕기로 했어."

"네가 왜?"

"기자니까. 특종과 진실을 갈구하는 건 기자의 기본자세잖아."

"아무리 기자라도, 너 이민혁 씨 안 좋아하잖아."

"우리 꽤 친해."

"뭐어?"

"네가 모르는 남자들만의 무언가를 나눴거든."

싱긋 웃는 찬형을 바라보며 나도 모르게 피식 웃음이 나왔다. 그의 표정은 불편해 보이지 않았다.

"그래도 이 상황, 모르는 사람이 보면 웃기겠다."

"뭐가?"

"현 남자 친구의 얘기를 전 남자 친구에게 하는 꼴이잖아."

"그런가? 웃기긴 하네."

서로를 바라보며 터지는 웃음을 참지 않았다. 한결 편안해진 얼굴로 우리는 이야기를 나눴다. 물론 주제는 민혁에 관한 것이었지만 찬형과 이야기를 하는 이 시간은 마치 대학 시절로 돌아가 친구였던 찬형과 내가 수다를 떨고 있는 느낌이었다.

민혁과의 첫 만남부터 지금까지의 이야기를 그와 함께 울고 웃으며 말했다. 물론 민혁과의 만남에 지대한 영향을 끼친 전 남자 친구인 찬형의 이야기가 빠질 수 없어 열변을 토하며 눈을 부라리고 말했지만, 찬형은 '그 얘긴 안 쓸 거니까 웬만하면 빨리 지나가지?' 라며 키보드를 두드렸다.

찬형은 몇 가지의 질문을 더 한 후 인터뷰 아닌 인터뷰를 마무리하며 노트북을 덮었다.

"매력 있네."

"뭐가?"

"이민혁 말이야. 너랑 내가 친구일 수밖에 없는 이유가 있었어."

"응?"

"둘 다, 남자 보는 눈이 똑같네."

"……야, 너 죽을래? 우리 민혁 씨 꿈에서라도 생각하지 마!"

"하하하."

찬형은 어마무시한 농담을 남기고 자리에서 일어났다. 카페를 나서 멀어져 가는 찬형의 뒷모습을 바라보며 작은 미소를 짓곤 나 역시 뒤돌아 길을 걷기 시작했다.

시간은 무척 빨리 흘렀다. 끝을 알 수 없는 것이 인생이라고들 하지만 민혁과 만남 이후 그와 함께한 나의 하루, 하루는 정말 끝이 보이지 않는 긴 터널 같았다고 생각했다.

"어?"

요란한 소리를 내며 울리는 휴대전화를 들었다. 액정에 익숙한 이름이 뜨자 기분 좋은 미소가 입에 걸렸다.

"네, 민혁 씨."

—어디예요?

"점심시간에 잠깐 나왔다가 지금 병원 들어가는 길이에요. 민혁 씨는요?"

—난 연주 씨 생각 중이죠.

"에이, 거짓말!"

장난 가득한 목소리로 예쁜 말만 골라 하는 민혁의 목소리에 눈꼬리가 반달이 되었다. 그런 나의 모습이 보이기라도 하는 건지 그는 달콤한 목소리로 속삭였다.

—내 앞에서만 웃어야지, 아무한테나 그렇게 웃지 마요.

"나 웃고 있는지 어떻게 알았어요?"

—나랑 통화하는데, 당연히 웃고 있겠죠.

"자신만만하시네요?"

—그럼요. 나 연예인 이민혁입니다?

병원으로 향하는 길목에서 한 걸음, 한 걸음 발걸음을 옮기다 문득 불어오는 따뜻한 바람에 멈춰 섰다. 몽글몽글한 온기가 코끝을 매만지는 것 같았다.

—연주 씨.

사뭇 진지해진 민혁의 목소리에 난 대답했다.

"네, 민혁 씨."

—보고 싶네요.

"저도 그래요."

길었던 우리의 터널 끝에선, 따뜻한 봄이 기다리고 있었다.

—사랑해.

16.
에필로그

"너무 예쁘다."

몇 달 후, 겨울이 지나고 해가 바뀌었다.

그해 5월, 새하얀 드레스를 입고 신부 대기실에서 다소곳이 앉아 있는 여자를 향해 손을 뻗었다. 면사포 너머로 수줍은 미소를 짓고 있는 그녀를 바라보자 대기실에 낭랑한 목소리가 울려 퍼졌다.

"원장님! 이민혁 씨는 오늘 못 와요?"

"응, 미안하다고 전해 달래. 하필 생방송 촬영이 있어서……."

"에잉, 얼마나 기대했는데! 하나밖에 없는 연예인 인맥이라고 자랑, 자랑했는데."

부케를 들고 안타까운 듯이 무릎을 팡팡 치고 있는 이영의 어깨를 토닥이며 입을 열었다.

"걱정 마, 걱정 마. 민혁 씨가 피로연장에다 틀어달라고 축하 메시지 동영상으로 찍어줬어. 동료 연예인들한테도 부탁해서 만들었다고 하던데. 이영 씨가 제일 좋아하는 배우, 누구더라……. 아! 조인성도 있다고 했는데."

"진짜요? 정말?"

"그렇다니까, 그러니까 부케 찌그러뜨리지 말고 가만히 있어."

이영은 삐죽거리던 입술을 쏙 집어넣고 방글방글 웃고 말았다. 그 모습이 귀여워 나 역시 피식 웃음을 터뜨릴 수밖에 없었다. 나의 압박 덕분인지는 몰라도 승호는 그녀와의 결혼을 결심했다. 그것도 어찌나 서두르던지, 누가 채 갈까 봐 안절부절못하던 그의 표정이 아직도 눈에 선했다. 이영은 25살이 되는 해, 어여쁜 5월의 신부가 되었다.

신부 대기실에서 나와 식장 안으로 들어가는 길, 승호가 입구에서 사람들을 반기고 있었다. 난 그의 앞으로 다가가 손을 내밀었다.

"정쌤! 축하해요."

"원장님 덕분이죠."

"치이, 알긴 아나?"

"그럼요."

난 승호와 살짝 포옹을 나눴다. 그 역시 어깨를 토닥이며 받아주었다.

"잘 살아요."

"그래."

환하게 웃으며 그와 헤어지고 식장으로 들어왔다. 안에는 꽤 익숙한 몇몇이 자리를 지키고 있었다.

"연주야! 여기 와서 앉아."

여러 테이블 가운데에 앉아 있던 찬형이 손을 들어 나를 불렀다. 고개를 끄덕이며 그에게 다가가 옆에 내려앉았다.

"요즘 바쁘다더니."

"응. 나 특종 기자잖아. 엄청 바쁘네."

"거들먹거리지 마시지?"

"내가 네 앞 아니면 어디서 이러겠냐."

"피이."

찬형은 그의 말대로 연예부에선 꽤 유명한 특종 기자가 되어 있었다. 민혁의 공이 8할이라고 해도 과언은 아니었지만.

몇 달 전, 카페에서 그와 인터뷰를 하고 난 뒤 찬형은 '독점'이라는 타이틀을 걸고 기사를 쓰기 시작했다. 바로 민혁에 관해서였다.

「독점 취재, 이민혁 은퇴 이유 및 전말.」

「어린 시절 개인적인 가정사로 아픔 겪어, 우울증과 트라우마에 시달리며 많은 방황 겪다 새로운 인생을 시작할 수 있게 된 계기가 연기 생활과 이번 스캔들의 주인공인 비뇨기전문의 일반인

조 모 씨라고.」

「최측근의 제보는 평소 이민혁에게 앙심을 품고 있던 배우A씨의 범행임이 드러나, 현재 형사고발 상태. 씨씨티비 및 증거 확보돼 있어.」

「침묵했던 이유, A씨에게 최대한 피해 주고 싶지 않아, 젊었을 때의 과오를 사과하고 싶은 마음 컸고 일반인 애인이 상처를 입게 될까 봐 입을 다물었다고 전했다.」

사건이 일어난 후, 민혁은 변명을 하는 대신 침묵했다. 그리고 그는 자신의 모든 것을 스스로 밝히는 것을 계획했고, 사랑하는 연인에게 피해가 가지 않기를 부탁했다.

그리고 그것은 찬형의 기사를 통해 신속하고도 정확하게 이루어졌다. 그 안에 성국은 선화의 만행을 증명할 자료를 수집해 고소를 준비했고, 민혁에 대한 동정론이 일어날 즈음 그녀의 고발 또한 함께 이루어졌다.

사람들은 민혁의 과거사보다 현직 연예인이 동료 연예인을 시기해 병원에 몰래 잠입하여 진료 기록을 빼냈고, 그에 대한 악성 루머를 언론사와 대중들에게 보도했다는 것에 더욱 큰 관심을 가졌다. 결국, 선화는 더는 브라운관에서 볼 수 없게 되었다.

하지만 민혁은 그녀의 실명이 거론되는 걸 원치 않아 했다. 성국의 반대에도 불구하고 그는 그녀의 익명이 보장될 수 있도록 비공개로 수사를 요청했고 또 선처할 용의도 내비쳤다.

덕분에 그는 네티즌들 사이에서 한 여자를 열렬히 사랑한 '로맨티시스트'와 자신에게 해를 가한 동료를 용서하는 '보살'이라는 별명을 얻어 '로맨틱보살'이 되어 있었다.

"신랑 정승호 군은 김이영 양을 신부로 맞아 슬플 때나 기쁠 때나 함께할 것을 맹세합니까?"

"네."

"신부 김이영 양은 정승호 군을 신랑으로 맞아……."

"네!"

신랑보다 우렁찬 신부의 목소리가 들리자 사람들의 꺄르르거리는 웃음소리가 들렸다. 그들의 모습을 문 근처에서 서성이며 성국이 보고 있었다.

성국을 발견하고 난 손을 들어 흔들었지만, 그는 날 보았는지 못 보았는지 슬쩍 눈물을 훔치더니 밖으로 빠져나가 식당으로 향했다.

"사진 촬영하겠습니다. 신랑 신부 지인분들, 부케 받으시는 분 나와 주세요!"

난 슬쩍 일어나 잘 차려입은 원피스의 끝을 털고 머리를 매만졌다. 그 모습을 보며 옆에서 걸어가던 찬형이 의아하게 물었다.

"신부보다 예쁘게 보이려고?"

"그게 아니라."

단상에 도착하자 이영이 반갑게 손짓했다. 난 찬형을 향해 속

한 번 웃어 주고 승호와 이영의 사이에 섰다. 그제야 그는 무슨 상황인지 짐작했던지 심오하게 웃곤 승호의 뒤편으로 가 그들의 지인들과 함께 서 있었다.

"자, 다들 이분 보면서 박수 쳐 주시고요, 신부님은 힘차게 부케 던질게요. 하나, 둘, 셋!"

둥글게 포물선을 그리며 떠오른 앙증맞고 예쁜 부케를 향해 나는 힘차게 손을 뻗었다.

✣ ❈ ✣

오랜만의 촬영에 잔뜩 긴장해 있었다. 그게 티가 났던지 멀리서 지켜보고 있던 코디가 달려 나와 메이크업을 한 번 더 수정해 주더니 '화이팅' 이라며 작은 소리로 응원을 해 주고 들어갔다.

이영의 결혼식과 겹친 일정에, 아쉽지만 연주와 함께 그곳에 참석하진 못했다. 하지만 성국을 통해 작은 동영상을 만들어 전해 줬는데 그걸 받아 드는 성국의 표정이 똥 씹은 것처럼 굳어진 모양새가 볼만했다.

'이게 다 너 때문이야, 이 자식아.'

'내가 뭐.'

'너 뒤치다꺼리하느라, 이영 씨 잡을 타이밍을 놓친 거라고.'

'뭔 소리야. 처음부터 네가 낄 자리가 아니었어, 인마.'

'이게 진짜 입만 살아서. 아오! 이런 것도 친구라고.'

다시 생각해도 웃음을 유발하는 그의 표정을 생각하니 살짝 긴장이 풀리는 것 같았다.

"준비되셨어요, 이민혁 씨?"

"아, 네!"

"그럼 컷 들어갑니다! 하나, 둘, 큐!"

생방송 연예정보 프로그램의 오프닝 음악이 웅장하게 들려왔다. 곧이어 유명 리포터를 타이트하게 잡는 화면이 모니터에 비췄고, 그는 나를 향해 입을 열었다.

"오늘은 영화배우 이민혁 씨를 모셨습니다. 안녕하세요?"

"네, 안녕하세요. 이민혁입니다."

"이민혁 씨, 너무 오랜만입니다. 그리고 할 말이 너무 많고, 궁금한 게 너무 많아요. 하하. 일단 시청자분들께 한 말씀 부탁드릴게요."

"오랜만에 뵙겠습니다. 이민혁입니다……."

❖ ❖ ❖

사진 촬영이 끝난 후 찬형과 함께 위층 식당으로 올라갔다.

정갈하게 준비된 뷔페에서 하얀 접시에 음식을 소복하게 담고 테이블 쪽으로 나서자 성국이 한자리를 잡고 있었다. 그에게 가까이 다가가자 언제부터 와 있었는지 벌써 접시 몇 개가 쌓여 있었다.

그는 숟가락으로 쉴 새 없이 음식을 먹어 대며 휴대전화의 안테나를 빼 놓고 있었다.

“최 대표님!”

“아, 오셨어요? 조 선생님.”

오늘따라 그가 기운이 없어 보인다면 기분 탓일까. 어찌 됐든 난 그를 마주하며 자리에 내려앉았고 곧 성국의 옆으로 찬형이 가볍게 인사를 하고 의자를 빼내 앉았다.

식당 벽면의 스크린에선 민혁이 준비한 축하 동영상과 여러 동료 연예인들이 ‘김이영 씨, 결혼 축하합니다. 행복하세요.’와 같은 인사말이 나오는 영상이 성황리에 방영되고 있었다. 하지만 성국은 아무래도 휴대전화에 더욱 집중하고 있는 것 같았다.

“최 대표님, 지금 하고 있는 겁니까?”

“네, 김 기자님. 생방송이라, 모니터하려고요.”

“어, 민혁 씨예요?”

“같이 보실래요?”

성국은 테이블 가운데로 휴대전화를 옮겨 주었다. 소리를 크게 높이지는 못했지만, 어느 정도 그의 목소리가 들려오고 있었다. 민혁의 목소리를 들으며 난 접시에 가져온 음식을 보며 무엇을 먼저 먹을까 고민을 했다.

“근데 웬 고기를 그렇게 많이 가져왔어?”

찬형이 내 접시를 빤히 바라보더니 놀란 듯 말했다.

“고기가 뭐.”

"너 별로 안 좋아하잖아."

"그냥 오늘따라 먹고 싶더라고."

큼지막한 조각의 불고기를 젓가락으로 집어 먹었다. 고소하고 짭조름한 맛이 입안에서 살살 녹았다.

—그런 사정이 있으셨군요. 개인 가정사를 이렇게 밝히는 게 쉽지 않은 일이었을 텐데…….

—숨기다 보니 처음부터 거짓된 모습으로 만들어지게 되더라고요. 어쩌면 그 모습이 건방지다 느껴질 정도로 과거의 저는 철없었습니다. 늦었지만 지금부터라도 숨김없는, 있는 그대로의 모습을 보여 드리고 싶어요.

—그럼 이 부분도 속 시원히 밝혀 주시죠. 지금 인터넷상에서 이민혁 씨의 사생활을 폭로한 동료 연예인인 A씨가 맹비난을 받고 있는데요.

성국과 찬형은 그의 인터뷰를 매우 집중하며 보고 있었다. 나 역시 집중하며 듣고 있었지만 사실 눈앞에 있는 접시 위의 음식에 더욱 집중되었다.

—최대한 그분께 피해가 가지 않았으면, 하는 개인적인 바람입니다. 조용히 오해를 풀고 싶어 함구하며 기다렸었는데 그럴수록 일이 더 커져만 가더라고요. 악의를 가지고 하신 일은 아니라고 생각합니다.

—그래도 이민혁 씨 소속사와 팬분들의 입장은 다를 것 같은데요. 병원에 무단 침입하며 진료기록을 몰래 빼내 온 것 아닙니까.

—따지고 보면 그렇죠. 아무튼, 이 문제는 조용히 마무리하고 싶습니다. 그리고 그 방법에 대해선 많은 고민이 필요할 것 같습니다.

오물오물 고기를 마저 씹고 이번엔 포크로 따끈하게 잘 튀겨진 치킨 조각을 콕 집어 들어 한입 크게 베어 물었다.

—그 병원의 주치의와 스캔들이 한때 있으셨는데요. 그럼 그 부분은 어떻게 된 겁니까?

—보통 웃자고들 말하는 것처럼 아는 오빠 동생 사이입니다, 하는 게 스캔들의 흔한 핑계잖습니까.

—하하, 그렇죠.

—사실 소속사 측에선 그렇게 넘기길 바랐는데, 저와 그분의 생각은 소속사와 달라서 일어난 해프닝입니다.

—다르다니, 무슨 말씀이시죠?

—저희는 여전히 사랑하고 있는 사이이고, 그걸 굳이 숨기고 싶지 않습니다.

방청객들의 '어머.' 하는 함성 소리와 함께 지켜보던 성국의 표정이 움찔거렸다.

"이 자식이, 내 핑계를 대고 있어."

찬형은 슬쩍 입꼬리를 말아 올리며 다시 그들의 인터뷰에 집중했다.

—사실 이 부분은 엔클라인 잡지사의 김찬형 기자를 통해 단독 인터뷰로 기사가 난 적 있었는데, 그 내용 그대로입니다. 제가 가장 힘들 때 제 곁에 있어 준 사람이며, 그리고 제가 아픈 부분을 말끔히 치료해 준 주치의이기도 하고요.

나는 접시에 있던 모든 고기를 쩝쩝 씹어 넘겼다. 약간 느끼한가 싫어 젓가락을 들어 찬형의 접시에 있던 김치 한 조각을 입으로 밀어 넣었다.

—그분께 하시고 싶은 말 있으면, 영상편지 어떠세요?

—하하. 네. 어딜 봐야 하죠?

—저쪽 카메라 보시면 됩니다.

그 순간, 짠맛이 너무 강하게 느껴지면서 평소엔 느끼지도 못했던 액젓의 냄새가 확 올라왔다.

"읍, 우욱. 우웩."

꿉꿉한 그 냄새가 올라오자 난 울렁거리는 속을 참지 못했다. 입을 틀어막으며 자리를 박차고 화장실로 달려갔다. 곧 성국이 길길이 날뛰며 민혁을 욕하는 소리가 들려왔지만, 신경 쓸 겨를도 없이 난 화장실로 향해 가고 있었다.

—진지하고 조심스럽게, 결혼합시다, 우리. 물론 대외적으로.

✣ ❖ ✣

"진짜 이민혁 가지가지 한다. 보통의 연예인들이 일평생 겪어도 다 못 겪을 기사 타이틀은 혼자 다 가져가네, 다 가져가."

"그러게 말입니다. 이번엔 또 어떻게 기사를 써야 미화가 되려나."

"됐어요, 김 기자. 저 자식 저거 은혜도 모르는 배은망덕한 놈이에요."

새하얀 웨딩드레스가 작품처럼 한쪽 벽면을 가득 채우고 있는 화려한 웨딩숍의 소파에 앉아 나는 인상을 잔뜩 찡그렸다. 좌 성국, 우 찬형 사이에서 커튼이 쳐진 드레스 룸을 초조하게 바라보고 있는 나의 심기를 원투 펀치로 건드리고 있었다.

"도대체 여긴 둘 다 왜 따라와서 잔소린 거야?"

"네가 또 무슨 사고 칠 줄 알고. 당연히 옆에 있어야지."

"전 독점 기사 써야죠. 이민혁 결혼 서두른 이유, 혼전임신. 그 비결은? 인삼주! 몸에 잘 받는 체질이라 챙겨 먹는다고 하는데."

"심 기자님, 꼭 그렇게 쓰세요. 저 자식 자기 입으로 그랬잖아요. 이제 숨기는 거 없이 모든 걸 털어놓겠다고."

애써 짜증을 꾹 누르고 있는 민혁이 더 이상 그들의 잔소리에 못 참겠는지 벌떡 자리에서 일어났다. 그리고 그 순간 드레스 룸의 커튼이 촤르륵 열렸다.

"와……."

누구의 감탄사인지 모를 만큼 동시에 터져 나왔다. 그곳엔 오픈숄더의 새하얀 드레스를 입고 예쁘게 머리를 말아 올린 연주가 서 있었다.

그녀의 옆에 서 있던 웨딩플래너가 연주의 머리에 다소곳이 덮어져 있는 면사포를 올려 넘기자 환하게 미소 짓는 그녀의 표정이 오롯이 보였다.

"어때요?"

곧장 그녀 앞으로 가기 위해 발걸음을 옮기기도 전, 뒤에 앉아 있던 시커먼 두 그림자가 쏜살같이 연주의 앞으로 달려 나갔다.

"으아, 조 선생님. 너무 예쁘신 거 아닙니까?"

"피이, 민혁 씨랑 헤어지라고 하실 땐 언제고 지금 너무 바뀐 거 아니세요?"

"에이, 참. 그걸 뭘 아직까지 기억하고 있으시담. 잊으세요, 제수씨. 좌하하핫."

성국의 능글맞은 말을 연주가 웃으며 바라보자 곧 찬형이 연주의 배에 손을 올리며 말했다.

"배에 힘주고 있어? 너무 힘주면 안 좋은 거 아냐?"

"그렇게 힘들진 않은데. 왜, 볼록해 보여?"

"글쎄, 보기엔 안 그런데. 더 늦으면 안 될 뻔했다. 여기다 리본 큰 거 하나 달면 좀 커버될 것 같은데?"

"그래? 저기 언니, 혹시 리본 달 수 있어요?"

연주와 결혼 준비를 하며 상상하곤 했었다. 바쁜 스케줄에 많은 것을 함께하진 못했지만 드레스만은 꼭 함께 와 알콩달콩 책자를 보며 골라 가장 예쁜 드레스를 입고 있는 그녀에게 제일 처음 입을 맞추리라.

"이 사람들이! 당장 안 나와?"

눈에 불을 켜고 드레스 룸으로 달려들자 후다닥 뛰어 나가는 성국과 연주의 뒤로 몸을 숨기는 찬형이었다. 연주는 뭐가 그리도 좋은지 깔깔거리며 배를 잡고 웃고 있었다. 그 모습에 피식

맥없이 웃음이 터졌다.

그렇게 우린 서로를 바라보며 미소 지었다.

✣ ❖ ✣

그리고 1년 뒤, 아직도 그때를 생각하면 눈앞이 노래지는 것처럼 괜스레 배가 욱신거렸다.

잘 먹고, 잘 자고, 잘 쌌던 민혁을 똑 닮은 아기가 4.6kg이라는 우량아로 건강하게 태어났다. 그래서인지 한쪽 벽면에 커다란 결혼사진을 가득 채운 아기자기하고 단정한 신혼집에 전쟁통을 방불케 하는 우렁찬 아기 울음소리가 끊이지 않고 들렸다.

"여보, 촬영 힘들었죠?"

"똑같지, 뭐. 그나저나 진료 보고, 인삼이 보느라 자기가 힘들었겠네."

"오늘 어머님이 우리 인삼이 조금 봐 주셨어요."

"장모님 서울 올라오셨어? 연락하지."

"아니, 민혁 씨 어머님."

"아……. 그래?"

"신세 안 지고 싶은데, 병원이 너무 바빠서 어쩔 수가 없는 거 있죠. 우리 병원에서 촬영한 영화, 그게 얼마 전에 개봉했잖아요. 그거 파급효과가 장난 아니야, 정말."

민혁의 옷을 받아 들고 슬쩍 웃으며 그의 표정을 살폈다. 다행히 그는 별다른 말없이 아기 침대로 다가가 인삼이를 번쩍 안아 들고 엉덩이를 토닥거리며 웃고 있었다.

“우리 인삼이 요 포동포동한 다리 봐. 어유, 귀여워.”

민혁은 여전히 어머니의 존재를 의식하지 않았다. 하지만 아기가 태어나고 그 사실을 기사로 접한 그녀가 병원을 서성이며 눈물짓다 돌아가는 일을 보았다 말하자, 내가 따로 아기를 데리고 가 보여 드리고 하는 것을 막진 않았다.

“밥은 먹었어요?”

“아니, 배고파.”

“무슨 일을 밥도 안 먹이고 해? 너무하다, 내 귀한 신랑을!”

민혁은 내 말이 퍽 마음에 들었는지 티가 날 정도로 입꼬리를 샐쭉거리며 웃음을 참지 못했다. 서둘러 부엌으로 향하자 민혁은 아기를 다시 침대에 내려놓고 내 뒤를 졸졸 따랐다.

“우리도 같이 영화 보러 가야 하는데, 시간이 영 안 난다.”

“그러게요. 자기는 시사회로 봤으니까, 뭐. 난 너무 궁금한데. 언제 가지? 지금 심야로라도 갈까요?”

말도 많고 탈도 많았던 그 영화는 얼마 전 개봉했다. 민혁이 무사히 연예계에 복귀하고 선화의 역할을 통편집해야 할지 아니면 다른 배우를 구해 재촬영을 해야 할지, 투자사와 제작사 간의 의견 차이가 심했지만 결국 선화 부분은 편집되지 않고 그대로 반영될 수 있었다.

선화는 자신에게 맞는 죗값을 치르게 됐다. 비공개로 진행된 수사였지만 연예계 관계자들과 네티즌들은 그 인물이 선화임을 짐작했다. 공론화된 일이 아니라 영화엔 그대로 나올 수 있게 되었지만, 지금은 거의 브라운관에서 자취를 감췄다.

간간이 케이블 프로그램의 드라마나 단역으로 보이긴 했지만, 대중의 외면은 아마 그녀에게 가장 큰 벌이지 않을까 싶었다. 현재는 민혁의 고소 취하 덕분에 사회봉사 시간을 채우고 있다고 전해 들었다.

"예매율이 개봉 영화 중에서 제일 높다면서요?"

"응, 아무래도 노이즈 마케팅 효과를 본 것 같아. 성국이만 좋아 죽지, 뭐."

싱크대 앞에 서 있는 나의 허리를 민혁이 긴 팔로 둘러 안아 목 언저리에 코를 묻었다.

"아이, 간지러워요."

"왜. 내 와이프 냄새, 내가 좋아 죽겠다는데."

"밥 안 먹을 거예요? 배고프다면서."

"밥은 됐고."

"어머!"

민혁이 번쩍 나를 안아 들고 거실 소파로 향했다. 그는 거칠게 아랫입술을 깨물었다.

"아……."

어쩔 수 없이 벌어진 입술 틈으로 민혁의 숨결이 흘러들었다.

정신없이 엉키는 혀에 잔뜩 신경을 집중시킨 사이 그의 손이 앞치마를 들춰내고 불쑥 블라우스 안으로 들어와 속옷 안에 감춰진 가슴을 동그랗게 말아 쥐었다.

"아얏."

곧 거추장스러운 옷가지들을 하나둘씩 벗겨 내던 민혁의 목덜미를 꽉 끌어안으며 난 음흉한 목소리로 그의 귓가에 속삭였다.

"오늘……."

귓가에 울리는 내 목소리에 더욱 흥분했던 모양인지 민혁은 더욱 세게 내 어깨를 끌어안으며 부드러운 살결을 쓸어 올렸다.

"오랜만에, 내진?"

"으힛!"

나와 한 덩어리처럼 밀착된 그의 허리를 한쪽 다리로 꼭 감고 오른손을 들어 척하니 봉긋한 그의 엉덩이에 올리자 민혁은 소스라치게 놀라며 으르렁거렸다.

"조오연주우!"

"우앗! 저리 가요!"

"가만 안 두겠어, 오늘은 인삼주 생략."

"꺅!"

전혀 다른 세계를 살고 있던 두 남녀가 수(秀) 비뇨기과 의원에서 코미디 영화처럼 만나 인연이 되었다.

우리는 보통의 연인들처럼 불안하고 초조했으며, 그래서 더욱 더 간절하고 애가 타는 사랑을 했다. 많은 우여곡절을 딛고 지지고 볶는 드라마를 거쳐 결혼하여 부부가 되었다.

그리고 지금 우리의 끝은 달콤한 로맨스 영화의 해피엔딩으로 마무리된다.

나와 민혁의 결실이자, 누구보다 사랑스럽고 포동포동한 인삼이가 딸이라는 사실은 엔딩크래딧이 끝까지 올라갈 때까지 웃으면서 지켜봐 준 관객을 위한 반전으로 남겨 둔 채.

—The end

작가 후기

할 말 다 하는 똑 부러진 여자 주인공과 까칠하고-오만방자하지만 내 여자에겐 귀여운 남자 주인공의 이야기가 마치 한 편의 로맨틱코미디 영화를 보는 것처럼 즐겁게 읽힐 수 있기를 바랐습니다.

10월의 마지막 무렵에 연재를 시작한 〈수(秀) 비뇨기과 닥터 조〉가 해가 바뀌고 한 권의 책으로 출간될 수 있었던 가장 큰 이유는 많은 관심과 사랑으로 즐겁게 읽어 주신 독자님들 덕분입니다. 감사합니다. 그리고 거기에 예쁜 표지를 입혀 책으로 엮어 주신 출판사 및 관계자님들과 늘 과분한 응원과 아이디어를 제공해 주신 봉구86 님께도 감사를 전합니다.

코미디 영화처럼 만나 지지고 볶는 드라마를 거쳐 발끝까지 달달한 로맨스 영화로 마무리된 그들의 이야기를 쓰면서 참 행복했습니다. 이들의 이야기가 단지 '캐릭터'가 아닌 정말 인적 드문 어느 주택가의 '수(秀) 비뇨기과 의원'에서 여전히 인삼이와 함께 단란한 가정을 이루며 예쁜 사랑을 이어 가고 있을 거라 상상하곤 합니다.

부족하지만 이 책 통해 그들을 보며 함께 행복해질 수 있는 시간이 되길 희망해 봅니다.

언제나 즐거운 글을 쓰고 싶습니다.

이 책을 읽어 주셔서, 그리고 웃어 주셔서 감사합니다.

장윤지(소울.) 드림

수秀비뇨기과
닥터 조

초판 1쇄 찍음 2015년 1월 12일
초판 1쇄 펴냄 2015년 1월 16일

지은이 | 장윤지
펴낸이 | 정 필
펴낸곳 | 도서출판 **뿔미디어**

편집장 | 이재권
기획 · 편집 | 주종숙, 정시연

출판등록 | 2002년 9월 11일 (제1081-1-132호)
주소 | 경기도 부천시 원미구 소향로 17, 303(두성프라자)
전화 | 032)651-6513 / 팩스 | 032)651-6094
E-mail | dahyangs@naver.com
블로그 | http://blog.naver.com/dahyangs
홈페이지 | http://bbulmedia.com

값 9,000원

ISBN 979-11-315-6203-1 03810

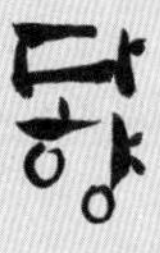

www.bbulmedia.com

www.bbulmedia.com